DER FLUG DER LIBELLEN

Von H.C. Scherf

Bibliografische Information der Deutschen Nationalbibliothek:
Die Deutsche Nationalbibliothek verzeichnet diese Publikation in der
Deutschen Nationalbibliografie; detaillierte bibliografische Daten sind im
Internet über http://dnb.dnb.de abrufbar.

Aktives Mitglied im Selfpublisher-Verband e.V.

Covergestaltung: Birgit Stolze
E-Mail: abc.stolze@web.de

Fotos:
Dirk70/photocase.de
c4che/photocase.de

Herstellung und Verlag:
BoD – Books on Demand, Norderstedt
ISBN: 978-3-7448-6999-7

Der Flug der Libellen

Von H.C. Scherf

Freundschaft ist weit tragischer
als Liebe.

Sie dauert länger.

Oscar Wilde

Prolog

Da war es wieder, dieses Geräusch. Als würde jemand in einem Nebenraum mit schweren Ketten hantieren, sie sortieren oder verschieben. Die Dunkelheit ließ es nicht zu, dass ich auch nur das Geringste wahrnehmen konnte. Doch hatte sich in den letzten Tagen mein Gehör enorm geschärft. Ich wusste genau, wo sich die schwere Holztür befand, die der Kerl nach jedem Besuch wieder sorgfältig verriegelte. Ich glaubte sogar, den Lichtschalter erkennen zu können, der direkt neben dem Eingang aus dem bröckeligen Putz an einem Kabel hängend herausragte. Immer wenn er an diesem Porzellanschalter drehte, erleuchtete eine elend schwache Glühbirne diesen schrecklichen Raum. Dann konnte ich meine achtbeinigen Mitbewohner schemenhaft erkennen, die sich schon vor langer Zeit ihr Zuhause in dichten Netzen in den Zimmerecken geschaffen hatten.

Den Ekel hatte ich längst überwunden, den der feuchte Modergeruch in meinen Eingeweiden hervorgerufen hatte. Das sorgte sogar dafür, dass ich dieses Etwas, das er mir einmal am Tag als Essen in einer Metallschale servierte, durch die Kehle bekam und im Magen behielt. Das war nicht immer so, was die große Menge an Erbrochenem um mich herum eindrucksvoll bewies. Das hatte sich mittlerweile mit den Exkrementen vermischt, die ich notgedrungen, ohne weiter darüber nachzudenken, unter mich ließ. Der Urin und der Kot brannten auf meiner Haut und hatten zu Entzündungen geführt. Niemals wollte ich wissen, was sich tatsächlich in diesem Napf befand, aus dem er mich wie ein Kind fütterte. Mit wenigen Schlucken des erstaunlich sauberen Wassers schaffte ich es mittlerweile, den gröbsten Hunger und Durst zu stillen. Ich hatte mir geschworen, nicht aufzugeben, dieses Martyrium zu ertragen ... durchzuhalten bis zum bitteren Ende. Man würde mich suchen und finden, da war ich mir sicher, denn es war die letzte Hoffnung, die mich am Leben erhielt.

Die Kälte in den Gliedern spürte ich schon seit längerer Zeit nicht mehr, dafür waren die eng angelegten Kabelbinder verantwortlich, die Hände und Füße zusammenschnürten. Das ausgetretene Blut machte sich nun schmerzhaft bei jeder Bewegung bemerkbar, nachdem es sich pulverisiert unter die Fesseln geschoben hatte. Das ließ sich nicht verhindern, da ich versuchen musste, den Blutkreislauf in Gang zu halten. Meine Position veränderte ich ebenfalls laufend, da die Glieder erste Taubheitsgefühle zeigten. Ich näherte mich unaufhaltsam dem Punkt, an dem ich mir wünschte, dass dieser Wahnsinnige endlich sein perfides Werk beendete und mir die Gnade des Sterbens erwies. Längst war mein Verstand sich darüber im Klaren, dass ich diese Kammer niemals wieder lebend verlassen würde. Dafür wusste ich bereits zu viel über dieses bemitleidenswerte Wesen.

Während aus einem der umliegenden Räume weiter leises Gewimmer zu hören war, lief dieser verdammte Film vor meinen Augen ab, der mich an den weit zurückliegenden Punkt in meiner Kindheit führte, an dem eigentlich alles begann ...

Kapitel 1

Zwei Tischreihen trennten mich von diesem Miststück. Martina Klaas ertrug ich mittlerweile schon über drei Monate. Besser gesagt, ich verachtete sie schon seit dem Tag, als sie meine ausgestreckte Hand mit einem müden Lächeln auf dem Schulhof ignorierte. Für mich war es völlig normal, sich den neuen Klassenkameradinnen vorzustellen, mit denen ich ja schließlich mindestens ein Jahr gemeinsam den Unterrichtsraum teilte. Ich war einfach nicht da für diese Gruppe, die sich um dieses Weibsbild gescharrt hatte. Die Jungs hingen fiebernd an ihren schon jetzt grellrot geschminkten Lippen, warteten sehnsüchtig darauf, dass dieser Mund erneut eine gehässige Bemerkung hervorbrachte, die sie dann frenetisch beklatschen durften. Sie war die Göttin inmitten von testosterongesteuerten Vollidioten. Dass ich häufig für einen Augenblick die volle Aufmerksamkeit genoss, spürte ich daran, dass sich alle Jungs vor lauter Vergnügen auf die Schenkel klopften und zu mir herübersahen. Wie ein wildwuchernder Tumor fraß sich die tiefe Abneigung gegen dieses Weibsbild in mein Hirn, wuchs von Tag zu Tag. Sie wusste das, weil sie es genau darauf anlegte. Sie war die typische Führerin von geist- und willenlosen Mitschülern.

Diese Mädel existierten für mich bisher nur in Serien wie Gossip Girl. Sie trieben ihr Unwesen bisher nur an diesen amerikanischen Highschools. Das war aber doch nur konstruiertes TV, oder? Hatten diese Bad-Girls es etwa über den großen Teich geschafft? Waren sie jetzt in die städtische Realschule für Jungen und Mädchen nach Essen eingefallen? Die kommenden Monate würden es zeigen ... ich hatte noch keine Ahnung. Mein Drehbuch hatte diese Martina längst geschrieben. Das hätte mir spätestens auffallen müssen, als mich ihr herablassender Blick durch den Ring der jubelnden Jungen traf. Ihre Pläne reiften schon damals unter dem schwarzen Bubikopf.

Beim Abendbrot, nachdem Papa endlich nach den obligatorischen Überstunden, den Mantel an die Garderobe gehängt hatte, kam sie, die Frage aller Fragen. Genau nach Mamas zweiten Riesenlöffel Kartoffelsalat, den ich vergeblich versuchte abzuwehren, nuschelte er.

»Wie war's heute in der Schule? Alles paletti?«

Solange ich denken konnte, glaubte Mama immer, sogar Fragen beantworten zu müssen, die nicht an sie gerichtet waren. Papa wunderte sich deshalb auch nicht, als mir das Wort abgeschnitten wurde, bevor auch nur eine Silbe den Mund verlassen konnte.

»Das Kind wurde gemobbt ... richtig gemobbt. Stell dir das mal vor. Direkt am ersten Tag. Erzähl doch selbst, Mäuschen ... lass dir doch nicht ständig die Worte aus der Nase ziehen.«

Ich war mir nicht sicher, ob Papa die Einleitung überhaupt mitbekommen hatte. Hektisch bearbeitete er das viel zu zähe Fleischstück, das Mama großspurig als Hüftsteak angepriesen hatte. Selbst wenn es eines war, so hatte der Händler wohl nie etwas davon gehört, dass dieses Fleisch abgegangen sein musste ... nun ja, das arme Tier, von dem unser Fleisch stammte, hatte den gestrigen Sonnenaufgang noch bewusst erleben dürfen. Schließlich gab Papa auf, zumindest gönnte er sich eine Pause und sah mich an.

»Ich habe dich etwas gefragt, Andrea. Wie war der erste Tag?«

»Die haben sie ge ...«

»Jetzt lass das Kind doch bitte selbst antworten. Du musst nicht immer ...«

Mama hob abwehrend die Hände und stupste mich auffordernd gegen die Schulter.

»Andrea. Papa hat dich was gefragt. Antworte ihm bitte.«

Die andere Hand landete am Hinterkopf meines kleineren Bruders Leon, der es sich erlaubte, den bisherigen Dialog mit einem frechen Grinsen zu quittieren. Das Fleischstück, das er mühsam, mit Kartoffelsalat vermischt, zerkaut hatte, spuckte er prompt zurück auf den Teller. Damit handelte er sich den zweiten Schlag ein.

Papa warf das Besteck, jetzt allmählich wütend werdend, neben den Teller.

»Was soll das ganze Theater am Tisch? Kann man nicht einmal zuhause Ruhe bekommen? Was hat dir der Junge getan, dass du ihn ohrfeigst?«

»Du hast das unverschämte Grinsen natürlich übersehen. Ich bin schließlich seine Mutter. Da kann ich Respekt erwarten ... oder etwa nicht?«

Ihr Blick glitt beifallsuchend in die Runde. Alle Augenpaare waren auf die Teller gerichtet ... absolute Ruhe. Schließlich griff Papa zum Messer und klopfte auf meinen Tellerrand.

»Jetzt erzähl mal, Kleines. Was war denn da los?«

Bevor ich loslegte, suchte mein Blick vorsichtshalber den von Mama, die aber nur ungeduldig auf Papa wies.

»Nun los, mach schon.«

»Es wäre bestimmt besser gewesen, wenn ich bereits am ersten Einschulungstag schon mit allen anderen Mitschülern hätte zusammen sein können. Diese beschissene Grippe ...«

»Andrea ... bitte!«

Mamas Augen sprühten Feuer. Fäkaliensprache in ihrer Gegenwart – das ging gar nicht. Das ließ ihre streng-katholische Erziehung einfach nicht zu. Die Gossensprache, wie sie es nannte, gehörte nur zur Ausdrucksweise des Proletariats, zu dem sie ihre Familie natürlich nicht zählte. Immerhin war Opa Kleber zeitlebens als angesehener Postzusteller tätig, dem als Beamter solche sprachlichen Entgleisungen niemals über die Lippen gekommen wären. Mamas strenger Blick mahnte mich zur Vorsicht bei der Wortwahl.

»Jetzt lass das Kind doch endlich erzählen!«

»Also, die haben in den Tagen, an denen ich fehlte, schon Gruppen gebildet. Ich war für alle eine neue Schülerin. Also wurde ich in der ersten Stunde, ganz allein vor der Tafel stehend, der Meute vorgestellt. Unser Deutschlehrer Henning hat das auch ganz nett gemacht, aber als der meinen Nachnamen nannte ... da war sofort der Teufel los.«

Mama verdrehte die Augen und legte beruhigend ihre Hand auf meinen Arm.

»Mir gefiel es damals auch nicht, dass ich plötzlich *Lesbe* heißen sollte. Doch die anfänglichen Sticheleien auf der Arbeit wurden irgendwann weniger. Das wird auch bei dir so sein. Kinder sind nun einmal grausam. Da musst du einfach weghören.«

»Einfach weghören, sagst du? Du kannst dir nicht vorstellen, was ich mir schon in der ersten Pause anhören musste. Am liebsten wäre ich vom Schulhof gelaufen. Das war einfach nur peinlich.«

»Andrea, Mama hat recht. Irgendwann gehen denen die Witze aus. Dann normalisiert sich das Ganze. Ich kenne das von der Arbeit. Außerdem wissen diese Kinder doch noch gar nicht, wovon sie reden.«

»Ja Papa, du kennst das ... du bist aber auch keine Frau. Bei Männern dürfte es schwieriger sein, aus diesem Namen Witze zu zimmern. Glaube übrigens nicht daran, dass wir mit zehn Jahren noch hinter dem Mond leben, wir haben schließlich Sexualkundeunterricht. An diese Story mit dem Klapperstorch habt ihr vielleicht in dem Alter noch geglaubt. Ich werde dem Nächstbesten, der lästert, eine runterhauen und ...«

»Nichts wirst du tun, mein Kind. Du darfst dich auf deren Niveau nicht herablassen. Genau das bezwecken diese Blödmänner doch nur. Sie wollen dich zu diesen Reaktionen herausfordern. Am Ende stehst du immer als der Aggressor da. Hast du denn überhaupt keinen Stolz?«

»Ob ich Stolz habe? Soll ich vielleicht noch stolz sein auf diesen Namen? Lesbe ... wie kann man einem Menschen nur einen solchen Namen verpassen?«

»Jetzt gehst du zu weit, Andrea. Mir hat der Name bisher nicht geschadet.«

Jetzt sah Papa beifallsuchend in die Runde. In Mama arbeitete es gewaltig. Ich spürte, dass sie sich eine Bemerkung nicht verkneifen konnte, während sie mit gesenktem Kopf das Blutwasser ihres sogenannten Hüftsteaks mit den Kartoffeln verrührte.

»Na ja, genutzt hat er dir aber auch nicht. Auf deine längst fällige Beförderung wartest du schon über acht Jahre. Da wurden dir sogar deine ehemaligen Lehrlinge vorgezogen. Die sagen dir heute, was du zu tun hast. Und erinnere dich bitte an die erbärmlichen Zettel, die man dir noch vor Monaten an den Bildschirm klebte.«

Der Abend war gelaufen. Papas Gesicht nahm die Farbe des Fleischsaftes an, der sich in hässlichen Pfützen zwischen der Mayonnaise verteilt hatte. Mit Getöse knallte die Haustür hinter ihm ins Schloss. Franz Breiter, der Wirt aus der Drehscheibe, zählte am Tresen einen frustrierten Gast mehr.

Kapitel 2

Das Fenster zur Straße stand weit offen. Der Lärm der anderen Schüler, die endlich das ehrwürdige Schulgebäude über die breiten Steintreppen in das verdiente Wochenende verlassen durften, hallte noch bis ins Klassenzimmer. Martinas Grinsen entging mir nicht, als sie sich auf die Rückbank der Mercedes-Limousine fallen ließ, die wieder einmal verbotswidrig vor dem Schulgebäude auf sie wartete. Selbst hinter der abgedunkelten Scheibe erkannte ich die Silhouette ihres Kopfes. Ihr Blick ruhte auf meinem Klassenraumfenster. Ihre bösen Gedanken glaubte ich, lesen zu können, ihren Hass, den ich tagtäglich zu spüren bekam.

Ich war fest davon überzeugt, dass nicht sie selbst es war, die den Kleber auf meinen Stuhl gestrichen hatte ... nein, dafür hatte sie ihre Helfershelfer, die eine Schleimspur zurücklassend, ständig um sie herumwuselten. Sie wusste genau, in welch peinlicher Situation sie mich zurückließ. Der Rock war eine unlösbare Verbindung mit dem Holzsitz eingegangen, als wollten sie für die Ewigkeit verbunden bleiben. Als die lospreschende Limousine auf der Straße wendete, entging mir nicht die winkende Hand, die mich, über das Wagendach reichend, noch verhöhnen sollte. Mein Groll gegen dieses Mädchen wuchs ins Unermessliche, ließ meinen Körper beben. Verzweifelt suchte ich nach einer Möglichkeit, das Schulgebäude verlassen zu können, ohne zum Gespött der Allgemeinheit zu werden. Mit den Lehrern war es wie mit der Polizei – brauchst du sie, sind sie nicht da.

Umständlich stieg ich aus meinem Rock, der sich um keinen Preis der Welt von der Sitzfläche lösen wollte. Mir fiel keine andere Lösung ein, als den Stoff den gierigen Fingern der

Firma Pattex zu übergeben und den verbleibenden Rest mit einem festen Ruck loszureißen. Der zerfetzte Rock, den Mama erst vor wenigen Tagen bei eBay günstig ersteigert hatte, hing trostlos in meiner Hand. Tränen der Wut liefen mir über die Wangen und versickerten auf dem jetzt samtigen Stuhlsitz.

Trotz tränenfeuchter Augen bemerkte ich im Fenster das Spiegelbild einer Person, die in der Klassentür stumm lauerte und fasziniert mein teilweise entblößtes Hinterteil begutachtete. Es war eine filmreife, fließende Bewegung, mit einer Einhundertachtzig-Grad-Wendung, gleichzeitigem Hochreißen des Reststoffes vor den Unterleib und Veränderung der Gesichtsfarbe ins Tomatenrote.

Von diesem Kunststück völlig unbeeindruckt, starrte mich Holger Mastrich wortlos an. Sein ausgemergelter Körper wehrte sich krampfhaft gegen den Riesentornister, der ständig versuchte, ihn nach hinten zu ziehen. Seine blassblauen Augen musterten mich, erinnerten an einen Karpfen, der ungläubig den Angler betrachtete, der ihm ans Leben wollte.

»Wa ... was machst du da, A ... Andrea? K ... kann ich dir ... he ... helfen?«

Niemand im Haus wollte diesen Jungen zum Freund haben. Das war selbst mir bekannt. Einen der Gründe stotterte er mir in diesem Augenblick vor. Trotz meiner mehr als peinlichen Situation dachte ich, warum auch immer gerade jetzt darüber nach, dass es Unrecht war. Ich konnte schließlich ein Lied davon singen, was es hieß, den Stempel der Außenseiterin, einer Geächteten tragen zu müssen. Schon mehrfach war mir Holger aufgefallen, weil er meist allein in den Pausen abseits saß und sein Butterbrot aß, das er grundsätzlich in einer hellblauen Frischhaltedose aufbewahrte. Unerklärlich, dass ich mich an die Farbe seiner Brotdose erinnerte, aber nicht wusste, dass er stotterte.

»Es ist alles gut, du kannst mir nicht helfen ... du siehst ja, was los ist.«

Von meiner Bemerkung völlig unbeeindruckt, näherte sich Holger dem Ort der Peinlichkeit. Er wuchtete den Riesentornister mit einer erstaunlichen Leichtigkeit von der Schulter und stellte ihn neben sich ab.

»Ach du Schei ... Scheiße, die haben d ... dir K ... Kleber auf den Stuhl gestr ... strichen, die Pi ... Pisser. Warte.«

Holgers dürre Arme wühlten in seinem Schultornister, zogen irgendwann einen Turnbeutel hervor, den er auf dem Boden ausleerte. Mit dem erleichterten Lächeln eines Dreijährigen, der den letzten passenden Legostein für sein erstes Bauwerk gefunden hatte, präsentierte er mir seine schwarze Sporthose. Sie baumelte direkt vor meinen Augen an seinem ausgestreckten Arm. Der größte Teil der Jugendlichen hätte diese Hose, deren Seiten jeweils nur zwei weiße Streifen zierten, niemals auch nur eines Blickes gewürdigt. Für mich stellte dieses No-Name-Produkt den Himmel auf Erden dar. Das war die ersehnte Rettung in Form eines völlig unbeachteten Jungen aus der Nebenklasse.

»Das kann ich doch nicht ...«

Holger ließ mich nicht zu Ende reden, sondern drückte mir seine Hose in die Hand. Wortlos drehte er sich um und wartete wie ein Gentleman mit eingezogen Schultern darauf, dass ich sie überzog.

»Passt. Du kannst dich wieder umdrehen. Ich weiß nicht, wie ich dir dafür danken kann. Du hast mir das Leben gerettet. Wie heißt du eigentlich?«

»Holger ... Holger Ma ... Mastrich. Bin in der 5b. Und du bist d ... die Andrea, oder?«

»Woher kennst du meinen Namen? Wir haben doch noch nie miteinander gesprochen?«

»Du bist doch auch im ... immer alleine auf dem Schulhof. Da habe ich einfach jemanden aus deiner Klasse gefragt ... Ich mag dich.«

Holgers Geständnis brachte damals meine gesamte Weltanschauung in Unordnung. Wer, außer meiner engsten Familie, sollte mich schon mögen? Selbst Oma Rita strafte mich mit Missachtung, wenn sie zweimal pro Jahr zu Besuch kam. Für sie war ich die graue Maus in der Familie, die Gefahr lief, bereits mit zarten zehn Jahren den Zug der Zeit zu versäumen. Ständig nörgelte sie an meiner Kleidung herum. Mama ließ die Kritik emotionslos an sich abprallen, kaufte weiterhin meine Designerklamotten bei kik.

»Hast du heute noch Sport? Dann brauchst du doch die Hose noch für den Unterricht.«

Holger winkte cool ab.

»Eigentlich m ... müsste ich gleich zum Judo-Training. Aber aus w ... wichtigen Gründen werde ich das heute mal ausfallen lassen.«

Ungläubig sah ich zur Seite, auf den neuen Freund, der so trocken klugscheißernd die augenblickliche Lage auf den Punkt brachte. Sekundenlang trafen sich unsere Blicke, bevor wir fast gleichzeitig losprusteten. Zwischenzeitlich hatten wir uns auf den Boden, direkt vors Lehrerpult gesetzt und klopften uns vor Vergnügen auf die Schenkel. Die Stimme, die uns wieder in die Realität holte, gehörte Mathelehrer Kolkar. Wir beide hatten nicht bemerkt, dass er das Klassenzimmer betreten hatte.

»Den Begriff *Nachsitzen* habt ihr zwei sehr wörtlich, aber völlig falsch ausgelegt. Damit war eigentlich das Sitzen am Pult gemeint, wobei euch doch sicherlich eine Aufgabe gestellt worden war, oder nicht?«

In Sekundenschnelle erhoben wir uns in die Senkrechte. Der Schreck ließ uns erstarren. Mit Sorge beobachtete ich, dass Holgers Gesichtsfarbe wieder ansatzlos den Grundton seiner Haare annahm. Ich schämte mich im gleichen Augenblick dafür, dass mir spontan das Wort Karotte in den Sinn kam. Man macht sich einfach nicht lustig über einen Menschen, der dir noch kurz zuvor das Leben gerettet hatte. Mit Sorge verfolgte ich den Blick des Lehrers, der zwischen dem Stofffetzen neben mir und meiner Turnhose hin und her irrte. Ein Vermögen hätte ich zu dieser Zeit für die Gedanken gegeben, die Kolkar durch den Kopf gingen. Ein schmalbrüstiger Junge, der neben einem Mädchen saß, dessen Rock auf dem Boden ... Mensch, wir waren doch erst zehn Jahre alt.

»Die haben mir den Sitz mit Kleber beschmiert«, unterbrach ich seine Gedanken und zeigte auf den Stuhl in der vierten Reihe. Er folgte mir zögernd, als ich zum Stuhl ging.

»Holger hat mir seine Sporthose ...«

»Ja, ja, ich verstehe schon. Wer hat das denn veranstaltet? Das ist ja ungeheuerlich. Hast du Namen? Wie heißt du eigentlich? Das werde ich morgen sofort in der Lehrerkonferenz ...«

»Aber nein, Herr Kolkar, das ist nicht so schlimm. Ich habe auch keine Namen. Ich heiße übrigens Andrea, Andrea Lesbe.«

Auch mir entging nicht das kurze Zucken, als ich meinen Nachnamen nannte. Den Notizblock, den er bereits aus der Tasche seines Sakkos gezogen hatte, steckte er mit einem traurigen Blick auf mich, schulterzuckend wieder ein.

»Du bist also das Mädchen, das schon so oft unter dem etwas unglücklichen Familiennamen leiden musste. Aber warum tust du dir das an und verschweigst ständig, wer dahinter steckt? Wir haben einen Verdacht, aber wir können von Seiten der Schule nichts unternehmen, wenn du weiter schweigst.«

Holger rang nach Atem. Ihm war die Anspannung anzumerken, unter der er in diesem Augenblick litt.

»Ich weiß, wer das alles ...«

»Halt die Klappe, Holger. Du weißt gar nichts. Noch ein Wort, dann ...«

Es tat mir in der Seele weh, als ich diesem wundervollen Jungen über den Mund fahren musste. Aber er drohte Dinge auszusprechen, die ich seit Monaten geheim hielt. Für mich war völlig klar, dass ich erst recht die Hölle erleben würde, sollte der Name Martina Klaas auch nur ansatzweise mit meinem Mobbing in Verbindung gebracht werden.

Lehrer Kolkar beugte sich zu mir herunter, sah mir in die Augen. Sein Gesicht strahlte etwas aus, das mir die Angst nahm. Verdammt, wenn ich so zurückdenke ... war es sogar hübsch zu nennen mit diesem Drei-Tage-Bart und dem mitfühlenden Lächeln.

»Andrea, ich bin mir nicht sicher, wie ich mich an deiner Stelle, in deinem Alter benommen hätte. Wirklich nicht. Doch aus heutiger Sicht weiß ich eines. Ewiges Totschweigen des Mobbings, es klaglos ertragen, bringt nichts. Es hält die Täter nicht davon ab, weiterzumachen. Es bewirkt sogar das Gegenteil; sie fühlen sich bestärkt, da sie sehen, dass ihr Opfer leidet. Du verstärkst unbewusst ihre Motivation. Das hältst du nicht lange durch. Du wirst verlieren – das steht fest.«

»Aber Her Kolkar, ich kann ...«

»Entschuldige, wenn ich dich unterbreche, aber du kannst dir nicht vorstellen, wohin ein solches Mobbing die Opfer führen kann. Ich habe die Eintragungen im Klassenbuch gesehen, wir Lehrer haben auch schon über Gegenmaßnahmen diskutiert. Aber wir wissen auch, dass wir damit einen Rechtsstreit lostreten, wenn wir die Schülerin der Schule verweisen würden, ohne ...«

»Ich habe niemals den Namen Klaas genannt, ich habe überhaupt keinen ...«

»Siehst du, da lagen wir ja gar nicht so falsch. Aber ohne Beweise sind uns die Hände gebunden. Bitte unterhalte dich darüber mit Fräulein Spieker, das ist die Psychologin im Hause, eure Vertrauenslehrerin. Sie kennt sich mit dem Thema blendend aus und wird dir helfen. Versprichst du mir das?«

Als wäre die Frage an ihn gerichtet, nickte Holger, der mittlerweile wieder zur normalen Gesichtsfarbe zurückgefunden hatte. Ich konnte nicht anders, machte es ihm nach.

»Ich werde mir dieses verzogene Weibsbild vorknöpfen. Den Rock wird sie mir bezahlen müssen, darauf werde ich bestehen.«

Mama war außer sich vor Wut. Dermaßen aufgebracht hatte ich sie noch nie gesehen, wenn ich einmal von dem Tag absah, als Papa seine Meinung zu ihrer neuen Frisur äußerte. Eigentlich hatte er ja völlig recht, als er konstatierte, dass sie für diese lilagefärbten Strähnen einige Jahre zu reif war. Den Fehler machte er kein weiteres Mal. Papa benötigte damals drei Anstriche, um die Flecken auf der Tapete zu übertünchen, die der Topf mit Spaghetti Bolognese hinterlassen hatte.

»Reg dich doch bitte nicht so auf, Mama. Wir können ihr das doch nicht beweisen. Das wird einer der Mitschüler gewesen sein, der sich vor ihr profilieren wollte. Außerdem will ich abwarten, was Fräulein Spieker mir morgen zu sagen hat. Du kannst ja gerne mitkommen und dir anhören, zu welchen Maßnahmen sie rät.«

Verärgert warf sie den Stoffrest auf den Tisch und starrte auf ihre Hände, mit denen sie sich an der Küchenarbeitsplatte abstützte. Eine Position, in der sie erfahrungsgemäß die schlimmsten Rachefeldzüge ausklügelte. Wir alle konnten ein Lied davon singen. Das war ein undankbares Erbe, das ihr Oma Lisbeth hinterlassen hatte, die ebenfalls zu unkontrollierten Wutausbrüchen neigte. Opa Joseph, zeitlebens ein gutherziger Mann, war wirklich nicht zu beneiden, bevor sein in Demut ertragenes Leiden durch einen Autounfall in den Tiefen des Erzgebirges frühzeitig ein Ende fand.

»Mama? Hast du mir überhaupt zugehört? Willst du mitgehen oder hast du Dienst?«

»Das klappt morgen nicht, ich habe mit Frau Scheuer die Schicht getauscht, und Doktor Walser braucht morgen beim Implantatsetzen eine erfahrene Hand. Aber ich werde mir etwas einfallen lassen. So einfach kommt mir diese verzogene Göre nicht davon.«

Genau davor fürchtete ich mich. Unser Herrgott hatte sich damals für das ägyptische Volk schon einige fiese Plagen ausgedacht, doch wäre Mama früher geboren worden, hätte er sie sicherlich schon zu dieser Zeit als letztes Mittel zur Rettung des Volkes Israel eingesetzt. Sie vergaß nie ... niemals eine Schmach. Jedes Wort, jede Tat, die nicht ihren Vorstellungen von Gut und Böse entsprach, speicherte sie unwiderruflich auf ihrer Festplatte. Es würde der Tag kommen, und der kam immer, da rief sie diese Daten bei passender Gelegenheit ab und schlug sie der überraschten Person gnadenlos um die Ohren.

»Du solltest bei allem, was du dir überlegst, berücksichtigen, dass der Vater von Martina Klaas ein Anwalt ist, der sich gegen jede falsche Behauptung wehren wird. Außerdem sitzt dieser Typ als Vorsitzender im Elternrat der Schule. Ich würde es mir gut überlegen, bevor du ...«

»Ich weiß, ich weiß ... bin ja schließlich nicht blöd.«

»Mama? Darf ich Holger mal zu mir einladen, der hat mir so lieb geholfen? Der ist total süß.«

Im entsetzten Gesicht meiner Mutter konnte ich unschwer erkennen, dass sie die letzte Bemerkung in den völlig falschen Hals bekommen hatte. Bevor sie eine diesbezügliche Bemerkung machen konnte, stellte ich die Aussage auf stabilere Beine.

»Ich meine, dass er ein anständiger Junge ist.«

Sie schloss den Mund wieder, der vermutlich etwas ausgespuckt hätte, was ich nicht hören wollte. Mein Bruder Leon befreite mich mit seinem ungestümen Auftritt aus dieser Situation. Mama zuckte zusammen, als sie hörte, wie sein Tornister in der Diele gegen die Kommode knallte und schließlich in irgendeiner Ecke zum Liegen kam.

»Was gibt es heute zu essen, Mama? Ich habe einen Bärenhunger ... die Schnitte reicht nicht ...«

Mitten in der Rede stoppte er und betrachtete entgeistert mein Outfit.

»Wie sieht die denn aus. Wieso trägt Andrea eine Sporthose, Mama?«

Seinen gleichzeitigen Griff zum Kochtopfdeckel verhinderte Mama, indem sie geschickt seinen Arm abfing. Sie zog den protestierenden Leon in die Diele ... ihr Blick ruhte auf dem Tornister, der mitten im Gang seinen endgültigen Platz gefunden hatte. Auch ohne Worte verstand mein kleiner Bruder die stumme Botschaft und schleppte seine Schultonne in sein Zimmer. Als er wieder in der Küche erschien, hatte Mama bereits Suppenteller auf den Tisch gestellt. Ich musste in keinen Topf blicken ... heute war schließlich Mittwoch. An diesem Tag gab es immer einen Eintopf. Welche Variante sie heute zubereitet hatte, offenbarte sich unseren entsetzten Augen kurz darauf. Oma nannte sie immer Kälberzahnsuppe ... Mama gab diesem Gericht den gemäß Duden richtigen Namen Graupensuppe. Beides fanden wir falsch. Für uns Kinder war das eine eklige, schleimige Scheißsuppe, was natürlich nie offen ausgesprochen werden durfte. Selbst Papa verdrehte seine Augen, wenn Mama seinen Teller bis zum Rand mit dem überaus schmackhaften Gericht auffüllte. Bis zum heutigen Tag verfolgt mich ein unangenehmes Körperjucken, wenn auch nur das Wort Gr...suppe irgendwo erwähnt wird.

Kapitel 3

»Komm doch herein, Andrea, ich beiße nicht.«

Die Tür öffnete sich auf mein Klopfen. Vor mir tauchte diese große, schlanke Frau auf. Auf den ersten Blick schien Fräulein Spieker ganz in Ordnung zu sein. Ich gab Holger ein Zeichen, dass er sich auf die Bank neben dem Sprechzimmer setzen und auf mich warten sollte. Er sah irgendwie niedlich aus mit seiner altmodischen Jeans-Kombi, die heute kein Mensch mehr trug, und dem glatt nach hinten gezogenen Haar, in das er ein hammerhartes Gel eingearbeitet hatte. Sein roter Haarschopf funkelte dadurch wie eine Leuchtstoffröhre in einem Bordell. Ich fand es irre toll, dass er sich angeboten hatte, mich bei dem schweren Gang zu begleiten.

»Dein Bruder? Willst du, dass er mit reinkommt? Das ist kein Problem, wenn du es möchtest.«

»Nein, nein ... das ist ein ... Holger ist ein guter Freund von mir. Er hilft mir sehr.«

Während Fräulein Spieker dafür ein *das finde ich aber toll von Holger* fand, verließ sie für einen Moment den Raum, um ihm die Hand zu reichen. Wieder einmal schaffte er es in wenigen Sekunden, seine Gesichtsfarbe dem Haarschopf anzupassen. Den Diener quittierte die Psychologin mit einem anerkennenden Lächeln.

»Ein netter Bursche, dieser Holger. Freunde kann man immer gebrauchen. Setz dich doch einfach irgendwo hin. Sollen wir die Sessel nehmen, die sind irre bequem? Ne Limo oder lieber einen Kakao für dich? Beides kein Problem? Du kannst dir aus dem Schrank da hinten nehmen, was du willst. Nur Cola, die wirst du bei mir nicht finden, da habe ich meine Prinzipien.«

Ich wollte das Ganze schnell hinter mich bringen, schüttelte den Kopf, korrigierte jedoch aus unerklärlichen Gründen meine vorherige Entscheidung.

»Doch, vielleicht eine Sprite ... wenn ich darf.«

Eigentlich wollte ich nur Zeit schinden, um mich ein wenig im Zimmer umsehen zu können. Die verrückten Bilder, die Marylin Monroe, John Lennon und Prince zeigten, erweckten meine Aufmerksamkeit, was Fräulein Spieker nicht entging.

»Gefallen dir die Bilder? Die Personen kennst du doch wohl alle, oder?«

»Ja, zumindest diese drei, den Vierten kenne ich nicht.«

»Das, meine Liebe, ist der Künstler selbst. Andy Warhol hat sich auch selbst in einem Bild verewigt. Wenn du möchtest, kann ich dir bei anderer Gelegenheit mehr über diesen Ausnahmekünstler erzählen. Aber heute haben wir ja einen aktuellen Anlass für unser Treffen. Übrigens finde ich deine Frisur sehr gelungen. Den Pferdeschwanz mal nicht in der Mitte, so wie alle. Deine schönen Haare kommen dadurch viel besser zur Geltung.

Herr Kolkar hat mir von deinem Problem erzählt, das du mit deinen Mitschülern hast ... oder sie mit dir, je nach Sichtweise. Dazu möchte ich mehr erfahren. Es wäre gut, wenn du mir das mit deinen Worten schildern würdest. Geht das?«

Damals war ich mir überhaupt nicht sicher, ob sie mir das Kompliment mit den Haaren aus Überzeugung machte oder nur mein Ego aufbauen wollte. Ich nahm es mal positiv. Abwartend saß mir diese überaus hübsche Frau gegenüber, die ihre Hände in den Schoß gelegt hatte. Ich stellte mir insgeheim die Frage, wie sie es wohl schaffte, mit diesem engen Rock drei Schritte unfallfrei zu bewerkstelligen. Ihre Augen ruhten unablässig auf meinem Gesicht. Mit keinem Wort, mit keiner Geste drängelte sie mich. Mein Blick hatte sich an John Lennon festgesaugt, als ich begann.

Fräulein Spieker erfuhr in den nächsten Minuten von Missachtungen, Hänseleien, Schikanen, Drohungen und Bloßstellungen. Als ich ihr davon berichtete, dass mir sogar Hausaufgabenhefte gestohlen oder beschädigt wurden, zog sie für einen Augenblick die Brauen zusammen. Ich glaubte sogar, eine gewisse Traurigkeit in ihrem Blick erkannt zu haben, als ich davon berichtete, dass mir sogar Zettel zugesteckt wurden, in denen mir Gewalt angedroht wurde, sollte ich mich jemals den Lehrern anvertrauen.

»Ich denke, du weißt selber, womit wir es deiner Beschreibung nach zu tun haben. Mobbing ist eine weit verbreitete, üble Methode, scheinbar schwächere Personen fertig zu machen. Du hast richtig verstanden, Andrea, ich sprach von scheinbarer Schwäche. In vielen Fällen fallen Mitschüler über andere her, weil sie glauben, dass der- oder diejenige einfach zu beeinflussen, zu bedrängen ist. Doch dazu kommen wir später, denn ich kann bei dir im Augenblick noch keine Schwäche erkennen. Was sagen deine Eltern dazu? Sprecht ihr zuhause über die Sache?«

Sie hatte sich mittlerweile nach vorne gebeugt und sah mich fragend aus ihren grünen Augen an. Ich fand keine Erklärung dafür, warum ich mir genau in diesem Augenblick wünschte, später einmal diese Ausstrahlung, dieses Selbstbewusstsein zu besitzen. Sie verkörperte genau diese Selbstsicherheit, die ich an mir so sehr vermisste. Sie besaß mir gegenüber jedoch einen Riesenvorsprung, der nicht nur in Lebensjahren und Erfahrung zu finden war ... sie hieß *Spieker* und nicht *Lesbe*.

»Andrea, hast du meine Frage verstanden? Was meinen die Eltern dazu?«

Die Wiederholung der Frage riss mich aus den Gedanken, ich fuhr hoch.

»Ich habe bis gestern nichts davon erzählt. Nun konnte ich es nicht länger verheimlichen, mein Rock war schließlich hinüber durch den verdammten Kleber. Dieses Miststück wird das bezahlen müssen. Ich werde ...«

»Ruhig, Andrea, ganz ruhig. Lass uns das in aller Ruhe besprechen. So, wie du es mir erzählt hast, vermutest du lediglich, dass diese ... wie hieß sie nochmal ... ja, diese Martina Klaas dahintersteckt. Beweisen können wir es ihr aber nicht. Ich kenne das zur Genüge. Solche Typen, man nennt sie auch Egomanen, brauchen immer eine Schar von Vasallen, die die Drecksarbeit verrichten. Oft sind sie selber viel zu feige dazu. Ja, du hast richtig gehört. Diese Mobber sind eigentlich bedauernswerte Menschen, denn ihnen fehlt es an Selbstwertgefühl. Sie versuchen, sich in einer Clique zu brüsten, brauchen diese Mitläufer, um von eigenen Schwächen abzulenken. Sie halten sich für etwas Besonderes.«

»Aber diese Martina ist ja auch was Besseres, so wie Sie es sehen. Ihr Vater ist ein bekannter Anwalt, die haben massig Geld und dumm ist Martina auch nicht. Die hat verdammt gute Noten und spielt irre gut Tennis. Außerdem ist sie viel hübscher als ich.«

»Ist sie das, Andrea? Oder siehst nur du das so, weil du dich selbst nicht attraktiv findest? Ich kenne Martina Klaas, sie saß genau in diesem Sessel vor mir und ich habe sie mir angesehen. Ich werde dir nicht erzählen, worüber wir sprachen, aber eines kann ich dir garantieren. Sicher ist Martina nicht unattraktiv, da müsste ich lügen. Aber du musst dich nicht hinter ihr verstecken. Wir sollten uns einmal zu einem anderen Zeitpunkt über äußere und innere Schönheit unterhalten. Du besitzt etwas, von dem eine Martina Klaas nur ihr Leben lang träumen kann. Darum beneidet sie dich sogar insgeheim. Ja, sie beneidet dich bestimmt. Sie hat dir gegenüber nur einen Riesenvorteil, dass sie skrupelloser ist. Sie versteht es hervorragend, ihre eigenen Schwächen hinter einer Fassade zu verbergen. Sie rekrutiert um sich herum Helfer, weil die wiederum einen Führer benötigen. Alleine, ohne Häuptlinge, sind sie Nichts, sie sind Niemand. Denen gegenüber hast du einen Vorteil, dass du dein Leben allein bestimmst. Du hängst an keinen Lippen einer Vorbeterin, führst dein Leben selbstbestimmt. Du musst dir nur dessen viel stärker bewusst werden.

Ich habe dir gut zugehört, als du von diesen persönlichen Angriffen erzählt hast. Ich glaube dir, dass dir mancher davon sehr wehgetan hat. Aber eines können wir an dieser Stelle schon festhalten ... es hat dich nicht zerstören können. Du bist immer noch fest in deinem Willen. Dass du nicht mit gleichen Waffen zurückschlägst und ausrastest, liegt daran, dass du ein ausgeprägtes Harmoniebedürfnis besitzt. Das ist etwas, was diese Jungen und Mädchen nicht besitzen. Zumindest wissen sie nicht, dass es auch bei ihnen vorhanden ist. Sie sind nur zu schwach, um es wie du zu leben.

Also, ich persönlich finde das einfach klasse, wie du mit dieser Situation umgehst. Ich bin mir nicht sicher, ob ich das so klug gehändelt hätte ... ich meine, als ich in deinem Alter war.«

Das musste ich erst einmal sacken lassen, was die Spieker da abgelassen hatte. Ich, Andrea Lesbe, sollte mehr Stärke besitzen als Martina Klaas, mehr Stärke sogar als Frau Spieker selbst? Sie musste mich mit Jemandem verwechseln. Sie schien meine Gedanken zu erraten, denn sie erhob sich, setzte sich auf die Sessellehne und legte ihren Arm um meine Schulter. Es tat gut, diese menschliche Wärme zu spüren, die ich in der letzten Zeit häufig vermisst hatte. Ich bin mir bis heute nicht sicher, ob es damals tatsächlich passierte, aber da floss plötzlich ein Strom durch meinen Körper, der mir einen neuen Blick auf mich selber freigab. *Wow, ich besaß Stärke ... Holger würde es nicht glauben, wenn ich es ihm gleich erzähle.* Die Limoflasche lag anders in meiner Hand, kein Zittern mehr. Ich trank sie in einem Zug halbleer. Fräulein Spieker setzte sich wieder hinter ihren Schreibtisch und machte sich Notizen, während ich ihre Ansprache noch einmal gedanklich wiederholte. *Warum konnte mir Mama nicht diese Stütze geben, warum hielt sich Papa mit seiner Meinung zurück? Warum waren bisher meine Lehrer nicht gegen dieses Luder Martina vorgegangen?* Unwichtig. Ich würde es selbst meistern, dieser Clique Paroli bieten. Mir würde schon was Passendes einfallen. Das spätere Ergebnis überraschte alle Beteiligten ... sogar mich selbst.

Kapitel 4

Holger schoss hoch, stieß sich dabei das Knie an der Bankkante, und sah mir entgeistert entgegen. Mir war in diesem Augenblick nicht klar, was er erwartet hatte, was mit mir in der Zwischenzeit geschehen sein mochte. Ihn schien mein Grinsen zu verunsichern. Fräulein Spieker strich mir über den Pferdeschwanz, winkte noch einmal und warf Holger ein vergnügtes Tschüss zu. Die Tür schloss sich. Mit großen Telleraugen stand ein kleiner, rothaariger Junge vor mir, der nicht in der Lage war, einen Satz zu formulieren. Schließlich befreite ich ihn aus dieser Lage, indem ich ihm meinen Arm um seine schmalen Schultern legte und ihn zum Ausgang schob.

»Wa ... was hat sie gesagt? War's schlimm?«

»Überhaupt nicht. Wir haben uns für übermorgen wieder verabredet. Du ... die war richtig nett ... ich meine ... so wirklich nett.«

»Wieso nett? Ist das d ... denn k ... keine Lehrerin?«

»Ja schon Holger, aber auch eine Psychologin. Die hat studiert, wie Menschen wirklich sind und wie sie miteinander umgehen.«

»Eine Ps ... Psy ... Psycho ...«

»Vergiss es Holger, die hat mir lange zugehört und mir gesagt, dass ...« Ich legte eine kleine Pause ein und schluckte.

»Wa ... was hat sie gesagt?«

»Sie hat mir gesagt, dass ich viel stärker bin als die doofen Spinner, die mich immer ärgern. Denen werde ich es zeigen. Die werden sich noch wundern.«

Warum Holger über alle Backen strahlte, konnte ich an diesem Tag nicht verstehen. Aber es war ein schönes Gefühl der Verbundenheit, als er mir verschwörerisch seine kleine

Faust entgegenhielt und ich meine dagegen drückte. Wir waren ein Team, unzertrennliche Freunde! Nur das zählte in diesem Augenblick mehr, als ich mir damals vorstellen konnte.

Kein Raum wurde verschont vom penetranten Fischgeruch. Durch jede Türritze drang dieser bestialische Gestank, so sah ich es wenigstens. Er verewigte sich sogar in der Bettwäsche, was ich abends zu spüren bekam. Es war Freitag, der Tag, an dem nur Tiere in die Pfanne kamen, die Schwimmflossen vorweisen konnten. Mama trieb es heute auf die Spitze, indem sie einen Riesenberg an grünen Heringen einkaufte. Man hätte das Gefühl entwickeln können, dass der Fischstand auf dem Wochenmarkt ihr den Sonderpreis nur deshalb machte, weil die armen Tiere bereits den vierten Sonnenaufgang ohne Kopf hinter sich gebracht hatten. Einen Tag länger, und das Essen wäre nicht ohne schlimme Folgen für die Gesundheit abgegangen. Mamas Stimme erhob sich über das Bruzzel-Geräusch der Pfanne, indem sie einen älteren Song von Wolle Petri mitträllerte, der auf WDR 4 lief. Kopfhörer bewahrten meine Ohren vor Spätschäden.

Immer wieder hob ich eine Muschel etwas an, um nur die Türklingel nicht zu überhören. Schließlich erwarteten wir Besuch ... mein erstes Date, wenn ich es mir so recht überlegte. Holger konnte leider nur an diesem Freitag. Genau auf unserem Fischtag. Die Fenster mussten geschlossen bleiben, da es sonst wieder zu heftigen Beschwerden aus der Nachbarschaft kommen würde. Papa hatte sich deshalb schon einmal mit Peter Kolping aus dem Nebenhaus geprügelt, der sich das nicht gefallen lassen wollte. Das war mir so unendlich peinlich, als sich die beiden Männer auf der Wiese des Vorgartens herumrollten und die gesamte Nachbarschaft johlend in den Fenstern lag. Es waren sogar Wetten abgeschlossen worden. Nun ja, die Kolpings wohnten mittlerweile nicht mehr hier, aber das Erlebte fand sogar Erwähnung im Lokalteil unserer Stadtteil-Zeitung.

Die Dunst-Abzugshaube heulte auf höchster Stufe und versuchte, den Geruch zu kompensieren. Das hätte sie vielleicht ansatzweise geschafft, bevor sie die wochenalten Fettdünste in ihrem Filter gespeichert hatte. Fast hätte ich die Türklingel überhört, weil zusätzlich Ireen Sheer im Radio mit ihrem Song *Xanadu* gegen den Lärm ansingen wollte. Mama nahm nur kurz den Blick von der Pfanne, als ich aufsprang und die Kopfhörer auf den Tisch knallte. Es verschlug mir nach dem Aufreißen der Haustür fast die Sprache, als ich Holger mit gesenktem Kopf auf der obersten Stufe stehen sah. Es waren nicht die in knallig gelbem Papier eingewickelten Blumen, die mich erstaunt blicken ließen. Es war diese breite Krawatte, deren Riesenknoten von unten gegen sein gesenktes Kinn drückte. Der Kommunionanzug selbst hätte niemals daran geglaubt, jemals wieder von der gleichen Person getragen zu werden. Die wenigen Zentimeter, die jetzt in der Länge an Ärmeln und Hosenbeinen fehlten, zeigten überdeutlich die weißen Manschetten des Hemdes und die ebenfalls weißen Tennissocken. So richtig glücklich fühlte er sich meiner Meinung nach nicht darin.

Als ich die Hand ausstreckte, um ihm die Blumen abzunehmen, zog er den Strauß spontan zurück und schüttelte den Kopf. Mir wurde in diesem Augenblick klar, dass diese Margeriten, die ebenfalls traurig ihren Kopf hängen ließen, nur als Geschenk für Mama gedacht sein konnten. Ich hatte eine solche Szene mal im Fernsehen gesehen ... fand sie unendlich kitschig. Schließlich zog ich ihn am Ärmel ins Haus und stieß ihn in die Seite.

»Du musst irgendwann wieder atmen. An den Geruch gewöhnst du dich irgendwann. Es gibt total leckere, gebratene Heringe mit selbstgemachtem Kartoffelpüree, eine Spezialität des Hauses Lesbe. Komm mit in die Küche. Da ist meine Mutter. Ich meine nur ... wegen der Blumen. Mein Bruder Leon hat sich in seinem Zimmer in Sicherheit gebracht. Mein Vater macht freitags immer länger, was ich verstehen kann. Er müsste aber jeden Moment kommen.«

»Aha, da ist ja unser Ehrengast. Herzlich willkommen in der Hamburger Fischbratküche ... ha, ha, ha ... sind die Blumen etwa für mich? Wow, es gibt doch noch die Gentlemen der alten Schule. Leg sie bitte dort auf die Anrichte. Sobald ich die Hände freihabe, werde ich ... Oder warte. Andrea, kannst du die süßen Blumen in eine Vase stellen? Wäre doch wirklich zu schade, wenn sie vertrocknen.«

Wild malträtierte sie die Heringe weiter mit dem Pfannenheber. Sie versuchten verzweifelt, dem Verzehr dadurch zu entgehen, dass sie am Pfannenboden festbackten. Der Heringsberg auf der Servierplatte wuchs beängstigend, als hätte Mama die erste Mannschaft des örtlichen Fußballvereins zum Essen geladen. Das Sonderangebot am Fischstand war vermutlich mit einer Mindestabnahmemenge verbunden gewesen.

»Setzt euch. Sobald uns der Herr des Hauses mit seiner Anwesenheit beglückt, können wir gesunden Fisch genießen.«

Holger warf mir einen Seitenblick zu, bevor er seinen ersten, gravierenden Fehler im Hause Lesbe beging. Er sprach es aus, bevor ich ihn daran hindern konnte.

»Unser Biolehrer hat aber im Unterricht erklärt, dass die Fische gar nicht mehr so gesund sind. Die wären vollgestopft mit schädlichen Chemikalien, die wir Menschen ins Wasser leiten. Außerdem fressen sie kleine Partikel Plastikmüll, der in den Weltmeeren herumschwimmt. Außerdem ...«

Mir lief eine Gänsehaut über den Rücken, als ich bemerkte, wie Mama sich versteifte und der Pfannenheber knapp über seinen hilflosen Opfern in Ruhestellung verharrte.

»Glaubst du süßer Klugscheißer eigentlich, dass du dir täglich mit deiner Currywurst aus der Plastikpackung, oder dem Bigburger von McDoof etwas Besseres antust? Hat deine Mutter einen Biogarten, in den ihr eure Fäkalien einleitet, oder sogar einen eigenen Fischteich mit Bio-Filteranlagen? Ich kenne die Heringe zwar nicht einzeln mit Vornamen, aber die machten einen verdammt guten Eindruck, bevor sie im Bratfett landeten. Niemand zwingt dich, diesen verseuchten Fisch zu essen, mein Kleiner Freund. Andrea könnte dir, bis mein lieber Mann eintrifft, etwas Gras aus dem Vorgarten schneiden. Ich hoffe nur, dass der Bernhardiner aus dem Nachbarhaus heute ausnahmsweise sein Geschäft bei Schröders erledigt hat.« Sie wischte sich den wild in die Stirn gefallenen Pony zurück. »Ich glaub´ ich steh im Wald ... diese Rotznasen glauben ...«

Den letzten Teil ihres Ausbruchs bekam Holger nicht mehr vollständig mit, da ich ihn längst vom Tisch weggezogen und in Sicherheit gebracht hatte. Mama konnte sich so herrlich aufregen, wenn das Gespräch auf gesunde Kost und schlimmstenfalls auf veganes Essen zusteuerte. Sie hatte mit dem ungesunden Essen immerhin schon vierzig Jahre überstanden und würde das auch bis zum Ende ihrer Tage nicht grundlegend ändern wollen. Ihren Magen würde niemals ein Gemüse-Smoothie erreichen. So viel Vitamine wollte sie ihrem Körper nicht zumuten. Man wusste ja nie, welchen Schaden die dort anrichteten.

Papa stieß die Tür genau in dem Augenblick auf, als wir hinauswollten. Er machte sofort den antrainierten Freitags-Sicherungs-Schritt nach hinten, um die Geruchswolke an sich vorbei in die Umwelt ziehen zu lassen. Wir nutzten die Gelegenheit, ins Freie zu kommen. Papa legte seine Arme um unsere Schultern und sah runter zu Holger.

»Du bist also Holger, der Superheld meiner Tochter. Herzlich willkommen bei uns. Ihre Mutter hast du scheinbar schon kennengelernt ... dein Gesicht spricht Bände.«

Papas Rede wurde durch eine wichtige Durchsage unterbrochen.

»Essen ist fertig! Alle Mutigen ab in die Küche. Ehemalige Bewohner der Meere warten auf euch!«

Kapitel 5

Claudia Caspers wunderte sich mittlerweile über nichts mehr. Keine Situation, kein Männertyp war ihr fremd und konnte sie noch überraschen. In ihrem Beruf als freischaffende Prostituierte besaß sie zwar den Luxus, sich die Freier aussuchen zu können, aber es gab auch Zeiten, in denen ihr Konto laut um Hilfe flehte. Und genau ein solcher Tag war heute. Miete und Strom rissen immer wieder tiefe Löcher in ihre Finanzen, von den laufenden Kosten für ihren kleinen, auf Kredit laufenden Sportflitzer ganz zu schweigen. Da kam ihr der Anruf zur rechten Zeit. Der Typ hatte eine angenehme Stimme. Doch was ihr besonders gefiel, die Bezahlung war exzellent. Natürlich erstaunte sie der Sonderwunsch des Freiers, es in der freien Natur treiben zu wollen ... doch sich darüber wundern? Nein das hatte sie sich abgewöhnt.

Claudia kannte die Gartenanlage in Haarzopf, in unmittelbarer Nähe des Mülheimer Flughafens. Seriöse Gegend, in der sich die obere Mittelschicht niedergelassen hatte. Treffpunkt sechzehn Uhr, direkt vor dem Eingangstor in der Eststraße. Zu später Stunde hätte sie diesen Wunsch abgeschlagen, da ihr diese freien Felder, die nur mäßig bewohnt wurden, bei Dunkelheit nicht geheuer waren. Sechzehn Uhr, ein schnelles Nümmerchen ... leicht verdientes Geld.

Am Schluss der Lokalnachrichten versprach der Wetterbericht für das Ruhrgebiet noch weitere vier Tage angenehme Wärme. Ohne weiteren Übergang hämmerte ihr das Autoradio den Erfolgssong von ACDC *Highway to hell* entgegen. Erschrocken drehte sie die Lautstärke herunter. Ihr gefielen mehr die seichten Songs von Elton John, der sich mit seiner sanften Stimme in ihre empfindliche Seele einschleichen konnte. Noch zwei Kurven, dann müsste sie den Eingang der Schrebergarten-Anlage schon sehen können. Irgendwann, wenn sie genug Geld an die Seite gebaggert hatte, würde sie auch in eine so schicke Gegend ziehen. Für die Unsumme, die ihr der Vermieter für die mickrigen sechzig Quadratmeter, direkt neben der Autobahn gelegen, abnahm, würde sie selbst hier eine viel größere Wohnung mieten können. Der Drecksvermieter hatte ihr die Räume als Gewerbefläche vermietet, natürlich zu einem irren Preis. Schließlich müsste er mit dem Makel leben, dass in seinem Haus ein Escort-Service betrieben würde. Das sprach sich rum und schadet seinem guten Namen.

Der grüne Wagen war nicht zu übersehen. Er war das einzige Fahrzeug auf dem großen Parkplatz. Dahinter nur eine Riesenweide, auf denen etliche Pferde friedlich weideten. Das nächste Haus in etwa einhundertfünfzig Metern Entfernung war eine Reithalle, an der jedoch kein Mensch zu sehen war. Claudia bremste ihren Mazda MX-5 in unmittelbarer Nähe des BMW ab und schlenderte mit wiegenden Hüften darauf zu. Sie hörte schon die Geldscheine in ihren Händen knistern. Das Seitenfenster war heruntergefahren, sodass sie den Fahrer gut erkennen konnte, der gegen die Sonne blinzelte.

»Hallo. Sie sind aber überpünktlich. Das sehe ich gerne. Darf ich mich zu Ihnen ins Auto setzen?«

Sie schlenderte mit aufreizenden Bewegungen um das Fahrzeug herum. Claudia stellte den linken Fuß auf die Fußmatte, sodass der Fahrer ohne Mühe unter dem kurzen Rock erkennen konnte, dass sie keine Unterwäsche trug. Diesen Trick nutzte Claudia mit Erfolg. Die Freier heizte das schon früh an und verkürzte damit das gesamte Geschehen. Während sie ihre schlanken Beine aufreizend ausrichtete, musterte sie ihren Kunden. Wie so oft handelte es sich um einen absoluten Durchschnittstypen, der in der Masse der Männer einfach unterging. An diesen Männern ging man vorbei, ohne sie zu beachten. Ihnen fehlte jegliche Ausstrahlung. Claudia hatte sehr große

Erfahrung mit den unterschiedlichsten Männertypen. Diesen hier packte sie in die bereits überquellende Schublade, in der sich all die befanden, die ihre Selbstachtung schon vor Jahren verloren hatten. In dem Augenblick, als sie noch selbstsicher das Ja vor dem Standesbeamten aussprachen, war ihr Schicksal bereits besiegelt. Sie hatten die Regie über ihr Leben in andere Hände gegeben, es freiwillig beschnitten. Wie stark der Frust, die Enttäuschung darüber wuchs, erfuhr Claudia hundertfach in den Geständnissen mit diesen enttäuschten Ehemännern. Sie würde diesen Fehler niemals machen. Eine Beziehung ja, eine Ehe jedoch kam nicht infrage.

Eigentlich gefielen ihr die Augen, mit denen sie der Unbekannte schüchtern musterte, der Scheitel war wie mit dem Lineal gezogen.

»Das erste Mal außerhalb des heimischen Schlafzimmers? Das ist doch kein Problem. Wir beide werden uns schon gut verstehen. Doch es gibt gewisse Regeln. Erst das Geld, dann die Ware. Du wirst das sicher verstehen. Und vorsichtshalber wiederhole ich das nochmal, was ich bereits am Telefon sagte. Nicht oral, nicht anal und nur mit Gummi.«

Claudia hielt dem Unbekannten die offene Hand entgegen. Lächelnd hob er die Abdeckung der Mittelkonsole und zählte aus den dort verstauten Geldscheinen zwei Fünfziger ab. Die verschwanden wie von Zauberhand in Claudias üppigem Dekolleté. Bisher hatte ihr Kunde nicht ein Wort gesprochen, was sie auf eine gewisse Schüchternheit zurückführte. Das war ihr nicht fremd und sie respektierte das. Umso überraschter war sie, als er sie dazu aufforderte, zum Heck des Wagens zu gehen. Der Kunde bestimmte den Ablauf ... natürlich nur bis zu einer gewissen Grenze. Sie wartete draußen, bis auch er ausstieg. Zwei Pferde hatten sich neugierig dem Gatter genähert und schnupperten an Claudias ausgestreckter Hand. Scheu wichen sie zurück, als sich die Hand des Mannes über das Gesicht der Frau legte und einen Lappen auf Mund und Nase drückte.

Claudia konnte nicht um sich schlagen, da der andere Arm des Mannes ihren Oberkörper wie ein Schraubstock umschlungen hielt. Sie strampelte wild mit den Beinen, riss sich dabei am Gatter das Schienbein auf. Nur Sekunden später spürte sie die entspannende Wirkung des Betäubungsmittels. Ihr Körper erschlaffte und hing nur noch leblos in seinen Armen. Eine gnädige Ohnmacht ersparte ihr das Wissen, wie ein Mehlsack in den Kofferraum geworfen worden zu sein. Sie bekam nicht mehr mit, dass sich Kabelbinder eng um ihre Hand- und Fußgelenke legten. Die Augen des Mannes hatten eine gewaltige Veränderung erlebt. Wo zuvor noch Güte und Normalität zu sehen war, hatte jetzt unbändiger Hass die Oberhand gewonnen.

Niemals wurde eine Vermisstenanzeige erstattet, da Claudia Caspers sich schon Jahre zuvor von ihrer Familie losgesagt hatte. Man könnte auch sagen, dass sie vom Elternhaus verstoßen wurde, als man erfuhr, womit sie sich ihren Lebensunterhalt verdiente. Zurück blieb ein fluchender Vermieter, der vorerst auf weitere Mieteinnahmen verzichten musste. Erst viele Jahre danach würde das Geheimnis um das Verschwinden der Prostituierten gelüftet werden.

Kapitel 6

Das Haus der Familie Klaas lag im vornehmsten Villenviertel von Haarzopf, unweit des Nachtigallentals. Das örtliche Branchenbuch hatte uns die Adresse preisgegeben. Im Anbau befand sich die Kanzlei. Holger und ich hatten uns hinter einem Schaltkasten der Telekom verschanzt und fühlten uns wie *Gaby Glockner* und *Klößchen* von *TKKG* auf Spurensuche. Das Heck der Mercedes-Limousine konnten wir durch das offene Garagentor gut erkennen. Hinter den dichten Gardinen des Untergeschosses bemerkten wir Bewegungen mehrerer Personen. Wir verstanden kein Wort von dem, was der große Mann, der eilig das Haus Richtung Garage verließ, zurück ins Haus rief. Zumindest zeigte sein Gesichtsausdruck, dass es keine Nettigkeiten waren. Der Knall der zuschlagenden Haustür übertraf auch bei weitem das übliche Geräusch einer schließenden Tür. Da war Zoff im Haus Klaas, das wurde uns sofort klar.

»... und bleib besser sofort bei dieser Schlampe ... die Koffer lass ich dir nachschicken! Ihr werdet mich noch kennenlernen!«

Das offene Fenster war uns erst in dem Augenblick aufgefallen, als der Kopf einer blonden Frau daraus wieder verschwand und es nach ihrem unschönen Abschiedsgruß heftig zugeschlagen wurde. Unsere Vermutung hatte sich bestätigt. Ein Lächeln umspielte unseren Mund. Jetzt hieß es warten ... warten auf den Augenblick, an dem Martina auftauchte. Unsere Geduld wurde auf eine harte Probe gestellt. Eine geschlagene Stunde mussten wir auf diese blöde Ziege warten, bis sie endlich vor dem Haus erschien. Der ganz in weiß gekleidete Junge war kurz zuvor mit seinem Mountainbike vorgefahren und hatte ihr durch Klingeln ein Zeichen gegeben. Martina holte ihr Bike aus der Garage und fuhr lachend an diesem Jungen vorbei. Beide trugen einen Rucksack, aus dem jeweils ein Tennisschläger herausragte. Ich musste neidlos zugeben, dass Martina in ihrem weißen Shirt, dem hellblauen Shorts und dem weißen Basecap eine gute Figur machte. Beide fuhren zum wöchentlichen Training auf die Tennisanlage, nur wenige hundert Meter entfernt ... das war uns bekannt.

Uns interessierte viel mehr, wo sie ihre Fahrräder abstellten. Da ich kein eigenes Fahrrad besaß, besser gesagt, mir das einzige Fahrrad der Familie mit Leon teilen musste, schwang ich mich auf den Gepäckträger von Holgers Hollandrad. Ganz wohl war mir bei dieser Fahrt nicht, da er Mühe hatte, mit seinen kurzen Beinen, die Pedale zu treten. Den Sattel würde er frühestens in drei bis vier Jahren erreichen. Der liebe Gott hatte die Arbeit schließlich vor das Vergnügen gestellt, sodass er die Strecke mit großer Mühe, schweißgebadet schaffte. Ich mochte diesen tapferen Burschen dafür, dass er wohl nie aufgab. Das Rad tarnten wir hinter hohen Sträuchern, die die Anlage umgaben. Wir schlichen vorsichtig zum Zaun, um uns einen Überblick zu verschaffen.

Sofort fiel uns die Kindergruppe auf, die sich um einen Mann, vermutlich ein Trainer, sammelte. Holger stieß mir in die Seite und wies auf einen abseits gelegenen Verschlag, in dem etliche Fahrräder abgestellt waren. Es war endlich soweit, etwas zurückzuzahlen, was ich unter diesem Biest erlitten hatte. Geduckt, wie wir es hundertfach im Fernsehen bewundert hatten, schlichen wir hinüber zum Fahrradständer. Schnell war Martinas Bike ausgemacht. Schon seit dem Augenblick, als wir uns anschlichen, lag der Schraubendreher in meiner Hand, er brannte förmlich zwischen den Fingern. Er wollte unbedingt in das Gummi dieses Reifens getrieben werden. Das satte *Pffffft*, das die entweichende Luft erzeugte, ließ einen wohligen Schauer über meinen Rücken laufen, aber auch die laut gestellte Frage des Jungen, der mit Martina gekommen war.

»Was macht ihr Idioten da? Das ist doch das Fahrrad von ... Martina, ...« Jetzt wurde sein Geschrei über die gesamte Anlage getragen, »kommst du mal schnell zu deinem Fahrrad? Beeil dich!«

Böse grinsend kam er auf mich zu, die Hände zu Fäuste geballt. Schon glaubte ich, den ersten Schlag dieses Jungen zu spüren, als sich Holgers schmaler Körper dazwischen quetschte und den rechten Arm des Burschen ergriff, ihn über die Schulter zog. Der Schrei ging in dem Geräusch des Aufpralls unter, als der Junge in der Wiese landete. Ungläubig blickend presste er die Hände auf die schmerzenden Stellen seines Körpers. Holger ergriff meine Hand und zerrte mich weg von dem Fahrradständer, hin zur Buschreihe. Der Schraubendreher entglitt mir, ich hatte nur noch Fluchtgedanken und folgte meinem Beschützer Richtung Hollandrad. Die kreischenden Stimmen vieler Kinder näherten sich dem Tatort. Wie besessen trat Holger in die Pedalen, als wir fluchtartig die Anlage verließen. Völlig fertig, mit feuerroten Köpfen ließen wir uns in das hohe Gras fallen, als wir sicher sein konnten, dass uns niemand gefolgt war.

»Puuuh, das war knapp ... aber total geil.«

Ich konnte nicht glauben, dass dieser schmächtige Bursche mich soeben vor einer Tracht Prügel bewahrt hatte, indem er einen größeren Gegner aufs Kreuz legte. Und dazu kam noch, dass es ihm scheinbar mächtig Spaß bereitet hatte. Das war der absolute Hammer. Wir sahen uns einen Augenblick wortlos an, bevor wir befreit losprusteten. Vergnügt lachend kullerten wir durchs Gras und hatten Mühe, wieder Luft zu holen. Eine ältere Dame, die an uns vorbeiging, schüttelte lächelnd den Kopf.

Ein ungutes Gefühl begleitete mich schon am Montag auf dem Weg zur Schule. Etwas Bedrohliches lag in der Luft, obwohl der Himmel strahlendblau über mir stand. Holger konnte ich nur für einen kurzen Moment auf der Treppe sehen, als wir in die Klassenräume strömten. Als ich mich auf meinen Stuhl setzte und die Hefte für die erste Deutschstunde hervorkramte, spürte ich sie schon ... die Blicke vieler Mitschüler. Martinas Augen schienen mich verbrennen zu wollen, sie musterten mich unablässig, selbst als Lehrer Henning den Raum betrat und zum Diktat bat. Es bereitete mir Schwierigkeiten, den vorgesprochenen Text zu verstehen und zu Papier zu bringen. Ständig korrigierte ich in dem Geschriebenen herum, was mir mit Sicherheit miese Noten einbringen musste. Das Pausenschellen befreite mich aus dieser Anspannung, sagte mir aber auch gleichzeitig, dass jetzt die Stunde der Wahrheit anbrach.

Holger wartete bereits an unserem gewohnten Treffpunkt auf mich und sah mir mit angespannter Miene entgegen. Sein Blick ging allerdings an mir vorbei. Er beobachtete eine sich allmählich vergrößernde Gruppe, die wie ein Schutzwall um Martina entstand. Ich folgte seinem Blick und erstarrte. Die Feindseligkeit, die uns aus diesem Pulk entgegensprang, war beängstigend. Warum um alles auf der Welt Holger das tat, blieb mir lange unerklärlich ... aber er tat es. Vorsichtig tastete seine kleine Hand nach meiner, umklammerte sie schließlich fest und führte mich Richtung Martinas Clique. Unaufhaltsam zog er mich mit, seine Hand war eine unlösbare Klammer, aus der es kein Entkommen gab. In der Gruppe entstand leichte Unruhe, Gespanntheit, denn mit diesem Verlauf hatte keiner gerechnet. Wenige Meter vor dem Menschenknäuel begann sich dieses plötzlich zu teilen. Unsicherheit stand in den Gesichtern derer, die mit diesem Vorgehen nichts anfangen konnten. Martina stand frei vor uns. Alle hatten sich hinter ihr versammelt und warteten ab. Die Gespräche auf dem gesamten Schulhof verstummten allmählich. Alle Blicke richteten sich auf das ungewöhnliche Geschehen.

In Martinas Augen entstand ein Flackern, ihre Augen irrten über uns hinweg, wechselten wieder zu den Jungen und Mädchen, die ihr bisher immer treu zur Seite standen. Niemand hielt ihrem Blick stand, man wich ihr aus, sah auf die beiden Mitschüler, die es sich erlaubten, sie alle herauszufordern.

»Was soll das, ihr Pfeifen? Juckt euch das Fell?«

Wir blieben stumm, genossen den Augenblick, in dem dieses Miststück einmal völlig alleingelassen zeigen musste, welche Art von Führerin sie war.

»Schafft mir diese bescheuerten Kröten aus den Augen! Ich möchte meine Pause genießen.«

Nichts rührte sich in den Reihen. Einige Jungen sahen ihr sogar trotzig ins Gesicht, wandten sich ab von der Gruppe. Endlich sah ich die Gelegenheit, eine Schwäche bei ihr zu meinen Gunsten auszunutzen. Ich hielt ihr stumm die offene Hand hin. Immer wieder suchte Martina den Blickkontakt zu ihrer Gruppe.

»Was willst du von mir ... Lesbe. Was soll die dämliche Patschhand vor meinem Gesicht?«

»Ich möchte meinen Schraubendreher zurück, den ich Samstag verloren habe. Du müsstest den doch eigentlich neben deinem beschissenen Fahrrad gefunden haben. Mein Vater haut mir die Hucke voll, wenn er merkt, dass ich ...«

Ungläubig sah sie mich an, wobei ich feststellen musste, dass auch Holgers Augen mich musterten. Wir hatten dieses Vorgehen nie besprochen, sodass auch er von dem Fortgang überrascht wurde. Er drückte leicht meine Hand, die er immer noch festhielt. Unübersehbar war das Grinsen in einigen Gesichtern der Umstehenden. Für sie war das ein Härtetest für die Person, die sie bisher als Alphatier angesehen hatten. Vom Verlauf dieser Unterhaltung sollte die Zukunft Martinas an dieser Schule abhängen.

»Ja, ich habe dir den Reifen an deinem bescheuerten Rad zerstochen. Du kannst mich jetzt dafür anschwärzen bei der Schulleitung. Aber dann verrechnen wir das mit dem kaputten Rock aus der letzten Woche. Deine Entscheidung.«

Erste Pfiffe und Rufe kamen aus den Reihen um uns herum. Einige johlten sogar und applaudierten.

»Warum lacht ihr blöden Säcke darüber? Ich habe den Kleber schließlich nicht auf den Stuhl gehauen. Frag mal besser Kevin, der wird dir da mehr zu sagen können.«

»Du Scheißpetze, was soll das jetzt? Du hast doch gesagt, dass ich ...«

»Was soll ich gesagt haben? Du spinnst wohl. Halt bloß dein Maul und verzieh dich.«

Wieder spürte ich das heftige Drücken von Holgers Hand. Gleichzeitig klopften Hände auf meine Schulter, die noch vor Minuten mit Steinen nach mir geworfen hätten.

»Was ist das hier für eine Versammlung?«

Fräulein Spieker tauchte unverhofft hinter Martinas Gruppe auf. Sie kniff mir anerkennend ein Auge zu, ihr Gesicht blieb jedoch ernst.

»Du, du, du und du ... ihr kommt nach dem Unterricht zu mir ins Büro. Wir müssen reden. Und jetzt ab in die Klassen, die Show ist beendet. Husch, husch.«

Das war er ... der Tag, an dem sich mein Leben von Grund auf verändert hatte. Mein Leiden jedoch nicht.

Kapitel 7

»Würdet ihr euch schon ins Büro setzen, ich komme gleich wieder? Muss mir was aus dem Auto holen.«

Zögernd drückten wir uns an den vier Jungen vorbei, die hinter Frau Spieker mit gesenkten Köpfen den Raum verließen. Martina platzierte sich demonstrativ auf dem bequemsten Sessel, sodass Holger und ich uns einen Stuhl heranziehen mussten. Unseren Blicken wich sie aus, indem sie die abstrakten Bilder an den Wänden musterte. Das gab mir Gelegenheit, sie näher betrachten zu können, denn so nah waren wir uns nur selten gekommen. Ich musste zugeben, dass ihr Schöpfer einen guten Tag gehabt haben musste, zumindest als er ihre äußere Erscheinung plante. Daran war nichts auszusetzen. Im Stillen konnte ich die Jungen verstehen, die ihr wie Motten dem Licht folgten. Sie besaßen in unserem Alter noch nicht die Fähigkeit, hinter diese Maske zu schauen, den wahren Charakter zu erkennen.

Martina besaß diese Ausstrahlung, die auf unerklärliche Weise die Blicke sofort auf sie lenkten. Dafür sorgten diese strahlendblauen Augen, die bereits jetzt schon durch einen feinen Lidstrich betont wurden. Mama hätte mir eine Woche Stubenarrest verordnet, hätte ich mir mit meinen zehn Jahren erlaubt, Schminke oder Ähnliches ins Gesicht zu schmieren. Sie war der Meinung, dass die wahre Schönheit von innen strahlte. Oft dachte ich mir, dass Papa es eventuell als angenehmer empfunden hätte, wenn sie das eigene Strahlen durch dezente Unterstützung diverser Drogerie-Artikel etwas unterstützt hätte. Allerdings könnte ich mich auch darin täuschen.

Martinas weiße Designer-Jeans, die auf der Vorderseite diese idiotischen kleinen Einschnitte aufwies, hatte mit Sicherheit mehr gekostet als mein gesamtes Outfit, das sie auf dem Flur nur abschätzig betrachtet hatte. Damals war ich schon ein wenig neidisch auf die Klassenkameradinnen, die von ihren Eltern teure Klamotten gekauft bekamen. Doch fehlte mir jegliches Verständnis dafür, dass irre viel Geld dafür ausgegeben wurde, wenn die Hosen bereits beim Kauf zerschnitten waren. Die Erkenntnis dafür, dass sinnfreie Modediktate später auch mein Leben mitbestimmen würden, kam viel, viel später ... aber sie kam. Martinas Gesichtszüge waren als klassisch schön zu bezeichnen, nichts war daran auszusetzen. Ich war mir sicher, dass sie noch vielen Burschen den Verstand rauben würde, obwohl mir Mama mal in einer stillen Stunde verriet, dass dieser bei den wenigsten Männern vorhanden war, wenn sie sich verliebten. Weitere Erklärungen blieb sie mir schuldig, es blieb bis heute bei diesen Andeutungen.

»Und? Bist du jetzt fertig mit deiner Musterung? Wie habe ich abgeschnitten? Nicht, dass mir das besonders wichtig wäre, aber lass es trotzdem raus.«

Die Frage zerriss die Stille des Raumes und sorgte dafür, dass Holger und ich fragende Blicke austauschten. Bis heute kann ich nicht erklären, warum ich ihr spontan genau diese Antwort gab.

»Eigentlich finde ich, dass du ziemlich hübsch bist. Du trägst immer so tolle Klamotten. Und was mir noch aufgefallen ist, du zeigst in den Sportstunden, dass du wunderbar tanzen kannst. Das mit dem Tanzen möchte ich auch gerne so gut können, aber na ja ...«

Nicht nur Martinas verständnisloser Blick traf mich, wobei sie den Mund öffnete, auch Holger stieß mich in die Seite und tippte mit einem Finger an die Stirn.

»Was erzählst d ... du da? Die do ... doofe Kuh wird jetzt noch eingeb ... bildeter.«

»Ich war ja auch noch gar nicht fertig. Ich wollte ihr noch sagen, dass sie es eigentlich nicht nötig hat, sich so beschissen aufzuspielen.«

»Na das klingt schon viel besser«, ergänzte Holger.

Ich sah wieder auf meine Gegnerin, die immer noch nicht wusste, wie sie mit dieser Situation umgehen sollte. Sie schluckte mehrfach und knetete ihre Hände, die bisher ruhig auf ihren Schenkeln lagen. Es war spürbar, wie sich ihre Gedanken jagten, sie nach einem passenden Konter suchte. Die aufspringende Tür, durch die Fräulein Spieker ihren Kopf steckte, nahm ihr die Entscheidung ab.

»Habt ihr euch auch vertragen, während ich weg war? Ich hatte mir schon Sorgen gemacht, dass ihr übereinander herfallt. Aber hier ist ja alles friedlich geblieben währenddessen. Gut so. Dann lasst uns mal beginnen. Von den Burschen aus eurer Klasse habe ich ja schon einiges erfahren können. Jetzt muss ich mir aber ein Bild davon machen, wie ihr drei das Ganze seht. Das ist ja das wirklich Wichtige, oder? Wer fängt an? Ich würde mal sagen, dass wir uns anhören, was Holger sozusagen als Beobachter zu sagen hat. Wie hast du die Situation empfunden?«

Die Aufforderung traf ihn völlig unvorbereitet, da er eigentlich nicht damit gerechnet hatte, überhaupt dazu befragt zu werden. Wieder wechselte er seine Gesichtsfarbe und rieb wild in seinem linken Auge. Als er dann schließlich noch Falten aus der Hose gestrichen hatte, die nur er sah, begann er zögernd.

»Die bescheu ... scheuerte Kuh, die hat Andrea immer w ... wieder wegen dem Namen gehä ... hänselt ... die ist total be ...

48

bekloppt. Dann hat die ihr den Rock an den Stuhl geklebt. Die hat auch die anderen Jungs immer angestachelt. Ich finde ...« Fräulein Spieker unterbrach ihn an der Stelle, indem sie ihm eine Hand auf das Knie legte. Sie beugte sich zu ihm.

»Das hast du kurz und knapp auf den Punkt gebracht, lieber Holger. Kannst du denn beschreiben, wie Martina das gemacht hat ... ich meine dieses Hänseln? Hast du da Beispiele?«

Holger sah wütend auf Martina, die jetzt wieder zu einer arroganten Trotzhaltung zurückgefunden hatte und seinen Blick erwiderte. Sie fühlte instinktiv, dass sie sich wieder auf der Gewinnerstraße bewegte.

»Nee, ich weiß im Augenblick kein Beispiel, aber das w ... weiß d ... doch jeder ...«

Wieder unterbrach ihn Fräulein Spieker freundlich und hob ihre Hände, da Martina zu einer Entgegnung ansetzte.

»Holger, ich denke, dass du im Augenblick nicht viel zum Thema beitragen kannst. Du kannst dann gerne draußen auf deine Freundin warten. Ihr beide seid doch Freunde, oder irre mich da?«

Während bei Holger wieder das Blut ins Gesicht schoß, fraß sich auf Martinas Gesicht ein Grinsen fest, das bei Attraktivität einen Punktabzug bedeutet hätte. Es musste einfach raus bei mir, ohne dass ich mir der Bedeutung für Holger an diesem Tag bewusst war.

»Natürlich! Ich könnte mir keinen besseren Freund wünschen. Wir sehen uns gleich, Holger, wartest du draußen auf mich?«

Der hagere Körper straffte sich, die Unsicherheit auf seinem Gesicht wich einem giftigen Lächeln, das ich so noch nie bei ihm bemerkt hatte. Er erhob sich und trat wie zufällig auf den weißen Sneaker, den Martina etwas weit in den Raum gestreckt hielt.

»Oh, d ... das tut m ... mir leid. Entschuldigung.«

Die Tür fiel hinter ihm ins Schloss.

Das Aufblitzen in Fräulein Spiekers Augen entging mir nicht, auch nicht der hasserfüllte Blick, mit dem Martina den schmalen Kerl verfolgte. Ich nahm an, dass sich dieses Biest schon in dem Augenblick einen Schlachtplan für ihn ausgedacht hatte, zumindest den Vorsatz dazu entwickelte.

»So, meine Damen, nun kommen wir zu den Hauptdarstellerinnen. Bei euch ist die Lage sicher etwas verzwickter, sodass wir erst einmal herausfinden müssen, was euch beide so am anderen stört. So auf den ersten Blick könnte man vermuten, dass sich das Problem nur auf den witzigen Namen von Andrea stützt. Aber das alleine kann es doch nicht sein, oder? Martina, du willst mir doch wohl nicht weißmachen, dass nur dieser Name dich dazu gebracht hat ...«

»Dieser bescheuerte Name hat mich zu gar nichts gebracht. Bildet sich diese Ziege eigentlich ein, dass sie mir das alles in die Schuhe schieben kann? Nichts, rein gar nichts kann sie mir beweisen. Ich bin nicht dafür verantwortlich, wenn die Jungens sie wegen *Lesbe* in die Mangel nehmen. Ich habe sogar am Anfang versucht, sie zu schützen, doch ...«

»Halt! Einen Augenblick, Fräulein. Du kannst wahrlich nicht leugnen, dass dein Vater Jura studierte. Das Einstiegsplädoyer war schon recht gewieft. Niemand kann dir etwas beweisen, das stimmt vielleicht. Aber es ist auch verwerflich, zu einer Tat anzustiften bzw. sie gutzuheißen oder einfach nur zu schweigen. Ihr Mädchen hättet doch besser zusammen Front gegen die Burschen machen sollen, das hätte viel Ärger vermeiden können. Was gibt es aus deiner Sicht denn noch an Andrea auszusetzen?«

Martina Klaas fühlte sich in die Argumentationsfalle gedrängt und suchte krampfhaft nach Antworten. Dabei musterte sie mich unablässig, erntete jedoch nur erwartungsvolle, freundliche Zurückhaltung. Diese Pose hatte ich lange vor dem Badezimmerspiegel geübt, genau für diesen Augenblick. Es wirkte. Martina wurde unsicher.

»Sie ist so ... so anders. Ich kann das nicht erklären ... einfach anders als andere Mädchen in der Klasse. Und dann diese Klamotten ... das ist ja gruselig.«

Fräulein Spieker wartete noch einen Augenblick, bevor sie nun die Hand auf Martinas Arm legte.

»War es das? Bist du durch mit deinen Argumenten?«

Martina nickte zögernd. Sie konzentrierte sich wieder auf das Konterfei von John Lennon, wich dem Blick von Fräulein Spieker aus. Sie wartete wortlos ab. Ihre Lippen waren zu Strichen gepresst.

»Nun ja, meine Damen, das macht uns die Sache nun viel einfacher. Ich dachte schon, dass sich viel tiefere Gräben zwischen euch aufgetan haben, die kaum zu überwinden sind. Wenn das allerdings so ist, frage ich mich, warum ich für heute Nachmittag eine Verabredung abgesagt habe. Jetzt kann ich meinem Freund am Telefon erst einmal klarmachen, dass er die Kinokarten nicht umtauschen muss. Das habe ich euch zu verdanken. Aber das ist meine Sache. Nun wieder zu euch.«

Neugierig hörten wir Fräulein Spieker zu und warteten gespannt darauf, worauf sie hinaus wollte.

»Erinnere ich mich richtig, Martina, dass dein Vater eine eigene Kanzlei führt und sogar Angestellte beschäftigt?«

Ein arrogantes Lächeln stahl sich in Martinas Gesicht, als sie das nickend bestätigte.

»Wir können doch sicher davon ausgehen, dass dein Vater gutes Geld verdient und dir immer teure Klamotten schenkt? Du hast ja heute einiges davon an. Sieht übrigens gut aus, passt zu dir.«

Wieder nickte sie großmütig. Der Blick von Fräulein Spieker wanderte zu mir und ich bereitete mich innerlich auf die Beantwortung der gleichen Fragen vor.

»Andrea, was möchtest du einmal werden ... ich meine, wenn du die Schule beendet hast?«

Irritiert antwortete ich nicht sofort, sondern überlegte, worauf sie mit ihrer Frage hinaus wollte.

»Ich möchte gerne ... also ich würde gerne was mit Pflanzen, mit Blumen machen. Ich denke an Gärtnerin oder Floristin. Habe mal einen tollen Bericht im Fernsehen verfolgt, da hat eine Meisterschaft im Blumenbinden stattgefunden. Das war der helle Wahnsinn, als man diese irren Gestecke sehen konnte. Soweit möchte ich es auch einmal ...«

»Oh, das finde ich schön. Das macht bestimmt viel Spaß. Aber studieren willst du dann sicher nicht, also auf kein Gymnasium und die Uni gehen, oder?«

»Nein, das würde ich wohl auch nicht schaffen. Außerdem fehlt das Geld dazu. Ich möchte hier gerne meine mittlere Reife machen und dann, das wäre ein Traum, einmal nach Japan und diese Blumensteckkunst dort erleben dürfen.«

Fräulein Spieker lehnte sich entspannt zurück, sagte kein Wort, beobachtete uns beide lediglich.

»Und du, Martina? Was möchtest du einmal tun? Du hast doch sicherlich ebenfalls Pläne.«

Sie musste sich gedulden, da Martinas Augen auf meinen Händen ruhten, die völlig entspannt auf der Stuhllehne lagen.

»Martina? Hast du mir zugehört? Was ...?«

»Ich soll einmal die Kanzlei übernehmen. Ich werde wohl bald auf das Gymnasium wechseln und anschließend Jura studieren. Das ist Vaters Plan.«

»Ich finde das toll, welche Ziele ihr euch gesetzt habt. Jede weiß genau, was sie sich zumuten kann. Ich bin davon überzeugt, dass ihr es schaffen könnt. Beide. Aber eines möchte ich an dieser Stelle hervorheben. Jeder von euch ist in eine andere Umgebung hineingeboren worden. Die Welt ist die Gleiche, doch steht ihr in zwei verschiedenen Startpositionen. Du Martina hattest das Glück, mit etwas Gold in der Tasche dort zu stehen, Andrea besitzt dieses Gold nicht. Dazu kann sie aber nichts. Jetzt hat uns das Leben leider oft gezeigt, dass, wenn ihr ins Wasser springt, die Gefahr besteht, dass dich dieses Gold nach unten zieht. Ich fände es schade, wenn ihr euch gegenseitig die Chance nehmt, unbeschadet ans Ufer zu gelangen ... gemeinsam. Seht ihr das nicht auch so? Wir sind letztendlich alle gleich und wollen nur über Wasser bleiben. Wenn ich versuche, den anderen runterzuziehen, geht es mir dadurch nicht besser, dem anderen nur schlechter. Was hätte ich also letztendlich davon? Ich meine den, der das Gold bei sich trägt. Nichts ... absolut nichts. Der, oder in eurem Fall, die andere ist doch keine Konkurrenz auf dem Weg ins Leben. Es könnte sogar sein, dass sie einmal zu einer Hilfe wird.

Ihr seid auf gewisse Weise sehr verschieden. Doch in einem seid ihr gleich. Ihr habt ein Ziel, das es zu erreichen gilt. Hört damit auf, euch auf diesem sowieso steinigen Weg, zusätzlich Felsen in den Weg zu legen. Setzt eure Energie dafür ein, euer

Ziel zu erreichen. Powert euch nicht an Nebenschauplätzen aus. Die Kraft wird an anderer Stelle fehlen, glaubt das einer erfahrenen Frau.«

Wir saßen nachdenklich, immer noch gefesselt von diesen Worten, die Augen an ihren Lippen hängend, dieser Frau gegenüber. In diesem Augenblick hatte ich nur diesen einen Wunsch, einmal so tiefgründig reden zu können.

»So Ladys, jetzt sind wir aber verdammt tief ins Philosophieren gekommen. Ich hoffe, dass ihr darüber nachdenkt und ich persönlich würde mich über zwei Dinge wahnsinnig freuen. Erstens wünsche ich mir, dass ihr euch einmal zusammensetzt und besprecht, welche Gemeinsamkeiten euch verbinden könnten. Und zweitens hoffe ich, dass mein Bekannter die Kinokarten noch nicht getauscht hat. Nun ja, falls doch, könnte er mich zumindest zum Essen einladen. Wäre ja auch nicht schlecht. So, jetzt aber raus mit euch und morgen in alter Frische auf dem Schulhof.«

Fräulein Spieker hielt uns die Tür auf. Holger sprang wie von der Feder abgeschossen auf und registrierte noch mit geweiteten Augen, dass Martina mir den Vortritt ließ, als wir den Raum verließen. Sie eilte zum Ausgang, ohne sich ein weiteres Mal nach uns umzusehen. In dem Augenblick konnte ich nicht einschätzen, welche Wirkung das Gespräch auf Alles hatte. Holger hatte sich beruhigt, umso mehr überraschte es mich, als er Martina hinter ihrem Rücken mit einem fiesen Grinsen den Stinkefinger zeigte.

Kapitel 8

Ein Tag wie jeder andere, und doch hielt er einige Überraschungen bereit, mit denen keiner rechnen konnte. Auf den ersten Blick schien alles in der Mathe- und Deutschstunde normal zu laufen, wenn ich einmal von der verschlossenen Miene Martinas absah, die heute Morgen als Letzte auf dem Schulhof erschien. Mit der Pausenschelle setzte das laute Plappern der Schüler ein, die anschließend auf den Hof drängten. Etwas stimmte heute nicht, das spürte ich. Es bildeten sich nur viele kleinere Grüppchen, im Gegensatz zu früher, als sich die Horde um Martina versammelte. Sie stand mit zwei anderen Mädchen abseits, unterhielt sich mit gesenktem Kopf.

Eine Spannung lag über dem Schulhof, breitete sich wie ein Nebel aus, erstickte plötzlich die meisten Gespräche. Eine Gruppe Jungen schob sich Richtung Martinas Position. Die restlichen Schüler richteten ihre Aufmerksamkeit auf diese Burschen, denen sich schließlich noch vereinzelte Neugierige anschlossen. Eine breite Front stand den drei Mädchen gegenüber, die sich vorsichtig bis an den Zaun zurückzogen. Jeder auf dem Gelände verfolgte das Geschehen.

»Na Tussi, hast du deine Hosen gewechselt? Die haben aber auch schon heftig gerochen. Haben dich die Lehrer mal so richtig in die Mangel genommen, du feige Lusche?«

»Was wollt ihr von mir? Seid ihr immer nur in der Gruppe stark? Hi Kevin, wenn du etwas zu sagen hast, musst du dich nicht hinter deinen Kumpels verstecken. Komm vor und wir tragen es aus. Du wirst doch wohl mit einem Mädchen fertigwerden, oder?«

»Das können wir gerne tun, denn deine Zeit ist hier vorbei. Keiner tanzt mehr nach deiner Pfeife. Dein so mächtiger Daddy wird dir diesmal auch nicht helfen können. Du bist jetzt allein, du blöde Ische.«

»Das ist sie nicht, Kevin. Wir sollten heute endlich Schluss machen mit dieser Scheiße. Keiner sollte auf dieser Schule das Sagen haben, außer den Lehrern. Sobald der eine Führer sich zurückzieht, glaubt ein anderer, seinen Platz einnehmen zu müssen. Ich denke, dass wir damit Schluss machen sollten. Wenn du Martina an die Wäsche willst, musst du es auch mit mir aufnehmen.«

Bis heute kann ich nicht erklären, was mich tatsächlich zu diesem Schritt bewegt hatte, doch es war ein geiles Gefühl. Mit geballten Fäusten stellte ich mich vor meine ehemalige Erzfeindin und blickte dem langhaarigen Kevin in die Augen, die jetzt unruhig über die Reihen glitten. Sie forderten Unterstützung bei den Kumpels ein.

»Was soll denn die Scheiße? Gerade du, Lesbe, stellst dich gegen uns. Du hast doch am meisten Grund, auf das feige Miststück sauer zu sein. Mach dich vom Acker, damit die ihre verdiente Abreibung bekommt.«

Es gab mir den letzten Anstoß, was ich in meinem Rücken spürte. Immer mehr Mädchen drängten in unsere Gruppe, sogar einige Jungen mischten sich darunter.

»Glaubst du wirklich, dass ich deine Unterstützung benötige, um mich behaupten zu können. Ihr habt mich bisher nicht klein bekommen, das gelingt euch auch in Zukunft nicht. Es ist mir völlig egal, wer euer Anführer ist, mich macht ihr nicht fertig. Ich habe keine Angst vor euch. Und für meinen Namen schäme ich mich nicht. Schlimmer wäre, wenn ich den Dutzendnamen Kevin mit mir herumtragen müsste. Das ist wirklich eine Belastung für das ganze Leben. Wir sollten hier und heute eines klarstellen. Keiner darf einen Anderen unter Druck setzen. Wir wollen alle hier frei leben. Wir brauchen keine Arschlöcher, die glauben, etwas Besseres zu sein. Lasst uns ab jetzt zusammenhalten und die Pisser in den A...«

Die dunkle Stimme von Direktor Malte unterbrach genau hier. Wie aus dem Nichts tauchte er in Begleitung mehrerer Lehrer auf. In seinem Gefolge erkannte ich auch Fräulein Spieker, die mir zuzwinkerte und dann teilnahmslos über die Menge blickte. Ihr geheimnisvolles Lächeln blieb mir nicht verborgen.

»Augenblick, junge Dame. Das ist hier keine Kundgebung der Gewerkschaft. Außerdem sollten wir den Ton etwas mäßigen. So spricht keine Dame.«

Rundherum tobte die Menge der Schüler. Das Gejohle wurde durch das Abwinken des Schulleiters unterbrochen.

»Hört zu, hört bitte alle zu!« Er klatschte mehrfach in die Hände. »Ich weiß, dass ein solcher Appell, wie er gerade von dieser mutigen jungen Dame vorgetragen wurde, schon lange fällig war. Ich, und ich denke auch das gesamte Kollegium dieser Schule, stehen voll dahinter. Ich finde es besonders bedeutsam, dass er aus dem Munde einer Schülerin kam, die lange unter Schmähungen anderer Schüler leiden musste. Doch ich bewundere sie besonders dafür, dass sie selbstlos für eine Mitschülerin eintrat, von der sie annehmen musste, dass sie hinter all dem stand, was ihr angetan wurde. Dafür erhält sie meine besondere Wertschätzung.

Ich plädiere an dieser Stelle dafür, dass ihr alle jetzt und in eurem zukünftigen Leben mehr Zivilcourage zeigt. Diese zierliche Person hat uns heute eindrucksvoll gezeigt, wie sowas aussehen und was es bewirken kann. Nehmen wir uns alle daran ein Beispiel. Und jetzt, meine Lieben, husch husch, wieder in die Klassen. Der Ernst des Lebens wartet auf uns alle.«

Johlend stürmten mehrere hundert Kinder in ihre Räume. Für Gesprächsstoff, da war ich mir sicher, schien reichlich gesorgt zu sein. Schulleiter Malte kam nach seiner Ansprache auf uns zu. Den Anpfiff erwartete ich mit einem gewissen Gleichmut. Mir blieb die Sprache weg, als er Martina und mir eine Hand auf die Schulter legte und sich zu uns herunterbeugte.

»Ihr zwei könnt im Augenblick wohl noch nicht ermessen, welchen wichtigen Dienst ihr der Schulgemeinschaft erwiesen habt ... jeder auf seine Art. Dafür danke ich euch. Mir bleibt zu hoffen, dass die Sache in den Köpfen bleibt und es mehr Fairplay auf dieser Schule geben wird. Von euch Beiden erwarte ich, dass ihr von jetzt an miteinander redet. Da besteht immer die Möglichkeit, dass aus zwei Gegnerinnen irgendwann sogar Freundinnen werden. Der soziale Stand darf dabei keine Rolle spielen. Nun aber ab mit euch!«

Auf halber Strecke zum Schulgebäude spürte ich ein weiteres Mal eine Hand auf meiner Schulter. Martina hielt mich zurück und blickte mir zum ersten Mal gerade in die Augen.

»Freundinnen?«

Mein Gesicht überzog in Sekundenschnelle ein befreites Lächeln. Ich nahm Martina spontan in den Arm und flüsterte ihr zu: »Freundinnen.«

Stumm, mit unbewegter Miene, betrachtete Holger aus dem offenstehenden Klassenfenster die Szene. Erst sechzehn Jahre später sollte ich erfahren, wie tief ihn dieser plötzliche Freundschafts-Pakt zwischen uns Mädchen wirklich beschäftigt hatte. Martina hatte den großen Fehler gemacht, andere Menschen für ihre niederen Zwecke zu missbrauchen. Er konnte einfach nicht vergessen.

Ein wenig Respekt hatte ich schon, als sich die Tür dieses Hauses zum ersten Mal für mich öffnete und Frau Klaas mir die Hand reichte. Es war unschwer zu erkennen, wem Martina diese klassische Schönheit zu verdanken hatte. Ich wusste bereits, dass die Wiege von Moa Klaas in Südschweden stand und ihr Mann sie auf einem Kongress in Uppsala kennenlernte. Martina verriet mir, dass sie nach Aussage ihrer Mutter schon gezeugt wurde, bevor ihr Vater seine Zukünftige nach Deutschland holte. Sie besaß folglich klare schwedische Wurzeln, worauf sie stolz war.

»Das finde ich ganz toll, dass Martina endlich einmal eine Freundin mit nach Hause bringt. Ihr kommt gerade richtig, um mir beim Aufbau zu helfen. Ich habe mir gedacht, dass wir uns einen gemütlichen Nachmittag machen mit Grillen, Schwimmen und einfach nur reden. Wir müssten nur noch etwas Gemüse putzen, dann könnt ihr zwei euch in den Pool werfen. Mit dem Gasgrill komme ich schon alleine klar. Heute machen wir uns einen Mädelsabend. Mein Mann hat in München Termine und fliegt erst morgen zurück. Also ... wir sind ganz unter uns Frauen. Ich muss in den nächsten Tagen einmal mit deinen Eltern telefonieren und sie zu uns einladen.«

Als Moa Klaas den Termin ihres Mannes ins Gespräch brachte, glaubte ich, eine gewisse Traurigkeit in ihrer Stimme gespürt zu haben. Doch mit zehn Jahren macht sich kein Kind der Welt darüber Gedanken. Und doch sollte mich mein Gefühl nicht getäuscht haben. Der Tag verging wie im Fluge, bei dem es nur darum ging, Spaß zu haben und sich den Bauch vollzuschlagen. Hin und wieder musste ich nachfragen, was da gerade den Weg auf den Grill fand. Ich konnte mich nicht daran erinnern, dass bei einem unserer seltenen Grillfeste mit der Nachbarschaft, etwas Anderes als Bratwurst, Bauchfleisch oder Hähnchenspieße auf dem Teller landete. Nun ja, wenn Oma dabei war, gab es den obligatorischen Paprikasalat, da eine kräftige Vitaminspritze kolossal wichtig für das Wachstum und die Gesundheit war.

Wir Mädchen ließen es uns gut gehen, trieben in Gummi-ringen und einem Glas O-Saft in der Hand auf dem Wasser, als das Telefon den *Einzug der Gladiatoren* abspielte. Moa Klaas legte ihr Buch beiseite, verdrehte die Augen und drückte den Empfangsknopf.

»Bist du gut gelandet? Wie ist dein Hotel? Schade, dass das Mercure kein Zimmer mehr hatte, oder täusche ich mich da wieder einmal? ... So, so, heute Abend Geschäftsessen ... Brin-gen die ihre Frauen mit, oder seid ihr unter Männern? ... Wie, morgen Nachmittag erst? Dann kommst du also erst über-morgen zurück? ... Ist nicht schlimm. Ich habe auch Besuch bekommen ... Wieso? ... Warum sollte ich dir vorher ... Nein, aber es wäre eine Überlegung wert. Warum soll ich die Gelegenheit nicht einmal nutzen? ... Nein, nein, ich will nicht wieder mit dir streiten. Macht euch, ich meine ... mach dir ein paar schöne Tage in München.«

Obwohl sie leise sprach, konnten wir im Pool jedes Wort mithören. Uns entging auch nicht, dass sie mit der Serviette eine Träne abtupfte. Sie lächelte zu uns herüber, während sie aufstand.

»Komme gleich wieder, muss noch nach den Pflanzen in der Diele sehen.«

Ich schielte zu Martina rüber, von deren Gesicht Leichtigkeit und Frohsinn weggewischt waren. Ich erwartete, dass sie jeden Augenblick losheulte. Vorsichtig paddelte ich zu ihr rüber und ergriff ihre Hand. Stumm saßen wir in unseren Gummiringen und hingen unseren Gedanken nach.

»Meine Mutter tut mir so leid. Ich werde auch nie verstehen, warum Papa ihr das antut. Er hätte niemals diesen Fall annehmen sollen. Diese Frau hat ihn verhext mit ihren Millionen und ihren Riesenbrüsten.«

Martina sah, dass ich überrascht auf ihre Erklärungen reagierte und fuhr fort.

»Das Schlimme ist, dass Mama dieses Miststück noch selbst in seine Arme trieb. Die waren zusammen im Fitnessclub. Und dabei muss diese Frau ihr wohl erzählt haben, dass sie einen gewieften Anwalt sucht, der sich im Erbrecht auskennt. Tja, jetzt hat sie die Millionen vom Großonkel und dazu noch meinen Vater. Ich könnte wahnsinnig werden, wenn ich daran denke, was jetzt aus unserer Familie werden könnte. Die streiten sich jeden Tag und immer öfter fällt das Wort Scheidung. Mama leidet, denn ... sie liebt Papa immer noch, obwohl er ihr das antut.«

Wir trieben nachdenklich über das Wasser. Der leichte Wind hatte uns in die Nähe des Liegestuhls gedrückt, in dem jetzt wieder Frau Klaas Platz nahm. Sofort erkannten wir die rotgeweinten Augen, obwohl sie versucht hatte, das mit etwas Make-up zu kaschieren. Martina stieg aus dem Wasser und legte ihre Arme um ihre Mutter. Beide verharrten so einen Augenblick, bis Frau Klaas mir winkte.

»Was hältst du davon, wenn du heute Nacht bei uns bleibst? Meinst du, deine Eltern hätten was dagegen? Martina hat ein

Riesenbett, da könnt ihr gut zu zweit schlafen. Willst du sie anrufen und fragen?«

»Au ja, das wäre riesig«, schloss sich Martina diesem Vorschlag überschwänglich an, »dann können wir noch ordentlich quatschen und vielleicht noch zusammen eine Partie Monopoli spielen.«

Martina hielt mir das Telefon hin, das ihr von ihrer Mutter gereicht worden war. An diesem Tag hatte ich Glück ... Papa meldete sich am Telefon. Von ihm bekam ich sofort den Freifahrtschein. Mama wird ihm anschließend ordentlich den Kopf gewaschen haben, wegen seiner einsamen, nicht mit ihr abgestimmten Entscheidung. Scheiß drauf, ich hatte eine Nacht ohne Familie. Und morgen begann das Wochenende.

Nur die Taschenlampe erhellte die kleine Höhle, die wir uns unter der Bettdecke geschaffen hatten. Ab und zu ließen wir Sauerstoff herein, ansonsten blieb die Welt ausgesperrt. Keiner hatte Zugang zu unseren Geheimnissen. Ich fand es sehr rücksichtsvoll, wenn Martinas Mutter an die Tür klopfte, bevor sie den Raum betrat. Vor meinem geistigen Auge spielte ich die Szene durch, wenn Mama in mein Zimmer stürmte, ohne auch nur ansatzweise auf Privatsphäre Rücksicht zu nehmen. Ungern hätte ich erleben wollen, wenn ich sie darauf hingewiesen hätte. Dann wäre ein fleischgewordener Ariel durch mein Zimmer gezogen, der mir zu guter Letzt die Ohren langgezogen hätte. Papa war in dieser Hinsicht rücksichtsvoller, er klopfte zumindest an den Türrahmen, da unsere Türen immer offen sein mussten.

»Was würden deine Eltern davon halten, wenn wir morgen Nachmittag mit meiner Mutter zum Halterner Badesee fahren würden? Da kann man wenigstens im Sand liegen und ich finde, das hat was von Urlaub.«

Martina ließ einen Moment vergehen, bevor sie mich anstieß.

»Hast du nicht zugehört? Baden in Haltern ... wäre das nicht toll?«

»Doch, doch, fände ich ganz in Ordnung. Aber ich habe mich mit Holger verabredet. Wir wollten mal wieder irgendwo nur abhängen und quatschen. Der hat doch sonst niemanden. Und ich finde, er ist doch eigentlich ein ganz netter Bursche. Ich glaub, der ist sogar etwas verliebt.«

Beide mussten wir kichern, da allein die Vorstellung, dass ein Junge uns mochte, absolut lustig war.

»Hat er schon versucht, dich ... ich meine ... dich zu küssen?«

Ich war mir nicht sicher, ob Martina meine Gesichtsröte unter der Bettdecke überhaupt sehen konnte, aber schon allein die Vorstellung ... mein Gott, Holger und mich küssen ... das ging gar nicht.

»Bist du verrückt? Der wird doch schon verlegen, wenn ich ihn nach der Uhrzeit frage.«

Wieder kicherten wir ausgiebig, zuckten jedoch zusammen, als Frau Klaas die Decke anhob.

»Ihr scheint euch ja köstlich zu amüsieren und habt dabei mein Klopfen überhört. Nun wird es aber Zeit, es ist schon kurz vor Mitternacht. Schlafenszeit. Ich mach jetzt das Licht aus und dann sehen wir uns beim Frühstück. Gute Nacht.«

»Andrea? Schläfst du schon?«

»Nein, noch nicht so richtig. Was gibt es?«

»Habe nachgedacht. Du könntest doch diesen Holger fragen, ob er mitfahren möchte, dann ist er nicht so allein. Mama hätte bestimmt nichts dagegen. Was hältst du davon?«

»Ich finde die Idee klasse. Aber ...«

»Wieso aber? Stimmt was nicht?«

»Eigentlich schon, aber ich weiß nicht, wie ich es dir sagen soll ... der Holger ist manchmal ein bisschen komisch ... ich meine so richtig komisch. Der kann einfach nicht vergessen, was ihm die anderen Kinder angetan haben. Der kann auch nicht verstehen, was du ... was deine Clique mit mir ...«

Martina stieß die Bettdecke von sich und saß im Bett. Empört drückte sie ihre kleinen Fäuste in die Hüften und starrte mich an.

»Das kann doch nicht wahr sein. Ich habe dem Spinner doch nichts getan ... und wir beide haben uns doch vertragen, oder nicht. Was hat der denn mit unserem Streit zu tun? Verstehe ich nicht.«

»Leg dich wieder hin, Martina. Ich sagte dir doch, dass er komisch ist. Ich habe schon oft versucht, mit ihm darüber zu reden, aber dann wird der sogar wütend und ich muss das Thema wechseln. Ich weiß nicht, ob Jungens dafür länger brauchen. Die sind manchmal eben richtig doof. Aber er würde alles für mich tun, da bin ich mir sicher. Ich kann ihn ja morgen fragen, warum ...«

»Nee, brauchst du nicht, ich bin jetzt sauer.«

Wütend warf sich Martina zurück ins Kissen, drehte sich zur Seite und zog die Decke über beide Ohren.

Kapitel 9

Dass im Hause Klaas an diesem Tag etwas nicht stimmte, fiel selbst mir, einem inzwischen elf Jahre alten Mädchen, sofort auf, als ich das Haus betrat und das Gewühl von Arbeitern wahrnahm. Sie schleppten unablässig Kartons und Möbelstücke aus dem Haus in ein Umzugsfahrzeug. Frau Klaas saß, mit leerem Blick vor sich hinstarrend, am Esstisch und umklammerte ein halbleeres Weinglas. Martina hatte sich auf der Couch zu einer Kugel zusammengerollt. Ihr Körper zuckte bei jedem Schluchzen. Das war genau die Situation, mit der ein unerfahrenes Mädchen wie ich, völlig überfordert war. Moa Klaas hob für einen Augenblick den Kopf, sodass ich in ihre verweinten Augen sehen konnte. Sie winkte mich zu sich und nahm mich in den Arm. Leise flüsterte sie.

»Kannst du dich einen Augenblick um Martina kümmern? Sie braucht jetzt dringend eine Freundin. Sie hängt doch so sehr an ihrem Papa. Ich muss die Augen offen halten, sonst räumen die mir noch das ganze Haus leer. Es bricht mir schon jetzt das Herz, wenn ich bedenke, was alles dieses Haus verlässt.«

Vorsichtig, nach einer guten Einleitung suchend, näherte ich mich meiner Freundin, die ich noch vor Wochen wegen ihrer Selbstsicherheit insgeheim bewundert hatte. Übrig geblieben war ein bejammernswertes kleines Mädchen, für das eine heile Welt unerwartet zusammengebrochen war. Nichts war mehr übrig von dem, an dem sie sich immer klammern konnte, das ihr die trügerische Sicherheit eines gutsituierten Hauses garantierte. Zögernd legte ich ihr meine Hand auf die zuckenden Schultern. Ich fuhr erschrocken zusammen, als sie aufsprang und die Arme mit einem Aufschrei um meinen Hals warf. Ihre

Kleidung war komplett durchgeschwitzt, Tränen liefen über ihr Gesicht.

»Das kann er mir doch nicht antun. Der kann doch nicht einfach zu dieser ... zu diesem Miststück ziehen. Das geht doch nicht. Stell dir das vor, er lässt mich hier ganz alleine zurück ... nur wegen dieser Frau. Mama ist auch ganz traurig. Was soll ich nur tun? Ich bin jetzt ganz ohne Vater. Was werden die anderen in der Schule denken?«

Ich hielt sie fest und gestattete, dass sie diesen ganzen Unsinn, das Selbstmitleid in ihrer Verzweiflung von sich gab. Mich ärgerte es ein wenig, dass Martina in dem Augenblick, als ihr das Leben eine Ohrfeige gab, sofort in ihr altes Muster zurückfiel. Sie beklagte ihr Schicksal. Mir gingen Bilder durch den Kopf, die mir ihr gehässiges Grinsen zeigten, wenn es mich mal wieder in der Schule erwischt hatte ... mich, die Lesbe. Niemand konnte mir das Bemühen absprechen, ihr das zu verzeihen, doch vergessen konnte ich das in hundert Jahren nicht. Mechanisch strich ich ihr über das Haar und ertrug wortlos, dass ihre Tränen mein Shirt durchnässten. *Hatte Holger das feinere Empfinden für das, was immer noch tief in ihr schlummerte? Warum konnte er ihr nicht verzeihen?*

»Hat dir denn dein Papa nicht erklärt, warum er zu dieser anderen Frau geht? Das muss doch einen Grund haben. Kennst du sie überhaupt richtig?«

Martinas Körper versteifte sich, sie befreite sich aus der Umarmung. Fast böse sah sie mir in die Augen, als sie mich anfauchte.

»Natürlich kenne ich diese Frau. Die war ja hier zum Essen. Das musst du dir vorstellen. Die kommt zu uns ins Haus, lässt sich von Mama bedienen und macht sich an Papa ran. Die Pest soll sie bekommen. Ich will meinen Vater zurück, verdammt. Der kann mich doch nicht hier alleine zurücklassen.«

Wieder warf sie sich in meine Arme und weinte.

»Martina? Hörst du mich? Du gibst jetzt allein dieser Frau die Schuld, aber ...«

»Die ist an allem Schuld. Die hätte die Finger von meinem Papa lassen sollen.«

»Ich verstehe ja auch deinen Zorn auf die Frau. Aber vergiss nicht, dass dein Vater ja auch Schuld daran trägt. Er musste wissen, dass er bereits eine Frau und eine Tochter hat. Er hat alles freiwillig ...«

»Diese Hexe hat ihn verführt. Papa hätte uns nie im Stich gelassen. Er liebt Mama und mich über alles.« Hier machte Martina eine Pause und starte mich fast feindselig an. »Warum hältst du überhaupt zu dieser Ziege? Ich denke, du bist meine Freundin. Findest du das noch gut, was hier passiert? Du hoffst vielleicht sogar, dass ich dadurch genauso arm werde wie du, oder? Das wird nicht passieren, das garantiere ich dir ... Mama hat mir schon gesagt, dass wir das Haus behalten werden und Papa viel Geld bezahlen muss. Ha ha, da hast du aber Pech gehabt.«

Entsetzt schob ich das Mädchen von mir, von dem ich geglaubt hatte, dass es sich geändert hätte. Plötzlich sah ich wieder das Wesen, das mich monatelang gequält hatte. Langsam erhob ich mich und machte zwei Schritte rückwärts.

»Was ist los mit dir? Wo willst du hin? Du willst gehen? Ja ... ja, geh nur, geh zurück in dein Ghetto, lass mich genau in dem Augenblick zurück, wenn es mir schlecht geht. Das ist typisch für euch Prolls. Hau ab, ich brauch keine Freundin, die sich verpisst, wenn ich sie brauche. Raus hier!«

Frau Klaas erschien im Durchgang zum Esszimmer und verfolgte mit traurigen Blicken, als ich die Haustür still hinter mir zuzog. Sie schlug die Hände vor das Gesicht und weinte.

Nur das Plätschern des Baches und das Brummen der dicken Hummeln unterbrachen die Stille der Natur. Immer, wenn wir die Ruhe, den Abstand von der Hektik des Alltags suchten, trafen wir uns an dieser Stelle. Es war eine stille Absprache zwischen uns, die niemals in Frage gestellt wurde. Es bedurfte keiner weiteren Erklärung, nur das Auflegen der Handfläche auf das Herz zeigte dem Anderen, dass wir uns gleich am Bach trafen. Wenn der Andere diese Bewegung wiederholte, galt dies als Bestätigung.

Ich zeigte auf die beiden Riesenlibellen, die sich uns neugierig genähert hatten und wohl nur darauf warteten, den Angriff starten zu können. Holger schlug mit einem langen Farn nach ihnen und freute sich darüber, dass diese Riesenhelikopter das Weite suchten. Wir standen jedoch weiter unter ihrer Beobachtung. Ich reichte meinem Freund die Hälfte meiner Orange, die er mit einem freudigen Brummen annahm. Während er Stück für Stück in die Backentaschen schob, beobachtete ich ihn still und dachte darüber nach, dass er in der letzten Zeit weit weniger stotterte, als noch vor Wochen. Es mochte damit zusammenhängen, dass er innerlich eine größere Ruhe gefunden hatte.

»Wirst du sie wieder ansprechen ... diese Schlampe?«

»Holger, bitte, sie ist zwar ein kleines, unverbesserliches Biest, aber du solltest nicht immer Schlampe sagen. Nein, ich werde sie diesmal zappeln lassen. Ich habe ihr meine Hand gereicht, den ganzen Arm wird sie nicht bekommen.«

»Gut so. Gut so. Ich habe der Schl..., ich meine, diesem Biest nie über den Weg getraut. Ich spüre in ihr das Böse, das sie nie ganz verstecken kann. Immer wenn ich sie in meiner Nähe hatte, spürte ich ein Kribbeln ... ich kann dir das nicht so genau erklären ... einfach ein Kribbeln.«

Wie elektrisiert fuhr Holger hoch und verfolgte, wild um sich schlagend, eine Libelle, die es gewagt hatte, um seinen Kopf herumzuwirbeln. Sein Gesicht verlor die Ruhe und Ausgeglichenheit, die ich stets so bewunderte. Es glich einer wutverzerrten, teuflischen Maske. Beinahe wäre er in seinem Eifer ins Wasser gefallen, konnte sich noch im letzten Moment an einem Weidenzweig festhalten.

»Ich hasse euch, ihr Scheißlibellen. Verrecken sollt ihr ... alle!«

»Holger, was ist mit dir los? Die haben dir doch bisher noch nie etwas getan. Die sind wahrscheinlich völlig harmlos, deshalb muss man ihnen doch nicht gleich das Schlimmste wünschen. Komm wieder her, du wolltest mir doch den einhändigen Hüftwurf beibringen. Irgendwann lerne ich den bestimmt.«

Mit tief in den Hosentaschen vergrabenen Händen kam er wieder zurück und stellte sich, sein Gesicht war immer noch von Wut gezeichnet, mir gegenüber auf.

»Komm her, greif mich an!«

»Hast du sie noch alle? Du solltest mal in den Spiegel sehen. Du siehst ja zum Fürchten aus. Nee, warten wir noch einen Augenblick, bis du wieder normal bist. Setz dich her, ich wollte dich was fragen.«

Er warf sich direkt neben unserer Decke ins Gras und blickte düster in den Himmel, der sich allmählich mit Gewitterwolken füllte.

»Hast du es mir eigentlich übel genommen, dass ich mich mit Martina angefreundet hatte? Ich meine ... du bist zwar mein bester Freund, aber Mädchen haben doch auch normalerweise eine Freundin, mit der sie über alles reden können, was Mädchen ... na du weißt schon.«

Seine Augen brannten sich nun an seinen Schuhspitzen fest. Die Lippen waren wie ein Strich, als er ein »Nee« herauspresste. »Vielleicht etwas ... aber nicht viel«, schob er hinterher.

»Das musst du auch nicht, Holger. Du wirst immer mein bester Freund bleiben. Großes Indianerehrenwort.«

Ich hielt ihm die Hand hin. Fest legten sich unsere Hände um die Handfessel des Anderen, die andere Hand lag auf dem Herzen. Es war ein großes Gefühl, was noch durch den entschlossenen Blick Holgers verstärkt wurde.

Kapitel 10

Mein Stolz hielt mich in den folgenden Wochen davon ab, mit Martina auch nur ein Wort zu wechseln, abgesehen von unvermeidlichen Wortwechseln in den Unterrichtsstunden. Sie versuchte krampfhaft, wieder ihre alte Clique um sich zu versammeln, die ihr jetzt aber die kalte Schulter zeigte. Häufig sah man sie in den Pausen einsam herumstehen, musste sich sogar hier und da gemeine Frotzeleien gefallen lassen. Holger gefiel das ausnehmend gut, sodass wir ab und zu in Streit gerieten, da ich Mobbing niemandem wünschte ... dafür hatte ich zu schlimme Erfahrungen machen müssen. Holger übrigens auch. Doch diese Erlebnisse verstand er vortrefflich zu verdrängen, machte mittlerweile sogar Witze darüber.

Unser Religionslehrer Grau sah von seinem Manuskript auf, von dem er gerade einen Auszug vortrug. Die Geschichte des heiligen Samariters gehörte zu seinen Lieblingsbeispielen, um mit uns über das Thema Nächstenliebe diskutieren zu können. Das heftige Türklopfen hatten auch wir vernommen und waren dankbar für eine kleine Unterbrechung der absolut letzten Schulstunde, bevor wir endlich in die Sommerferien starten durften. Direktor Malte steckte seinen Kopf durch die Klassentür und hüstelte.

»Kollege Grau, könnte ich einen Moment stören. Das tue ich ungern, aber ... wir haben leider Besuch erhalten, auf den wir alle gerne hätten verzichten können. Darf ich auch die Klasse um Aufmerksamkeit bitten. Ich muss euch Hauptkommissar Schlicht vorstellen, der euch einige Fragen stellen möchte. Bitte hört genau zu und antwortete wahrheitsgemäß. Bitte Herr Schlicht, die Schüler gehören Ihnen.«

Statt Betroffenheit machte sich Belustigung in unseren Reihen breit ... ein richtiger Kripomann in unserer Klasse ... das war schon recht aufregend. Das war nun wahrlich kein Sonny Crocket, wie er in Miami Vice durch Don Johnson verkörpert wurde. Dieser Hauptkommissar erinnerte eher an den ehemaligen Tatortkommissar Haferkamp, wie er damals von Hans-Jörg Felmy gespielt wurde. Papa hatte mir einmal in einer äußerst wichtigen Lehrstunde die einzelnen Darsteller der Tatortsendungen vorgestellt. Anschließend musste ich ihn sogar abfragen, indem ich ihm nur die Städtenamen nannte. An diesem bedeutsamen Tag konnte ich endlich Nutzen aus dem Familienquiz ziehen. Gespannt warteten wir darauf, dass er endlich den Mund aufmachte.

»Ich weiß, dass ihr alle darauf wartet, in die Ferien verschwinden zu können, doch das muss aus gegebenem Anlass noch einen Augenblick warten. Gerne würde ich auch mit besseren Nachrichten zu euch kommen, doch leider müssen wir von der Kripo uns immer mit den unangenehmen Dingen beschäftigen. Und das hier ist sehr, sehr unangenehm.«

Er legte eine bedeutsame Pause ein, beobachtete die einzelnen Gesichter. Unsere Anspannung wuchs.

»Ihr werdet euch sicher schon gefragt haben, warum eure Klassenkameradin Martina Klaas seit gestern nicht zum Unterricht erschienen ist.«

Vom Nebenpult konnte ich das *Die-soll-zum-Teufel-gehen* deutlich vernehmen. Auch Lehrer Grau sah in die Richtung von Ralf Schöne, der sich nun ganz klein machte.

»Leider habe ich die Pflicht, euch mitzuteilen, dass die Mutter eure Schulkameradin als vermisst gemeldet hat. Wir beginnen jetzt mit den entsprechenden Ermittlungen. Wir haben auch schon Suchtrupps auf den Weg geschickt. Was mich jetzt interessiert, ist die folgende Frage. Wer hat Martina Klaas vor ihrem Verschwinden gesehen, also bis Vorgesternabend? War jemand eng mit ihr befreundet und kann uns Hinweise darauf geben, ob sie sich in der letzten Zeit mit irgendjemandem traf? Vielleicht ein Freund, ein fremder Mann oder eine Freundin? Jede noch so unbedeutsam erscheinende Beobachtung kann für die Ermittlungen sehr wichtig sein.«

Die Blicke der meisten Schüler waren auf mich gerichtet, was *Haferkamp* natürlich nicht entgangen war. Er ließ es sich jedoch nicht anmerken. Die Befragung der Klassenkameraden brachte ihm keine neuen Erkenntnisse, sodass wir alle endlich in die Ferien entlassen wurden. Mit großem Gejohle schnappten wir unsere Tornister und drängten Richtung Ausgang. Gerade hatte ich die schwere Holztür passiert, als mich der Ruf zurückhielt. Hauptkommissar Schlicht wartete auf der obersten Stufe und winkte mich heran. Ich kämpfte mich verzweifelt durch den Strom der Schüler, die dieses altehrwürdige Gebäude so schnell wie eben möglich für sechs Wochen hinter sich lassen wollten. Eigentlich hatte ich schon gehofft, dass dieser Kelch an mir vorüberzieht. Holger, der schon aufgeregt am Zaun wartete, gab ich ein Zeichen, dass er nicht auf mich warten sollte. Er blieb dennoch einen Augenblick stehen und verfolgte mich und *Haferkamp* mit neugierigem Blick. Als er feststellte, dass mich der unbekannte Mann zur Seite zog, kam er näher.

»Ist alles in Ordnung, Andrea? Was will der Mann von dir? Soll ich einen Lehrer rufen?«

»Nein, nein, Holger, es ist alles in Ordnung. Der Mann ist der Hauptkommissar Schlicht von der Kriminalpolizei. Der hat nur ein paar Fragen zum Verschwinden von Martina. Du kannst schon vorlaufen.«

»Wie ... Verschwinden? Ist Martina was passiert?«

Jetzt wurde Schlicht die Pause zu lange. Er wandte sich an Holger, fummelte gleichzeitig in seiner Jackentasche herum. »Ich finde das toll, dass du auf deine Mitschülerin achtest, aber du musst dir keine Sorgen machen. Hier ist mein Ausweis, auf dem du sehen kannst, dass ich tatsächlich von der Polizei bin. Jetzt muss ich mich aber allein mit Andrea unterhalten. Du kannst sie gleich wieder zurückhaben.«

Tatsächlich nahm Holger den Ausweis in die Hand und studierte ihn ausgiebig, bis Schlicht ihn, jetzt leicht verärgert, wieder an sich nahm und wegsteckte. Er nahm mich zur Seite und begann damit, seine Fragen zu stellen.

»Dein Lehrer hat mir berichtet, dass du mit Martina befreundet bist und ...«

»Befreundet war ... das ist aber schon einige Wochen her.«

»Habt ihr euch zerstritten? Kannst du mir dazu mehr erzählen? Was war denn Schlimmes passiert, dass du eine Freundschaft beendest?«

Möglichst ausführlich berichtete ich ihm von Anfang an, wie aus einer Feindschaft eine Freundschaft wurde, um dann wieder zu zerbrechen. Fleißig machte er sich Notizen, stellte an gewissen Stellen Zwischenfragen. Als ich fertig war, sah er mich wortlos an, um dann, nach einigen Sekunden, die Frage zu stellen.

»Was empfindest du heute für Martina ... ich meine ... würde es dir leidtun, wenn ihr etwas Schlimmes passiert wäre? Ich will damit nicht sagen, dass es so sein muss, aber die Möglichkeit besteht ja immerhin. Hasst du sie sogar, weil sie so fies zu dir war? Gibt es noch weitere Mitschüler, die eine Rechnung mit ihr offen hatten?«

»Nein, um Gottes Willen. Sie tut mir irgendwie leid. Wir hatten schöne Tage, wo wir uns super vertragen haben. Aber als ihr Vater dann ... als er mit dieser Frau zusammenzog ... da veränderte sie sich wieder in diese affige Ziege. Sie spielte wieder diese böse, eingebildete ...«

»Ja, das mit dem Vater habe ich schon gehört. Das ist nie gut für die Familie. Das kenne ich nur zu gut. Meine Tochter hat ... ach lassen wir das, ist nicht so wichtig.«

Hauptkommissar Schlicht schien bei dem Thema trauriger zu werden, brach es einfach ab.

»Eine letzte Frage noch. Hat Martina jemals darüber gesprochen, dass ihr das Leben, so, wie sie es führen musste, nicht gefiel? Ich meine ...

»Wollen Sie mich fragen, ob sie jemals über sowas wie Selbstmord geredet hat? Nein, nicht Martina. Die liebte das Leben. Sie liebte es genauso, wie sie es führen durfte. Sie machte sich gerne über die lustig, die weniger hatten als sie. Das war ziemlich fies an ihr. Das fand ich richtig Scheiße. Oh, Entschuldigung, ist mir so rausgerutscht.«

»Kein Problem. Alles was stinkt, muss raus aus dem Körper. Eigentlich ist es das für den Augenblick. Sollte dir noch was einfallen, kannst du mich jederzeit anrufen. Hier ist meine Karte. Da steht auch die Handynummer drauf, unter der ich Tag und Nacht erreichbar bin. Fährst du mit deinen Eltern in die Ferien?«

Als ich ihm mitteilte, dass Papa durcharbeiten musste und uns auch das nötige Geld für eine Urlaubsfahrt fehlte, legte er mir die Hand auf die Schulter. Nachdem er mir beim Weggehen über das Haar gestrichen hatte, verfolgte ich ihn noch einen Augenblick mit den Augen, bis er hinter dem Eingangsportal verschwunden war. Eigentlich ein netter Typ, der jetzt vor einer großen Aufgabe stand. *Was mochte mit Martina geschehen sein?*

Der Schreck fuhr mir durch alle Glieder, als ich in die Leipziger Straße einbog und plötzlich von Holger am Ärmel in einen Hauseingang gezogen wurde.

»Erzähl, was ist los? Keiner kann mir was Richtiges erzählen. Hat dieser Polizist dir was erzählt. Das ist ja total spannend. Hat man Martina entführt und Lösegeld gefordert? Mensch erzähl doch endlich, mach es nicht so spannend.«

Ab und zu verstand ich Holger nicht. Er konnte der liebenswerte, naive Junge sein, um im nächsten Augenblick in ein Fieber zu verfallen, in dem er wilde Geschichten erzählte oder sich gegen größere Jungen auflehnte. Verständnislos schüttelte ich den Kopf.

»Ich kann dir nichts erzählen, Holger. Die wissen noch gar nichts. Der hat nur gefragt, ob ich Streit mit Martina hatte und wie sie so war. Mehr nicht.«

»Die war bescheuert, die blöde Kuh. Vielleicht ist die ja zu ihrem Vater gezogen und hat das keinem gesagt. Von mir aus braucht die auch nicht mehr wiederkommen.«

Holger, was sagst du da. Du tust ja so, als ob du ihr den Tod wünschst. Das tut man nicht.«

Holger wuchtete seinen Tornister auf die Schulter und griff nach meinem.

»Nein, lass mal, ich trag den selber. Zwei sind doch viel zu schwer für dich.«

»Macht doch nichts. Wir sind doch Freunde, da mach ich das gerne. Gib her, ich bin stark.«

Bevor ich es verhindern konnte, lag auch mein Tornister auf seinem Rücken. Lächelnd schlenderte ich hinter zwei Riesentornistern her, die von zwei dürren Beinchen getragen wurden.

Einen besseren Freund hätte ich mir damals nicht wünschen können.

Das Wiedersehen

Kapitel 11

Ungeduldig sah ich auf die Wanduhr, die immer noch über dem Café-Eingang hing und meine Gedanken zurückführte in eine Zeit, als wir Kinder hier nur an Feiertagen oder zu besonderen Anlässen mit den Eltern einkehrten. Damals durften wir uns nur selten an den Gesprächen der Erwachsenen beteiligen, daher zählte ich dann im Stillen mit, wenn die Uhr ihr Klack-klack bei jeder Sekunde in den Raum schickte. Die Theke, die Tische und Stühle hatten sich in den vielen Jahren, in denen ich fort war, nicht verändert. Ja, sie hatten einen neuen Anstrich erhalten, aber es gab immer noch den leckeren Streuselkuchen und die mit Vanillecreme gefüllten Windbeutel. Alles nach altem Familienrezept. Auf der Theke waren die Gläser mit den Lakritz-Salinos und Karamell-Bonbons durch ein umfangreiches Angebot an Schokoriegel ersetzt worden. Die Inhaberin Klara Wiechert, die uns Kindern immer ein Gummibärchen extra auf den Teller legte, war zwischenzeitlich verstorben. Die damals schon vierundsiebzig Jahre alte Frau konnte so wunderschöne Märchen und Geschichten vorlesen.

Brutal wurde ich aus meinen Gedanken gerissen, als mir jemand von hinten seine Hände über die Augen legte.

»Du wirst nicht drauf kommen, wer ich bin. Du hast drei Antworten frei.«

»George Clooney? Brad Pitt? Oder warte einmal ... jetzt bin ich ganz vermessen: Vielleicht sogar Holger Mastrich, dieser gutaussehende Bursche, der mir immer die Tornister von der Schule nach Hause trug? Nein, das kann nicht sein, der ist doch bestimmt längst zum Film gegangen.«

»Trara, die Kandidatin hat mit der dritten Antwort gewonnen ... als Preis erhält sie eine Waschmaschine mit Stocheisen. Herzlichen Glückwunsch. Lass dich ansehen ... steh doch bitte mal auf.«

Ich tat ihm den Gefallen und drehte mich am Tisch um die Achse. Als mich Holger in die Arme nahm, kam von den Nebentischen leiser Applaus. Drei junge Mädchen riefen »Küssen ... Küssen ... Küssen.«

Holger verbeugte sich lachend zum Publikum und setzte sich mir gegenüber. Er bestellte sich einen Kakao.

»Das hast du dir immer noch nicht abgewöhnt? Ich meine deinen Kakao. Ein erwachsener Mann, der bei einem Date mit einer alten Freundin Kakao bestellt ... wie uncool. Ich hätte jetzt zumindest einen Cuba Libre erwartet, muss ja nicht gleich Whiskey sein.«

»Da muss ich dich enttäuschen, meine Liebe, ich trinke keinen Alkohol. Und außerdem muss ich niemandem etwas beweisen. Das kennst du doch noch, oder?«

»So habe ich das auch nicht gemeint, Holger. Ich finde es toll, wenn man Prinzipien hat. Aber erzähl, was gibt es Neues? Wir haben uns ja jetzt schon, warte mal ... zwölf Jahre nicht mehr gesehen. Du siehst gut aus ... ein richtiger Mann bist du geworden, dem die Mädchen bestimmt in Scharen nachlaufen.«

Sein Lächeln verschwand für einen Augenblick und machte einer ernsten Miene Platz. Nachdenklich rührte er in seinem Kakao, der ihm mittlerweile serviert worden war. Seine Worte waren kaum zu verstehen.

»Welche Mädchen? Das Mädchen, das ich haben wollte, ist damals mit ihrer Familie einfach nach Herten gezogen. Sie hat ihr Glück in einer anderen Stadt gesucht.«

Er machte an dieser Stelle eine Pause, als hätte er festgestellt, dass er schon zu viel gesagt hatte. Seine Miene wechselte wieder auf Lockerheit, als er die Frage an mich richtete.

»Hast du denn bei diesen Meisterschaften mitgemacht, so wie du mir geschrieben hast? Ich meine diesen Wettbewerb für Floristen. Du wirst doch bestimmt einen Preis gewonnen haben, so ehrgeizig wie du bist, oder?«

Meine Gedanken hingen immer noch an seinen ersten Worten. *Hatte ich es nicht bemerkt ... damals? War Holger wirklich verliebt in mich? Verdammt, wir waren doch erst elf, da verliebt man sich doch noch nicht. Man schwärmt für jemanden, ja ... aber Liebe ... nein.*

Lange sahen wir uns schweigend in die Augen. Holger schien zu spüren, was mich beschäftigte. Er unterbrach meine Gedanken nicht, ließ sie arbeiten.

Der Schatten der Kellnerin, die unseren Streuselkuchen vor uns hinstellte, unterbrach dieses Gedankenspiel abrupt. Wir stocherten etwas verlegen in der Sahne, die großzügig neben den Kuchen gespritzt war.

»Vierte. Ich bin Vierte geworden. Aber immerhin, es war ein großartiges Erlebnis. Du hattest es sicher leichter in deinem Beruf. Hat dir dein Vater denn mittlerweile die Gärtnerei überschrieben? Der muss doch jetzt mindestens kurz vor der Siebzig sein, oder? Ich stelle mir das wahnsinnig schön vor, den ganzen Tag zwischen den eigenen Blumen und Pflanzen arbeiten zu können. Der Laden läuft doch bestimmt riesig.«

»Es geht so, wir können uns nicht beklagen. Aber mein Vater ziert sich noch mit dem Überschreiben. Er meint, ich wäre noch nicht reif genug für eine derartige Aufgabe. Der hat doch keine Ahnung. Ich werde es ihm noch zeigen. Er wird sehen, dass ich jetzt ein Mann bin. Was will er eigentlich? Ich habe meine Meister-Prüfungen mit Auszeichnung bestanden. Der verdammte Kerl meint, dass nur er ...«

Während er sprach, hob er die Stimme dermaßen, dass Besucher an den Nebentischen zu uns herübersahen. Ich legte beruhigend die Hand auf seinen Arm. Als wäre er aus einem Traum erwacht, sah er sich um und flüsterte mir zu.

»Tut mir leid, Andrea, manchmal geht es mit mir durch. Ich finde das ungerecht, was er mit mir macht. Er unterschätzt und kritisiert mich bei allem, was ich tue. Das ist nicht richtig ... das sollte er nicht tun.«

Holgers Lider flatterten, während er seine Verzweiflung zeigte. Ich hatte die Zeit genutzt, um mir diesen immer noch hageren Mann näher anzusehen, der das typische Bild eines Außenseiters abgab. Ich konnte es nicht erklären, was ihn in meinen Augen dazu machte. Waren es die in die Jahre gekommenen Klamotten, die er trug, war es die Frisur mit diesen langen Koteletten aus den Siebzigern? Nein es störte mich nicht, dass sich unter seinen Fingernägeln noch die Blumenerde von der Arbeit versteckte. Das allein machte einen Menschen nicht aus, war nicht so wichtig. Er besaß einen guten Kern, einen Gerechtigkeitssinn, das wusste ich genau. Aber er schleppte immer noch etwas mit sich herum, worüber er selbst mit mir niemals gesprochen hatte. Ich nahm mir vor, ihn irgendwann darauf anzusprechen ... aber nicht heute.

»Komm, lass uns über etwas Anderes reden. Hier in Essen scheint ja soweit alles wie früher zu sein. Allerdings wollte ich dich unbedingt was fragen. Ich bin da gar nicht mehr auf dem Laufenden und bin auf die Zeitungen angewiesen. Hat man jemals wieder was von dieser Martina Klaas gehört? Ist sie wieder aufgetaucht oder hat man sie gefunden? Da gab es doch auch hier in der Stadt einige Fälle von verschwundenen Frauen. Weißt du was darüber? Da bekommt man ja Angst.«

Holger sah mich mit großen Augen an und kaute weiter auf einem großen Streusel.

»Das bekommt man nur so am Rande mit. Die Polizei tappt da wohl ziemlich im Dunkeln. Ab und zu sieht man ein Bild von diesem, wie hieß er doch gleich? ... ach ja, von diesem Schlicht im Lokalteil ... immer, wenn sie eine Frau als vermisst melden. Es heißt, dass es alles Prostituierte sind, die der Mörder umlegt.«

»Holger, das hört sich ja schlimm an aus deinem Mund. Mir tun die Frauen leid, denen sowas passiert. Es sind immerhin Menschen, über die wir reden. Den Tod hat keine verdient. Das bedeutet also, dass man Martina auch nicht gefunden hat? Die war ja keine Prostituierte, die war noch ein Kind. Verdammt, ist das gruselig.«

»Ja, das finde ich auch sehr traurig. Habe nur gehört, dass die olle Klaas wieder mit ihrem Mann zusammen ist. Der hat damals seine Geliebte ganz plötzlich wieder verlassen und ist zurück zu seiner Frau nach Haarzopf gezogen. Dann hat das Verschwinden von Martina sogar noch was Gutes bewirkt.«

»Manchmal verstehe ich dich nicht, Holger. Du bist ein so gefühlvoller Mensch, aber wenn es um Martina geht, bist du so hart, so nachtragend. Mensch, sie war doch noch ein kleines Mädchen, das ...«

»Sie war ein kleines Miststück, das kannst du nicht schönreden. Du hast dich doch selbst mit ihr gestritten. Ich gebe ja zu, dass mir ihr Verschwinden auch leidtut. Eine Tracht Prügel hätte auch gereicht. Vielleicht wurde sie ja auch nur entführt und wird heute noch irgendwo gefangengehalten ... möglich ist alles. In irgendeinem Keller quält sie so ein Kinderschänder, der ...«

»Hör jetzt auf mit diesem Scheiß, ich will heute noch schlafen. Du bist ja völlig pervers!«

Holger verzog sein Gesicht zu einer Fratze und formte die Hände zu Krallen. Trotz seiner sechsundzwanzig Jahre steckte in diesem Mann immer noch der jungenhafte, naive Spaßvogel, der einfach nicht erwachsen werden wollte.

»Was wird das denn jetzt hier? Du kommst doch nicht nur in deine Geburtsstadt, um einen alten Freund zu besuchen. Was treibt dich hierher in diese grüne Oase?«

»Ich will mich auf eigene Füße stellen. Meine Eltern kommen so allmählich in ein Alter, in dem sie nerven. Sie halten an alten Mustern fest, die nicht mehr zeitgemäß sind. Ich will ja nicht sagen, dass es mir zuhause schlecht geht, nein, das wäre falsch. Sie lieben mich. Aber hier und da geht mir das Familienleben gehörig auf die Nerven, zumal Leon auch noch im Hotel Mama wohnt und das Lotterleben pflegt. Der hängt nur in seinem Zimmer rum und spielt wie ein kleiner Junge mit seinen fünfundzwanzig Jahren diese Wargames. Der kann sich einfach nicht mehr aus dieser Fantasie-Welt befreien. Andere Männer in diesem Alter haben Bilder von Angelina Jolie oder Penelope Cruz an der Wand hängen; er sammelt Bilder von Darth Vader und schwärmt von der Serie *The Walking Dead*. Da fehlt mir jegliches Verständnis. Ich habe meinen Eltern gesagt, dass ich freier atmen möchte, eine eigene Bleibe brauche. Papa hat mir dann bei der Wohnungssuche geholfen. Der sitzt ja immer noch bei der Zeitung an der Quelle. Jetzt wohne ich in Schönebeck, an der Grenze zu Mülheim-Heißen. Das ist hier ganz in der Nähe. Da können wir uns bestimmt öfter treffen und was zusammen unternehmen. Wäre schön, wenn ich jemanden hätte, dem ich vertrauen kann.«

Holger wirkte irgendwie zufrieden, sein Lächeln zeigte, dass ihm der Gedanke gefiel. Er war für mich eine sehr wichtige Brücke, hinein in mein neues Leben. Wie eminent wichtig er tatsächlich war, sollte ich erst viel später erfahren.

Kapitel 12

Die wenigen Laternen beleuchteten die Gelsenkirchener Straße nur spärlich. Die Damen, die sich in kleinen Gruppen oder sogar einzeln am Straßenrand feilboten, warfen lange Schatten auf das nasse Pflaster. Der feine Nieselregen erschwerte ihnen heute das Geschäft erheblich, zumal ihnen die Kälte zusätzlich zu schaffen machte. Während die Einen auf sofort sichtbare nackte Tatsachen setzten und kurze Hotpants und Riesendekolletés zeigten, liefen ihre Kolleginnen mit Mänteln herum, die sie immer dann öffneten, wenn sich ein Auto mit einem vermeintlichen Freier näherte. Heute war kein üppiges Geschäft zu erwarten.

Zofia wusste genau, dass sie in spätestens zwei Stunden mit dem Besuch von Milosz rechnen konnte, der Kohle sehen wollte. Das Wetter interessierte diesen brutalen Mistkerl nicht, er würde ihr bei schlechten Einnahmen wieder eine brennende Zigarette auf den Rücken pressen, dort, wo es die Freier nicht sofort sehen.

Der dunkelgrüne BMW wurde langsamer, schaltete das Fahrlicht runter auf Standlicht. Es waren eingespielte Bewegungsabläufe, als sich Zofia mit schwingenden Hüften dem Wagen näherte. Die Scheibe auf der Beifahrerseite fuhr surrend herunter, bevor sie sich in den Wagen beugte.

»Hi, suchst du Spaß heute Abend? Den kannst du bei mir haben. Gefalle ich dir?«

Zofia presste ihre immense Oberweite zusammen, um ihr Angebot zu untermauern. Das herunterfallende volle Haar konnte die Brüste nur teilweise verdecken.

»Ich habe meinen Wohnwagen nur zwanzig Meter weiter. Ich könnte es dir für ...«

»Der Preis spielt keine Rolle. Ich zahl dir Fünfhundert, will dich aber die ganze Nacht ... allerdings bei mir in der Wohnung. Ist nicht weit von hier. Ich bring dich später wieder zurück. Geht das klar?«

Bei Zofia läuteten die Glocken, denn genau vor diesen Angeboten sollten sie sich vorsehen. In Essen waren schon etliche von Ihnen nicht von einer solchen Fahrt zurückgekehrt. Die Anweisung bestand, vorher ihrem Beschützer das Autokennzeichen telefonisch durchzugeben und um Genehmigung zu fragen.«

»Bist du alleine, oder warten da mehrere Kerle auf mich. Da mach ich nämlich nicht mit, damit du das weißt. Auch kein SM. Dafür bin ich nicht zu haben, da musst du die Straße weiter hoch, zu meiner Kollegin. Außerdem muss ich erst telefonieren und fragen. Moment.«

Die Hand des harmlos aussehenden Mannes zog ein Bündel Hunderter aus der Jackentasche und wedelte damit vor ihrem Gesicht. Spielerisch steckte er das Geld zwischen ihre Brüste, zog es jedoch sofort wieder heraus, als sie danach griff.

»Hör zu, meine Schöne. Ich will hier keine Wurzeln schlagen und die Nacht ist bald vorüber. Mit jeder Minute, die du vertrödelst, verlierst du einen Zehner. Also was ist jetzt? Kommst du mit oder soll ich deine Kolleginnen fragen. Drei, zwei, eins ...«

»Ist ja gut. Aber du musst die Hälfte anzahlen. Um acht morgen früh werde ich hier abgeholt. Dann müssen wir fertig sein. Das ist der Deal.«

Sie öffnete die Wagentür und ließ sich aufreizend langsam in die Polster gleiten. Ihre offene Handfläche machte deutlich, dass der Spruch mit der Anzahlung keine leere Drohung war.

Der Freier zählte zwei Hunderter ab und schob sie ihr zwischen die Schenkel. Der BMW reihte sich unauffällig hinter einen Lastwagen ein, der den Weg zur Autobahnauffahrt suchte. Niemand nahm Notiz von dem Wagen, der im Regen verschwand.

»Wir hatten jetzt acht Monate Ruhe, Schlicht. Glauben Sie wirklich, dass unser Phantom wieder zugeschlagen hat? Wie lange dauert der Scheiß jetzt schon an? Das sind doch mindestens fünfzehn Jahre, oder täusche ich mich da? Bisher wissen wir nur, dass wieder eine Prostituierte vermisst wird. Aber bedenken wir, dass es diesmal eine andere Stadt betrifft, und wer sagt uns, dass nicht der Zuhälter selbst die Kleine verbuddelt hat. Wäre ja nicht das erste Mal, meine Herren, dass sich diese Ungeheuer der nutzlosen Ware entledigen?«

»Ja Chef, aber ich verlasse mich, wie Sie wissen, auf meinen Bauch. Übrigens haben die Kollegen das Alibi von diesem Milosz überprüft. Das ist hieb- und stichfest. Der war nach einer Kneipenschlägerei zur Erstversorgung im Krankenhaus. Alle würden diesem Penner gerne was anflicken, aber in diesem Fall ist der Saukerl sauber. Wenn wir dann noch berücksichtigen, dass die Frau jung und gutaussehend ist ... die beseitigen doch nicht ohne zwingenden Grund ihre Gelddruckmaschinen. Da stehen ja auch noch die Möglichkeiten im Raum, dass die Frau geflohen ist, oder wurde von einem anderen Zuhälter verschleppt. Kommt immer wieder vor.

Ich möchte gerne rüber nach Herten und mir die Sache vor Ort ansehen, mit den Kollegen reden. Vielleicht hat ja eine von den flotten Schwestern was bemerkt. Es könnte ja immerhin sein, dass dieses Verschwinden tatsächlich was mit unseren Fällen zu tun hat.«

Schlicht warf die Jacke über und ließ einen Vorgesetzten zurück, der konsterniert auf die Tür starrte, hinter der sein Hauptkommissar verschwunden war. Schlicht wusste, dass er sich solche Frechheiten erlauben und sich trotzdem der Rückendeckung sicher sein konnte.

Der Dienstwagen rollte hinter einem Betonmischer aus, der auf dem Seitenstreifen für die Nacht abgestellt worden war. Schlicht hatte schon viel über diesen ungeliebten Straßenstrich gehört, gegen den sich bereits Bürgerbewegungen gegründet hatten. Die hatten zumindest erreichen können, dass die Damen erst bei Dunkelheit tätig werden durften. Außerdem handelte es sich hier nicht um ein reines Wohngebiet, sondern um eine sehr lange, waldreiche Verbindungsstraße zur Autobahn. Der Parkplatz, der tagsüber gerne von Berufstätigen zum Abstellen ihrer Fahrzeuge genutzt wurde, wenn sie Fahrgemeinschaften bildeten, war recht belebt. Er steuerte geradewegs auf eine größere, heftig debattierende Gruppe zu, in der er seine beiden Gelsenkirchener Kollegen vermutete.

»Hallo ... was können wir für dich tun, Kleiner? Komm, wir gehen ein paar Schritte weiter.«

Der Ausweis, den Schlicht der Rothaarigen dicht vor die Augen hielt, beeindruckte diese überhaupt nicht. Resigniert hob sie die Schultern.

»Hier scheint irgendwo ein Polypennest zu sein. Habt ihr eine Betriebsfeier bei uns geplant? Dann macht das bitte unauffällig, damit ihr die ehrlichen Freier nicht vertreibt.«

Lachend hakte sie sich unter und schob Schlicht näher an die Gruppe. Sofort ging ihm die Frage durch den Kopf, wie er seinen Kollegen heute Nacht den Geruch dieses penetranten

Parfums erklären sollte. Mittlerweile war er sich auch gar nicht mehr sicher, ob er sich nicht in diesem Moment in Begleitung eines äußerst attraktiven Transvestiten befand. Die Stimme und der feste Griff ließen zumindest an der Echtheit der vermeintlichen Dame ernsthaft zweifeln.

»Ein Kollege von euch, ihr Süßen. Jetzt fühle ich mich schon viel sicherer. Hoffentlich findet ihr den Irren schnell, damit wir hier wieder gefahrlos arbeiten können.«

Mit wiegenden Hüften entfernte sich die Rote wieder winkend in Richtung eines Lieferwagens, dessen Fahrer ihr vielleicht eine Verdienstmöglichkeit bieten könnte. Schlicht bahnte sich einen Weg zu seinen Kollegen.

»Sieh da, sieh da ... prominente Verstärkung aus Essen im Anmarsch. Jetzt kommt endlich Fahrt in die Ermittlungen.«

Schlicht kannte die Frotzeleien zur Genüge, wenn es sich um städteübergreifende Ermittlungen handelte. Nicht immer waren die Kollegen davon begeistert und unterstützten die Ermittlungen bereitwillig. Kompetenzgerangel behinderte viel zu häufig einen schnellen Erfolg. Allerdings hatte er gelernt, die Sprüche dieser Kleingeister zu ignorieren.

»Sie sind bestimmt die große Nummer, die uns angekündigt wurde. Wie können wir denn dem Kollegen Hercule Poirot helfen? Ich meine, bevor wir uns wieder um unsere leichteren Diebstahlfälle kümmern.«

»Volker, mach doch nicht immer wieder einen auf miesen Bullen. Hauptkommissar Schlicht will doch nur prüfen, ob unser Fall dem gleichen Täter zugeordnet werden kann. Du wirst deine Lorbeeren schon abkriegen, wenn wir den Penner an den Eiern haben. Glück auf, Herr Kollege ... wie man bei uns sagt.«

Der größere und breitschultrigere der beiden Männer streckte Schlicht die Hand entgegen, in die dieser einschlug. Volker, wie ihn sein Kollege nannte, drehte sich zur Seite und zündete sich eine Zigarette an, übersah die ihm angebotene Hand.

»Der ist nicht immer so ein Arsch, manchmal kann man mit dem ganz gut zusammenarbeiten. Was können wir für dich tun? Übrigens, mein Name ist Franz Klöppel, der Vogel da ist Kommissar Heisinger. Wir sind selbst erst gerade eingetroffen und haben noch kein klares Bild. Bisher wissen wir nur, dass eine der Damen nicht mehr zum Dienst erschien, zuhause nicht anzutreffen ist und nicht an ihr Telefon geht. Heimat ist Polen, da kommt übrigens auch ihr Beschützer, dieser Milosz her. Kein unbeschriebenes Blatt, aber mit glasklarem Alibi. Außerdem verliert der Scheißkerl damit eine seiner besten Einnahmequellen. Die Vermisste, Zofia heißt sie übrigens, hatte ganz guten Umsatz in ihrem Wohnwagen da vorne. Haben wir zumindest von den lieben Kolleginnen erfahren.«

»Die Infos hatte ich schon, danke. Wer hat sie denn zuletzt gesehen? Ist diejenige hier und schon befragt worden?«

»Wir wollten gerade mit den Befragungen anfangen. Wir können uns ja aufteilen.«

Volker Heisinger trat wütend seine Zigarette aus und baffte seinen Kollegen an.

»Wie, aufteilen? Wir brauchen keinen Spinner aus der Nachbarschaft, der uns zeigt, wie man Verhöre durchzieht. Das kriegen wir schon alleine hin. Unser Hauptkommissar kann später gerne die Protokolle lesen. Ich fang mit den vier Tussis an, die da am Baum stehen und dumm rumquatschen.«

»Die Tussis treten dir gleich in die Eier, du Wicht.«

Heisinger wirbelte herum, um die Person ausfindig zu machen, die diese Bemerkung machte. Er sah nur in Gesichter, die hin und wider sogar ein Lächeln zeigten. Selbst seine beiden Kollegen konnten sich ein Grinsen nicht verkneifen. Klöppel hob die Schultern und wandte sich wieder Schlicht zu. »Du kannst ja die kleine Gruppe da hinten nehmen. Wir treffen uns dann in, sagen wir mal, zwei Stunden genau hier wieder. Geht das in Ordnung?«

Schlicht nickte, während sich Heisinger wortlos entfernte, nicht ohne etwas Unverständliches vor sich hinzubrummen. Er griff einer Dunkelhaarigen an den Arm und zerrte diese zum Parkplatz, wo die Wohnwagen warteten. Ihr Gekeife schallte über den gesamten Parkplatz, während sie Mühe hatte, bei den hohen Pumps mit Heisinger Schritt zu halten.

Die Verhöre ergaben bei den meisten Mädchen nur wenig Brauchbares. Nicht alle waren an dem Tag anwesend, konnten jedoch zumindest über mögliche Bekanntschaften oder Stammkunden Auskunft geben. Nur in den seltensten Fällen gab es echte Namen, da es unüblich war, in diesem Gewerbe danach zu fragen. Selbst die Frauen arbeiteten mit Pseudonymen.

Kapitel 13

Der völlig verdreckte BMW holperte über den schmalen Pfad, der von Unkraut überwuchert war und die tiefen Löcher verbarg, in die der Wagen immer wieder stöhnend einschlug. Zofias Kopf schlug ständig gegen die Seitenscheibe, wenn das Fahrzeug wieder einmal eines dieser Löcher anfuhr. Der Ätherlappen, mit dem der Fahrer sie schon kurz nach dem Start in das Land der Träume geschickt hatte, verhinderte, dass sie den Schmerz spürte. Die Scheinwerfer trafen auf alte, teilweise eingefallene Backsteinmauern, die von einem ehemaligen Firmengelände übriggeblieben waren und wie drohende Finger in den dunklen Himmel ragten. Die Natur hatte sich das Gebiet schon vor Jahren zurückerobert, als unter anderem die Kohlenzechen geschlossen wurden. Meterhohe Sträucher verdeckten und überwucherten die Zeugen einer glorreichen, industriellen Vergangenheit. Ratten flüchteten aus dem Lichtkegel, Fledermäuse jagten lautlos nach Insekten, die es hier zu Abertausenden gab.

Der geheimnisvolle Mann schaltete das Licht und den Motor aus. Die eintretende Stille wurde nur durch das Zirpen der Insekten und dem dumpfen Geräusch der naheliegenden Autobahntrasse gestört. Die dunkle Gestalt verharrte einen Augenblick neben dem Auto, so als würde er diese Atmosphäre des Geisterhaften genießen. Er sah sich sichernd um. Mit einem kräftigen Ruck öffnete er die Beifahrertür und griff in das Haar der ohnmächtigen Frau, die zur Seite kippte. Als würde es sich um eine Schaufensterpuppe handeln, warf er sich die Prostituierte über die Schulter und trat mit dem Fuß die Tür ins Schloss. Trotz der absoluten Schwärze der mondlosen Nacht fanden seine Füße immer einen sicheren Halt auf dem unwegsamen Gelände. Vor einer Stahltür, die in eine riesige Halle führte, stoppte er nur kurz. Das erstaunlich saubere Vorhängeschloss öffnete er mit der freien Hand. Das Quietschen der Scharniere zerriss die Stille der Nacht und wurde vom Zuschlagen der Tür abgelöst. Wieder umfing das seltsame Pärchen eine Ruhe, die das Fiepen der Ratten deutlicher werden ließ. Mit der freien Hand kramte der Mann eine Taschenlampe aus den Taschen seines Parkas. Sie beleuchtete einen langen Gang, der hinter dem Lichtstrahl ins Unendliche zu verschwinden schien. Die modrige Luft, die jedem normalen Menschen das Atmen erschwerte, schien diesem Besucher nichts auszumachen. Er schob sich seine Last auf der Schulter zurecht und marschierte durch den schwach erleuchteten Gang.

Vor ihm tauchte eine weitere Tür auf, die mit zwei Riegeln versperrt war. Mit einem dumpfen Geräusch schlug Zofias Kopf auf den Steinfußboden, als er die Last wie einen Sack auf den Boden fallen ließ. Die Schlösser gaben nur zögernd nach, als er den Schlüssel hineinschob. Krachend knallte die stabile Holztür gegen die Wand und wäre ihm fast beim Zurückschnellen vor den Kopf geschlagen, als er Zofia hochwuchtete. Mit einem wilden Fluch stoppte er sie mit dem Fuß und stieg die moosbedeckte Treppe hinab. Zuvor hatte er an einem verborgenen Schalter auch dort eine Lampe eingeschaltet, die von Spinnweben umwuchert, ein mäßiges Licht verbreitete. Von dem Gang, der ihn ab der untersten Stufe weiterführte, gingen mehrere Räume ab, die ehemals scheinbar als Lagerräume gedient hatten und Riesenregale enthielten. Vor einem Raum, dessen Tür weit offenstand, blieb er stehen und tastete an der Wand nach einem Lichtschalter. Erst auf den zweiten Blick war erkennbar, dass hier zwar die Regale fehlten, jedoch von einem Stapel Decken an einer Wandseite ersetzt worden waren. Darüber befanden sich mehrere Haken, die in die Wand eingelassen waren und an deren Enden kurze Ketten befestigt waren. Die Luft enthielt ein Gemisch aus verwesenden Lebensmitteln, Fäkalien und dem metallischen Geruch von Blut. Wieder fiel der Frauenkörper auf den Boden, diesmal gebremst von einer Schicht feuchter Decken. Stumm holte der Mann mehrere Kabelbinder aus den Tiefen seines Parkas und zog diese routiniert um Hände und Füße seines Opfers. Er zog sie so fest, dass sie merklich ins Fleisch der Frau einschnitten und sofort das Blut aufstauten. Dann verband er sie mit den Kettengliedern und schaute zufrieden auf sein Werk. Als er sich davon überzeugt hatte, dass alles befestigt war, zog er sich zurück und schlug die schwere Holztür zu. Das leise Stöhnen Zofias nahm er nicht mehr wahr. Er beschäftigte sich bereits mit Phase zwei dieses eingeübten Rituals.

Zofia bemühte sich, die Augen einen Spalt offenzuhalten, konnte jedoch nur die Schwärze des Raumes und diesen bestialischen Gestank wahrnehmen. Immer wieder überkam sie das Bedürfnis, ihren Mageninhalt preiszugeben, bis sie es tatsächlich nicht mehr verhindern konnte. Sie würgte solange, bis sich nur noch bittere Galle in ihrer Mundhöhle sammelte. Die Fesseln bereiteten ihr mörderische Schmerzen. Als sie sich die Lippen mit dem Handrücken abwischte, gerieten Reste der Gallenflüssigkeit auf die Wunden. Den unmenschlichen Schrei konnte sie nicht verhindern. Der an einem großen Steinbecken hantierende Entführer hielt einen Augenblick inne ... sein Mund formte ein mitleidloses Lächeln.

Immer wieder konnte Zofia hören, dass in einem der Nebenräume eine weitere Person leise stöhnte. Sie glaubte sogar, einen sehr schwachen Hilferuf vernommen zu haben, konnte jedoch nur vage feststellen, aus welcher Richtung er kam. Die absolute Schwärze des Raumes verhinderte jegliche Orientierung.

»Hallo ... ist da jemand? Ich brauche Hilfe ... ist da noch irgendwer? Bitte melde dich doch, ich kann dich doch hören.« Angestrengt lauschte sie in die augenblicklich eintretende Stille. Sogar die Arbeitsgeräusche waren verstummt. Ein leises Summen war hörbar, das aus den Mauern zu kommen schien.

»Verdammt, sag doch was ... ich weiß, dass du da bist!«

Zofia schrie die Worte in die Tiefe des Raumes, dessen Größe sie nicht einschätzen konnte. Die aufkommende Panik ließ ihre Stimme fremd klingen, sie völlig verzerrt darstellen. Nichts ... keine Antwort ... es schien, als lachte diese schreckliche Stille sie aus. Trotz der Kälte bildete sich eine Schweißschicht auf ihrer Haut, die darauf ein Jucken verursachte. Sie wagte es nicht, über die Stirn zu wischen, da sie wieder diese Schmerzen in den Wunden befürchten musste. Tränen der Verzweiflung liefen über die Wangen.

Was will dieser Wahnsinnige von mir? Warum hat er mich nicht schon längst getötet? Ich will hier weg!

Das Öffnen einer Tür unterbrach ihre wilden Gedanken. Sie versuchte herauszufinden, ob es sich um ihre Tür oder die eines anderen Raumes handelte. Das Klirren von Ketten ließ sie erstarren, das von einem Geräusch abgelöst wurde, das ihr das Bild eines Körpers schuf, der über den Steinboden gezogen wurde. Ein Zittern durchlief Zofias Glieder. Angestrengt lauschte sie in das nervige Dunkel. Das leise Wimmern, kurze Aufschreie verursachten bei ihr eine bisher ungekannte Angst. Ihr wurde deutlich, dass sie nicht die einzige Gefangene in diesen Räumen des Grauens war.

Der riesige Raum erinnerte an einen Folterkeller aus der Zeit der Hexenverfolgung. Von der Decke hingen viele Ketten, die in Haken mündeten. Einst dienten diese wohl dazu, die Kleidung der Arbeiter in der Höhe aufzubewahren. Nun vermittelten sie in diesem diffusen Licht, das in dieser Kaue herrschte, etwas immens Beängstigendes, zumal der Rost sein zerstörerisches Werk längst begonnen hatte. Das Mondlicht schickte breite Lichtfinger durch die trüben Fenster, die noch nicht von den Heerscharen der Spinnen in Besitz genommen waren. Der großgewachsene Mann, dessen Augen fasziniert die Ketten verfolgten, die er zuvor in Schwingungen versetzt hatte, sprang wie ein Artist spielerisch durch die Reihen. Er versuchte, den ausschlagenden Kettenenden geschickt zu entgehen, was ihm auch mit großem Erfolg gelang. Wenn ihn ein Glied berührte, kreischte er wütend und schlug darauf ein.

Sein Parka hatte er auf einem Werkzeugschrank abgelegt, sodass er jetzt in seinem Jogger einem Sportler ähnelte, der seine Geschicklichkeit trainierte. Plötzlich blieb er wie angewurzelt stehen und strich mit der Hand über seine rechte Gesichtshälfte, die mehrere kleine Narben aufwiesen. Sein Blick war in die Ferne gerichtet, so als wollte er sich an etwas erinnern. Er schien sich auf etwas zu konzentrieren, das nur er sehen und hören konnte. Langsam drehte er sich um und richtete seine Augen, die das Schwarz von Kohlen widerspiegelten, auf den Gang, der zu den anderen Räumen führte. Hier bewahrte er seine *Schätze* auf. Das Leuchten in diesen beeindruckenden Augen hatte nun etwas Beängstigendes, zumal dieses gierige Lächeln sein Gesicht endgültig zu einer Fratze verzerrte. Er setzte sich in Bewegung, suchte die Tür, hinter der er einen der *Schätze* wusste.

Ein schwacher Lichtstrahl erhellte den Kellerraum und endete an den Füßen der blonden Frau, die ihre Beine ängstlich an den Körper zog. Er löste die Ketten aus den Wandhaken und betrachtete wortlos das Gesicht der Frau, die vergeblich versuchte, Worte zu formen. Ihre aufgesprungenen Lippen ließen nur ein leises Krächzen zu. Die Schwäche, die ihren Körper im Griff hatte, verhinderte jegliche Gegenwehr.

»Komm, du Unwürdige ... es ist so weit ... deine Zeit ist gekommen, um in die Hölle einzufahren. Ich zeige dir den direkten Weg zu Satan, dem du gedient hast.«

Der Griff in die Haare, die dieser Frau wirr ins Gesicht hingen, war brutal. Er riss sie zur Tür und zog den geschwächten Körper ohne Mitleid über den rauen Beton. Das Stöhnen ignorierte er dabei. Als er die Hilflose quer durch den Waschraum gezogen hatte, hinterließ er eine blutige Spur. Er öffnete eine schwere Stahltür, die den Blick freigab auf eine weitere Halle. Man konnte den Blick als ehrfürchtig bezeichnen, den er auf das breite Becken richtete. Er hob den halbrunden Metalldeckel an, der quietschend Richtung Wand schwang. Die Oberfläche der daran wabernden Flüssigkeit ließ einen Schwall eines ätzenden Nebels frei. Der Mann nahm eine Maske vom Wandhaken und stülpte sich diese über, was ihm das Aussehen eines Außerirdischen verlieh. Langsam wendete er sich wieder seinem *Schatz* zu, den er bis an die Kante des Beckens zog, sodass die arme Frau in die bedrohliche Flüssigkeit sehen musste.

Sie versuchte, sich verzweifelt mit beiden Händen an der Beckenkante abzustützen, sah bittend zu ihrem Peiniger. Ihre Hände rutschten über den Beckenrand und tauchten für einen Augenblick in die Flüssigkeit ein. Die Säure ätzte in Sekundenschnelle die Haut der Fingerkuppen weg. Mit brutaler Gewalt hob er sie endgültig über die Kante. Der irrsinnige Schrei der Frau erstickte schon im Ansatz, als die Säure ihr grausames Werk begann. Der Killer betrachtete für einen kurzen Augenblick das Aufsteigen der Blasen, kippte dann die Abdeckung wieder an ihren Platz. Es war Zeit, den neuen *Schatz* mit Essen zu versorgen.

Kapitel 14

»Ist hier noch ein Stuhl frei ... die anderen Tische sind leider alle besetzt?«

Eigentlich wollte ich in aller Ruhe, bei einer Tasse Tee, mein Buch lesen. Ich hatte schon Schwierigkeiten, mich auf den Text zu konzentrieren, wenn an den Nebentischen in normaler Lautstärke debattiert wurde. Bei einem Störenfried an meinem Tisch war mir Lesen und gleichzeitiges Verstehen des Inhaltes fast unmöglich.

»Bitte nehmen Sie mir das nicht übel, aber ich möchte gerne in Ruhe mein Buch lesen. Da muss ich mich voll konzentrieren. Könnten Sie eventuell an einem der anderen Tische nachfragen? Da ist doch überall noch Platz. Sehen Sie, die beiden älteren Damen, die würden sich bestimmt über Gesellschaft freuen.«

»Das ist doch überhaupt kein Problem, ich werde mucksmäuschenstill sein und kein Wort reden ... versprochen. Ich meine ... bis auf die Bestellung. Danke, dass ich mich zu Ihnen setzen darf.«

Die Bedienung näherte sich unserem Tisch, sodass ich mir eine Entgegnung auf diese Frechheit aufsparte. Ohne meine Antwort abzuwarten, hatte sich der ungehobelte Typ einen Stuhl herangezogen und sich darauf ausgestreckt. Mit weit ausgestreckten Beinen erwartete er die junge Dame, die mit gezücktem Notizblock und einem übertrieben freundlichen Lächeln die Bestellung aufnahm. Genau dieses Lächeln hatte ich bei ihr vermisst, als sie nach meinen Wünschen gefragt hatte.

»Immer gerne. Möchten Sie außer dem Kännchen Kaffee noch unseren Kuchen probieren? Wir hätten da ...«

»Nein danke, meine Liebe. Ich muss auf meine Figur achten, das werden Sie doch sicher verstehen? Kein Kuchen, keine Süßigkeiten, wenig Kohlenhydrate.«

Der junge Mann schlug mit der Hand auf seinen Bauch, wohl, um anzudeuten, dass er darunter ein attraktives Sixpack verbarg. Den Beweis dafür blieb er schuldig. Die Kellnerin kritzelte die schließlich sehr umfangreiche Bestellung auf ihren Notizzettel. Ich war mir nicht sicher, ob sie das ohne Notiz bis zur Theke tatsächlich im Gedächtnis hätte behalten können.

»Aber sicher. Kaffee kommt sofort.«

Dieses dämliche Grinsen schien sich zwischenzeitlich auf ihrem Gesicht festgefressen zu haben. Mit einem albernen Hüftschwung entfernte sie sich, ohne auf das Winken der beiden älteren Damen am Nebentisch zu achten, die schon seit geraumer Zeit versuchten, die Aufmerksamkeit der blöden Kuh auf sich zu lenken.

»Ich erwarte gleich meinen Freund, dann wären wir gerne ungestört ...«

»Das ist überhaupt kein Problem, dann verziehe ich mich sofort an einen anderen Tisch. Dort hinten wird, so glaube ich, gleich einer frei.«

Ich ergab mich seufzend in mein Schicksal und vertiefte mich in meine Lektüre. Aus den Augenwinkeln bemerkte ich die natürlich rein zufällige Berührung der Kellnerin an der Schulter dieses Spinners, als sie den Kaffee servierte.

»Fräulein? Ich möchte bitte zahlen.«

Die Stimme vom Nebentisch klang mittlerweile sehr gereizt.

»Aber sicher, ich komme sofort zu Ihnen.«

Dass sie ein *du blöde Kuh* leise ergänzte, entging mir nicht. Es machte sie mir nicht unbedingt sympathischer.

Genau das, was ich befürchtet hatte, trat auch prompt ein. Ich konnte mich nicht mehr konzentrieren und las einige Abschnitte doppelt und dreifach, ohne ihren Sinn zu verstehen. Immer wieder erwischte ich mich dabei, dass ich diesen Typen über den Buchrand hinweg beobachtete. Als sich unsere Blicke dabei begegneten, geschah das, was ich in meinem Leben immer geschickt vermeiden konnte ... ich lief rot an. Sein Lächeln blieb freundlich, ohne meine Verlegenheit ins Lächerliche zu ziehen. Ich versteckte mich spontan hinter meinem Buch und überlegte, wie ich diese peinliche Situation retten konnte. Mein rasender Puls machte mir deutlich, dass mir der Schreck noch in allen Gliedern saß. Stille. Ich versuchte, dieses Pfeifen aus den Ohren zu verbannen, das immer dann auftrat, wenn ich mich innerlich über etwas aufregte.

»Ich störe Sie beim Lernen? Ich frage nur, weil Sie dieses Fachbuch über Floristik lesen. Sie haben damit bestimmt beruflich zu tun?«

Langsam senkte ich das Buch. Meine normale Gesichtsfarbe hatte ich in der Zwischenzeit wieder zurückgewonnen.

Wieso interessierte diesen eingebildeten Burschen, was ich beruflich mache?

Immer noch saß er mit weit ausgestreckten Füßen, die aus einer blauen, engen Jeanshose herausragten, am Tisch und strahlte mich aus seinen ebenfalls blauen Augen offen an. Zugegeben, dieser verdammte Kerl hatte etwas, das mich zumindest neugierig machte. Ich schätzte ihn auf mindestens einsneunzig, die sich auf ein gutgeschnittenes Gesicht, einen kräftigen Hals, eine breite Brust und endlos lange Beine verteilten. Warum ich in diesem Zusammenhang an seinen möglichen, knackigen Hintern dachte, konnte ich mir nicht erklären. Ich schämte mich aber nicht deswegen, sondern musste innerlich schmunzeln. Was mich von Anfang an an ihm störte, war die Tatsache, dass er sich seiner Wirkung auf Frauen sehr bewusst war. Das verlieh ihm diese Selbstsicherheit, die mich, ohne es zu wissen, in mein Verderben rennen ließ.

Aus meinen Überlegungen holte mich dieser langhaarige Blondschopf, indem er mir seine Hand entgegenhielt.

»Ich habe mich noch gar nicht vorgestellt. Sorry. Mein Name ist Ralf Kolberg, ich wohne in Essen und ...«

»Gut. Das hätten wir jetzt klargestellt. Sie heißen Kolberg und wohnen in Essen. Ganz toll. Aber ich bin eigentlich an Ihrem Lebenslauf nicht sonderlich interessiert. Wo soll das Ihrer Meinung nach hinführen ... was glauben Sie ...?«

Sein Lächeln wurde breiter, die Augen blitzten schelmisch.

»Diese Falte über dem rechten Auge. Das sieht lustig aus, wenn Sie sich aufregen.«

»So, finden Sie?«

»Ja, ich habe verstanden, dass Sie sich nicht mit mir unterhalten wollen. Ihre Augen zeigen aber, dass Sie es eigentlich doch tun möchten. Ich will doch nur nett zu Ihnen sein. Warum sind Sie so garstig? Das passt doch überhaupt nicht zu Ihrem hübschen Gesicht.«

Während er mir mit diesen bescheuerten Nettigkeiten auf die Nerven ging, beugte er sich über den Tisch und wischte die Strähne aus dem Gesicht, die immer wieder versuchte, sein linkes Auge zu verdecken. Er stützte das Kinn in seine Hände und starrte mich unentwegt an.

Dieses verfluchte Lächeln ... warum besaß dieser Typ ein solches Lächeln, das mir die Wut auf geheimnisvolle Weise nahm. Warum zogen mich diese Lippen so in den Bann, die

unter dieser vielleicht etwas zu groß gewachsenen, aber sehr
gerade geschnittenen Nase diesen Blödsinn faselten?

»Ich ... ich versuche, mich fortzubilden. Ich meine ... ich
habe Floristin gelernt und möchte gerne an der deutschen
Meisterschaft mitmachen. Da muss ich noch viel lernen.«

Ralf Kolberg griff nach dem Buch, das ich hochhielt, wobei
er wie zufällig meine Finger mit seiner kräftigen Hand
umspannte.

»Aha, eine Frau, die unsere Natur in ihrer schönsten Form
verehrt. Blumen können so unendlich viel Schönheit ausdrü-
cken. Sie zeigen uns in bestechenden Formen und Farben, zu
welchen Wunderwerken die Natur fähig ist. Ich kann sie gut
verstehen, denn ich habe mich dieser Wunderwelt mit Haut und
Haaren verschrieben. Ich studiere das Fach Biologie. Bin zwar
erst im zweiten Semester, aber der Stoff hat mich voll überzeugt. Ich muss es gespürt haben, als ich mir diesen Tisch aus-
gesucht habe. Das war kein Zufall. Eher eine Fügung des
Schicksals.«

Ralf Kolberg ließ nur zögernd meine Hand los.

»Sie haben mir immer noch nicht verraten, wie Sie heißen.
Jetzt, wo wir Geschwister im Geiste sind, dürfen Sie mir das
nicht mehr vorenthalten. Bitte.«

Verzweifelt sah ich mich um, blickte über die Tische. Das
Gefühl überfiel mich, dass alle Besucher unserem Gespräch
folgten, alle sahen mich an, was natürlich nicht der Wahrheit
entsprach.

»Er wird nicht kommen.«

»Wer wird nicht kommen?«

»Ich meine den Freund, den Sie erfunden haben, um mich
loszuwerden. Sie haben überhaupt keinen Freund ... richtig?«

Allmählich wuchs die Wut in mir über eine derart übersteigerte Selbstherrlichkeit. Das schien meine Miene deutlich auszudrücken. Wie konnte sich dieser eingebildete Affe eine solche Frechheit erlauben. Ralf Kolberg hob beide Hände schützend.

»Entschuldigung, das habe ich nicht böse gemeint. Sie könnten zig Freunde haben, da bin ich mir sicher. Aber ich glaube, es entspricht trotzdem der Wahrheit. Sie sind eigentlich gar nicht verabredet, wollten nur alleine und ungestört hier sitzen. Und ich Depp habe Sie dabei gestört. Das tut mir leid. Ich werde meinen Kaffee bezahlen und Sie ...«

»Ich heiße Andrea.«

Ralf nahm den Arm wieder herunter, den er zum Heranwinken der Bedienung erhoben hatte.

»Ein schöner Name ... Andrea. Und wie weiter? Sie heißen ja schließlich nicht nur Andrea.«

Meine Augen brannten sich in seinem Gesicht fest, als ich ihm den Rest meines verdammten Namens verriet. Kein Gesichtsmuskel zuckte bei der Nennung des vollen Namens, wofür ich ihm unendlich dankbar war. Ansonsten hätte ich ihn auf der Stelle getötet ... oder was Ähnliches.

»Ich freue mich sehr darüber, dass wir uns hier getroffen haben. Zwei Menschen, die die Natur lieben. Ich fände es wahnsinnig toll, wenn wir uns einmal wiedersehen könnten. Ich schreibe Ihnen meine Telefonnummer auf den Deckel. Überlegen Sie es sich. Einfach anrufen und ich bin da. Könnten Sie so nett sein und meinen Kaffee bezahlen, ich muss jetzt dringend einen Freund abholen? Ich hoffe bis bald.«

Jetzt, wo er sich erhob und einen Geldschein hinlegte, erkannte ich erst, wie großgewachsen er war. Der einsame

Bierdeckel mit seiner Telefonnummer erinnerte daran, dass diese Begegnung tatsächlich stattgefunden hatte. Die Kellnerin hatte mitbekommen, dass Ralf den Tisch verlassen hatte, sie räumte seine Tasse ab. Als sie nach dem Deckel griff, legte sich meine Hand darüber und zog ihn zu mir. Noch wusste ich nicht, welche wichtige Entscheidung ich damit getroffen hatte.

Kapitel 15

Hauptkommissar Schlicht wartete noch einen Augenblick, bis das übliche Begrüßungsprozedere abebbte und jeder einen Kaffee vor sich stehen hatte. Er räusperte sich, um deutlich zu machen, dass er mit der morgendlichen Besprechung beginnen wollte. Hinter ihm leuchtete die Leinwand, auf die der Projektor noch eine helle Fläche projizierte.

»Meine Herren, bitte Ruhe. Guten Morgen allerseits ... natürlich begrüße ich auch die liebe Kollegin Reiker, die uns von der Abteilung Drogen netterweise als Verstärkung zugeteilt wurde. Was sehen wir hinter mir auf der Leinwand? Richtig ... nichts. Genau das ist das Ergebnis unserer Soko aus nunmehr sechzehn Jahren Ermittlungen. Allerdings sehen wir auf Bild zwei ... einen Augenblick bitte ... eine Fotosammlung von neun vermissten Personen, von denen wir ausgehen müssen, dass sie einem Gewaltverbrechen zum Opfer fielen. Vorgestern hat sich die Sammlung vermutlich auf zehn erhöht, da ich davon ausgehe, dass die vermisste Prostituierte aus Herten dem gleichen Täter zuzuordnen ist. Es handelt sich dabei um die aus Polen stammende Zofia Pawlak.

Wie Sie alle wissen, wurde diese Soko damals gegründet, weil ein zehnjähriges Mädchen, eine Martina Klaas als vermisst gemeldet wurde und, so wie alle anderen Vermissten, nie wieder auftauchte. Außer diesem Umstand deutet bisher nichts darauf hin, dass diese Fälle in einem direkten Zusammenhang gesehen werden müssen. Ich selbst glaube auch nicht wirklich daran. Doch eines zumindest haben die restlichen neun Vermissten gemeinsam ... es handelt sich, natürlich mit Ausnahme des Kindes, um Frauen, die dem gewissen Gewerbe nachgingen. So viel zu dem, was Sie alle eh schon wissen.

Jetzt kam ein Fall dazu, der zwar aus einem anderen Bezirk stammt, jedoch dem unsrigen sehr ähnlich ist. Diese Zofia war auf dem Hertener Straßenstrich zu einem Freier ins Auto gestiegen und nicht wieder aufgetaucht. Gestern war ich mit den Gelsenkirchener Kollegen, die den Fall übernommen haben, vor Ort und durfte mit ihnen Befragungen von Zeuginnen durchführen. Wir alle tappen im Dunkeln, das ist richtig, und wir warten auf den berühmten kleinen und entscheidenden Fehler, den der Täter macht. Es könnte sein, dass dies nun geschehen ist.«

Im Raum wurde es unruhig, allgemeines Gemurmel unterbrach Schlichts Ansprache. Er klatschte zweimal in die Hände und fuhr fort.

»Einer der Kolleginnen, einer gewissen Aniela, was in Polen so viel bedeutet wie *Engel*, fiel an dem Abend des Verschwindens von Zofia auf, dass ein dunkelgrüner Wagen, vermutlich ein Opel oder ein BMW, angehalten hatte. Der Fahrer hatte sich auffällig lange mit der Gesuchten unterhalten. Schließlich war diese Zofia eingestiegen, ohne den anderen Mädels Bescheid zu sagen. Das war ungewöhnlich, da sie sich immer abmelden müssen.«

»Gibt es eine Beschreibung des Fahrers, oder haben wir Näheres zum Kennzeichen?«

Kommissar Haber warf die Frage in den Raum.

»Das wäre natürlich ein Traum. Nein. Die Befragte meinte, sich lediglich daran zu erinnern, dass das Kennzeichen mit *F* oder *E* begann. Mehr haben wir nicht. Aber für mich ist es sehr wichtig, falls es sich vermutlich um ein *E* handelt, dass wir jetzt einen Bezug zu Essen, also zu unseren Fällen herstellen können. Nun ist dunkelgrün bei Nacht immer eine vage Wahrnehmung, da ja dann bekanntlich alle Katzen grau sind. Doch zumindest haben wir eine Eingrenzung zum Wagentyp und zur dunklen Lackierung. Mich macht es etwas nervös, dass dieser Täter seinen Rhythmus verändert hat. Wenn er bisher in einem Abstand von etwa sechzehn Monaten tätig war, hat er nun zwei Frauen innerhalb von zwei Monaten beseitigt. Zufall? Der gleiche Täter? Ein Nachahmungstäter oder Trittbrettfahrer, der von sich ablenken möchte? Fragen über Fragen. Wir wissen es noch nicht. Wir sollten uns jedoch darauf einrichten, dass dieser Wahnsinnige die Abstände plötzlich verkürzt. Das klingt jetzt etwas befremdlich und darf nicht falsch in dieser Runde verstanden werden ... für uns entsteht damit die Hoffnung, dass er unvorsichtiger wird und den alles entscheidenden Fehler begeht.«

Die Beschreibung des Tatfahrzeuges muss nicht unbedingt eine Rolle bei alten Fällen gespielt haben, da wir ja schließlich über einen Zeitraum von sechzehn Jahren sprechen. Aber wir haben die Damen in Herten dahingehend sensibilisiert, besonders auf diese Fahrzeuge zu achten und Verdächtiges sofort zu melden. Ich möchte Sie darum bitten, auch den Kreis der möglichen Opfer im Raum Essen diesbezüglich zu informieren. Hier sollten wir die Kolleginnen und Kollegen der Sitte mit einbeziehen. Die Presse, darum muss ich an dieser Stelle hinweisen, auf keinen Fall informieren ... das könnte den Täter warnen und wir stehen wieder auf dem Schlauch. So, jetzt muss ich zum Alten, damit der auch eine kleine Erfolgsmeldung bekommt.«

»Das brauchen Sie nicht, Schlicht, der ist schon da. Ich habe Ihren Vortrag gehört und hoffe ... das gilt übrigens für Sie alle, meine Damen und Herren ... dass wir in Kürze dieses Schwein dingfest machen können. Ich werde dem Präsidenten jetzt einen Bericht darüber geben. Lassen Sie uns mit der Arbeit beginnen. Ich denke, dass jeder hier weiß, was er jetzt zu tun hat.«

Hauptkommissar Schlicht erschrak, als ihn Kriminalrat Kloß wieder einmal überraschte. Er war, ohne dass es Schlicht bemerkt hatte, durch eine Nebentür in den Raum getreten und hatte auch die letzten Worte gehört. Jeder, der mit ihm zusammenarbeitete, wusste, dass man sich zu einhundert Prozent auf ihn verlassen konnte. Besonders Schlicht konnte ein Loblied auf diesen drahtigen Brummbär singen. Er deckte immer die oftmals auch unkonventionellen und nicht immer regelkonformen Ermittlungsmethoden seines Soko-Leiters. *Der Erfolg heiligt die Mittel,* war seine inoffizielle Meinung, die er aber auch nach ganz oben verteidigte.

Gut konnte sich Schlicht daran erinnern, wie Kloß ihm den Rücken gestärkt hatte, als bei einer Razzia im Innenstadtbereich, der Neffe eines Stadtrates im Drogenrausch aufgegriffen wurde. Eine andere Persönlichkeit aus der Stadtspitze erwartete damals von ihm, diesen Fall zu vertuschen. Ihm waren sogar Konsequenzen angedroht worden, zumal damals die Inneneinrichtung einer Diskothek durch den Einsatz fast völlig demoliert wurde. Kloß hatte diesen Einsatzbefehl voll auf seine Kappe genommen, obwohl er erst später darüber informiert worden war. Für ihn würde Schlicht den Teufel persönlich verhaften.

Kapitel 16

»Mein Gott, wie groß du geworden bist ... und so erwachsen. Ich hätte dich auf der Straße wohl nicht wiedererkannt.«

Papa legte den Arm um Holger und zog ihn in die Diele.

»Rita, sieh mal, wen Andrea da mitgebracht hat. Du wirst es nicht glauben.«

Er schob Holger den Gang entlang, blieb vor einem Durchgang zum Wohnzimmer stehen. Ich hatte ihn bereits vorsichtig darauf vorbereitet, dass es meiner Mutter nicht besonders gut ging nach der langen und kräftezehrenden Chemotherapie. Doch was er zu sehen bekam, traf ihn bis ins Mark. Mama lag, mit vielen Decken gepolstert, auf einer Schlafcouch und hatte Mühe, den Kopf in Holgers Richtung zu drehen. Trotz ihrer Schmerzen deuteten ihre Lippen ein Lächeln an. Es war ihr in dieser Position möglich, das Geschehen im Zimmer und am Fernseher zu verfolgen und so inmitten des Geschehens zu leben. Als sie Holger unter großer Anstrengung die Hand zur Begrüßung reichte, konnte er die Infusionsnadel erkennen, mit der ihr regelmäßig ein Schmerzmittel verabreicht werden konnte. Ich hatte ihm bereits erklärt, dass ihr die Ärzte nur noch wenige Tage gaben. Die Metastasen in Lunge und Leber hatten ihr unbarmherziges Werk bereits erledigt. Wir wollten die Mutter unbedingt in Würde daheim sterben lassen.

Schwach kamen die Worte über ihre Lippen, die Holger nur dadurch verstehen konnte, indem er sein Ohr dicht an ihr Gesicht hielt. Während sie sprach, strich ihre knöcherne Hand über seine Wange.

»Weißt du noch, wann du uns das erste Mal besucht hast?«

»Ja, Frau Lesbe, das weiß ich noch genau. Das war der Fischtag mit den vielen Heringen. Ich denke noch so oft daran, wie schlimm es bei Ihnen gerochen hat. Aber die waren trotzdem sehr lecker.«

»Wie charmant du lügen kannst, du Schlingel. Bist du jetzt wieder Andreas Freund? Passt du gut auf mein Mädchen auf? Ich werde es nicht mehr lange können. Versprichst du mir, dass du ...«

Meine Arme zeigten diese so oft erwähnte Gänsehaut, weil ich dieses Bitten, das Flehen in ihren Augen erkannte. Sie erwartete von Holger ein Versprechen, das er nicht halten konnte. Ich suchte nach Worten, um ihr deutlich zu machen, dass Holger nicht das für mich darstellte, was sie gerne hineininterpretierte.

»Mama, ich ...«

Ihre erhobene Hand bedeutete mir, zu schweigen. Ihr Blick war weiterhin nur auf Holger gerichtet.

»Versprichst du mir das, einer Mutter, die bald vor ihren Schöpfer treten wird. Ich möchte das mit dem Wissen tun dürfen, dass sich noch jemand, außer meinem lieben Mann, um meine kleine Tochter kümmert.«

Jetzt war es Holgers Hand, die sich auf meinen Mund legte, als ich wieder zu einer Erklärung ansetzte.

»Das, Frau Lesbe, werde ich auf jeden Fall tun. Ich will Ihre Tochter beschützen, auch wenn es mein Leben kosten wird. Das verspreche ich Ihnen hier an diesem Bett. Aber lassen Sie uns nicht über das Sterben reden. Andrea hat mir verraten, dass Ihr Mann heute gekocht hat. Jetzt bin ich gespannt, ob er auch nur annähernd an ihre Kochkunst heranreicht. Wo ist übrigens Leon?«

Jetzt erkannte ich dieses tiefe Glück in den Augen meiner Mutter. Ihr schien eine Riesenlast von den Schultern genommen worden zu sein, als Holger sich im Raum umsah und Leon begrüßte, der dieser Unterhaltung still gefolgt war. Ich ergab mich dem Augenblick des Friedens. Nur Papa schien zu wissen, dass ich tief in meinem Inneren zwar Freundschaft, aber keine Liebe für diesen wundervollen Menschen empfand. Stumm schüttelte er den Kopf in meine Richtung und verschwand in der Küche.

Papa hatte sich große Mühe gegeben und einen Klassiker der deutschen Küche zubereitet. Ich musste zugeben, dass mir etwas weniger Panade am Schnitzel besser geschmeckt hätte, doch tapfer stopfte ich mir das Fleisch in den Mund. Die Bratkartoffeln waren mit kleinen Stückchen Bacon verfeinert worden. Gesundes Gemüse war ihm wichtig, sodass ich noch einen Nachschlag der köstlichen Tiefkühlerbsen, die er einige Minuten in der Pfanne geschwenkt hatte, hinnehmen musste. Beim Dessert, der aus Naturjoghurt griechischer Art mit Honignote bestand, musste ich dankend ablehnen. Das hätte mir mein Magen nie verziehen. Holger schaufelte tapfer die großen Portionen in sich hinein und tauschte währenddessen mit Leon und Papa wichtige Erkenntnisse aus den Transfergeschäften der Bundesligavereine aus. Mama saß auf der Couch, beobachtete uns glücklich lächelnd und stocherte in ihrem Essen herum. Nie hätte ich in diesem Augenblick daran gedacht, dass sie schon fünf Tage später tatsächlich vor ihren Erlöser treten musste.

Oma Lisbeth hatte niemals ein Gefühl dafür entwickelt, dass sie eventuell gehörig auf den Geist gehen konnte. Sie glaubte, jedem Gast auf der Trauerfeier bestätigen zu müssen, welch großartige Mutter sie selbst war, und dass es nichts Schlimmeres gab, als ein Kind zu verlieren. Sie mochte mit dieser Feststellung wohl auch richtig liegen, doch nahm ihr die treusorgende Mutter an diesem Tag keiner wirklich ab. Schnell brachte sie das Thema immer wieder auf den doch viel zu frühen Verlust ihres Mannes Joseph, den sie bei einem Bootsunfall auf dem Viktoriasee schon vor fünfzehn Jahren verlor. Beflissentlich verschwieg sie dabei, dass ihr eine Versicherungszahlung in Höhe von sechshunderttausend Mark über den gröbsten Schmerz hinweghalf. Sie konnte sich danach viel intensiver um ihren Strickclub und die Gesangsgruppe kümmern. Den Job als Leiterin einer Kita gab sie damals in die Hände einer jüngeren Kraft. Sie fühlte sich dieser psychischen Belastung einfach nicht mehr gewachsen. Seitdem sie mich bei der Ankunft in die Arme genommen hatte, konnte ich ihr bisher immer wieder geschickt ausweichen. Allerdings haftete ihr unverkennbares Markenzeichen wie ein Fluch an mir, ihr 4711 Kölnisch Wasser.

Papa hatte sich mit einem seiner besten Freunde in die äußerste Ecke der Küche zurückgezogen und ließ die Beileidsbekundungen, wie schon am Grab, völlig apathisch über sich ergehen. Schon auf dem Friedhof hatte ich das Gefühl, dass er komplett abgeschaltet hatte und sich gerne zurückgezogen hätte. Meine Eltern konnten nur schlecht offen zeigen, was sie füreinander empfanden. Und doch gab es da eine Verbindung, die sehr stark war. Auch wenn er ihre Launen und die anerzogene Dominanz ertragen musste, liebte er sie auf eine besondere Art ... wir Kinder spürten das sehr genau. Jetzt hieß es für uns zwei, ihm seine Stärke wieder zurückzubringen. Leon litt sehr unter dem Verlust, denn gerade er hatte sich immer auf die Fürsorge seiner Mutter gestützt, war deshalb aber auch unselbstständig geblieben. Er zog sich, während die Besucher den Kartoffelsalat und die Frikadellen in sich hineinschaufelten, in sein Zimmer zurück. Dort konnte ich ihn beim Videospiel beobachten. Wie er Mamas Tod verarbeitete, würde mir immer ein Geheimnis bleiben. Er funktionierte anders, verschwand einfach in seiner digitalen Welt und ließ keinen Raum für Normalität.

Mitten aus diesen Überlegungen riss mich ein zaghaftes Schulterklopfen. Die Stimme direkt neben meinem Ohr war mir so vertraut, weil sie mir immer wieder Stärke zurückgab, wenn ich glaubte, sie verloren zu haben.

»Hallo, bist du da drin? Klopf, klopf. Störe ich, oder darf ich dich einmal in den Arm nehmen?«

Mit einem befreienden Jauchzen warf ich mich in Holgers Arme, die sich fest um meine Schultern schlossen. Seine Energie schien sich zu übertragen ... ich konnte sie förmlich spüren. Meine Tränen flossen in Strömen. Endlich konnte ich meine Gefühle herauslassen, die in den letzten Stunden hinter der Maske einer starken Tochter verborgen geblieben waren.

»Was ist denn los, mein Kind? Könntest du deinem Vater in der Küche zur Hand gehen? Hallo ... Andrea.«

Erst als Oma Lisbeth darauf keine Antwort erhielt, schob sie mit einer energischen Bewegung, die ihr Unverständnis über meinen Gefühlsausbruch zum Ausdruck bringen sollte, den Knoten zurecht, der ihr ergrautes Haar im Nacken zusammenhielt. Sie stürmte mit erhobenem Kopf in die Küche.

»Lass uns nach draußen gehen, ich ersticke hier in diesem Mief von Beileidsbekundungen. Die haben doch Mama kaum gekannt ... meine bescheuerte Oma eingeschlossen. Holger, können wir irgendwohin verschwinden?«

Ohne Worte schob er mich zur Tür. Erst als wir in seinem Golf die Straße hochfuhren und ich das Grün der Alleebäume an mir vorbeiziehen sah, entspannte ich mich. Dankbar für diesen so wichtigen Freundschaftsdienst, öffnete ich die Tür. Er hatte auf einer Lichtung angehalten, die unserem früheren Treffpunkt am Bach sehr ähnelte. Die Dämmerung legte ihre ersten Schatten über die Wiesen, sodass wir seinen anthrazitfarbenen Wagen bald nicht mehr zwischen den Bäumen erkannten.

Dass dieser Teufelskerl eine Decke unter dem Arm mittrug, bemerkte ich erst, als er sie vor einem dicken Baum ausbreitete. Stumm wies er darauf und deutete sogar eine Verbeugung an. Dass ich an diesem traurigen Tag noch vergnügt einen Hofknicks machen würde und mir ein Lachen vergönnt war, hätte ich vor einer Stunde nicht für möglich gehalten.

»Vermisst du sie? Ich meine natürlich deine Mutter.«

Holger riss mich mit seiner Frage aus den Gedanken, in die ich sofort, nachdem ich mich an den Baumstamm gelehnt hatte, versunken war.

»Natürlich, irgendwie schon. Es ist doch verrückt. Immer wieder hat mich Mama mit ihren blöden Ansichten über das Leben genervt. Sie war so unendlich spießig, wusste aber auch gar nichts vom Leben junger Leute. Ab und zu hätte ich sie auf den Mond schießen können. Auch Papa hat sie immer wieder ... ach lassen wir das. Sie war eine gute Mutter ... ja, ich vermisse ihr Meckern so, und sie ist doch gerade erst einige Stunden unter der Erde. Sie hätte es verdient, das Alter zu erleben, vielleicht noch Großmutter zu werden. Ich kann mir vorstellen, dass sie eine tolle Oma gewesen wäre. Das Leben ist einfach nicht gerecht.«

Holger zog mich sofort an seine Schulter, als mir die Tränen die Sicht auf die Wiesen raubten, über die sich jetzt die Dunkelheit ausbreitete. Mit einem grellbunten Taschentuch tupfte er mir das Wasser von den Wangen. Ich nahm es aus seiner Hand und schniefte hinein. Er nahm es mir aus der Hand und stopfte es zurück in seine Hosentasche.

Als er bemerkte, dass sich meine Augen an seinen schmutzigen Fingernägeln festsaugten, zog er die Hände verschämt zu Fäusten zusammen. Ich ergriff eine davon und küsste ihn auf den Handrücken. Als er sie wieder zurückziehen wollte, legte ich sie an meine Wange und schloss die Augen. Holgers innere Wärme war für mich zu jenem Zeitpunkt ungeheuer wichtig ... wie wichtig seine stille Liebe für mich werden würde, sollte ich erst viel später erfahren.

Kapitel 17

Zofia lauschte angestrengt in die lähmende Stille. Nichts. Seit Stunden hörte sie nur das leise Rumoren eines Kompressors oder Motors. Sie glaubte sogar, das Scharren von kleinen Beinchen hören zu können, und tippte auf vierbeinige Besucher, die sich an den Essenresten und Erbrochenem zu schaffen machten. Ab und zu verriet ein leises Fiepen, wo sie sich befanden. Den Gedanken an die Tiere, die mehr als vier Beine besaßen und sich ebenfalls in diesem Raum befanden, verdrängte sie einfach. In ihrer polnischen Heimat, aus der sie ihr Freund Milosz befreit hatte, um sie in das Paradies Deutschland zu bringen, waren Spinnen ihre täglichen Zimmergenossen gewesen. Befreiung nannte er das Verkaufen ihres Körpers an oftmals hässliche, brutale Freier, die sie wie eine Ware sahen und für ihre Zwecke missbrauchten. Zufrieden war dieser Mistkerl nie, wenn er ihr abends das hart erarbeitete Geld abnahm. Schließlich hatte er verdammt hohe Kosten für ihre Unterkunft zu zahlen, die sie sich mit zwei anderen Frauen teilen musste.

Er zog einen großen Batzen für sich ab, weil er viel Zeit damit verbringen musste, sie zu beschützen. *Wo war dieser Drecksack jetzt ... warum beschützte er sie in diesem Augenblick nicht vor einem Wahnsinnigen? War es vielleicht sogar dieser Killer, über den die Kolleginnen in Essen sprachen?*

Zofia zog die Schultern zusammen, über die ein Schauer lief. Ohne dass sie es verhindern konnte, stieß sie einen Schrei aus, der von den kahlen Wänden widerhallte. Um sie herum blieb es still. Auch die Geräusche, die noch vor Tagen aus dem Nachbarraum herüberschallten, waren längst verstummt. Ihre innere Uhr sagte ihr, dass dieser Kerl bald mit der Nahrung und frischem Wasser erscheinen würde. Essen konnte man das absolut nicht nennen, was er an undefinierbarem Brei in dem stinkenden Napf servierte. Sie hatte gelernt, dass es den Magen füllte und ihr zumindest für den Augenblick ein Weiterleben garantierte. Irgendwann würde sie wohl an Skorbut sterben, denn Vitamine, die der Körper auf Dauer dringend brauchte, vermutete sie nicht in dieser grauenvollen Masse.

Das Zeitgefühl hatte Zofia nicht getäuscht. Ihr Peiniger schien sich streng an einen festen Tagesablauf zu halten. Noch weit entfernt nahm sie das Geräusch von sich öffnenden Türen wahr. Die Schritte des Mannes näherten sich unaufhaltsam ihrem Kellerraum, verharrten direkt vor ihrer Tür. Schon oft fragte sie sich, was diese Bestie mit ihr vorhatte. Ein Killer, der im Sexualwahn seine Opfer massakrierte, schien er nicht zu sein. Er hatte bisher nicht einmal den Versuch gewagt, sie unsittlich zu berühren. Er brachte nur stumm das Essen, stellte das Wasser daneben ... und verschwand wieder wortlos mit den leeren Gefäßen. Bisher hatte es Zofia nicht gewagt, auch nur ein Wort an ihn zu richten, aus Angst, er könnte ausrasten und sie töten. Heute wollte sie es endlich wagen, koste es, was es wolle.

Die Tür öffnete sich mit einem leisen Quietschen. Die Hand tastete nach dem Schalter. Die von Spinnennetzen umwucherte Lampe verbreitete ein sparsames Licht, das nicht einmal ausreichte, den Raum vollständig auszuleuchten. Zofia hielt trotzdem schützend die Hand über die Augen. Die Kette, an der ihre Hand gefesselt war, rutschte über die schmuddeligen Wolldecken. Sie versuchte, Einzelheiten aus dem Gesicht des Mannes zu erkennen, der sie jetzt schon gefühlte sechs Tage hier gefangen hielt. Nur schemenhaft konnte sie die Konturen seines Gesichtes erkennen. Rein gar nichts war daran besonders. Ein Dutzendgesicht, bei dem sie Schwierigkeiten gehabt hätte, eine exakte Beschreibung abzuliefern. Schon im Auto war ihr diese gefühllose Miene aufgefallen, die keinerlei Regung zeigte, während sie den Preis aushandelten. Auch die Stimme hatte ihr weder Sympathie noch Ablehnung signalisiert, es hätte die Stimme eines seelenlosen Roboters sein können. Das war der Körper eines Menschen, der jegliches Gefühl verloren hatte. Je länger sie darüber nachdachte, umso stärker wuchs ihre Angst. *Wie würde er reagieren, wenn er ihrer überdrüssig war? Was hatte er mit dem Menschen angestellt, der im Nebenraum untergebracht war?*

Fragen über Fragen, die sie quälten, auf die sie eine Antwort suchte. Sie entschloss sich spontan, diese einzufordern.

»Was willst du von mir? Warum in Gottes Namen hältst du mich hier gefangen? Ich will jetzt wissen, warum ich in dieser dunklen Bude ...?«

Sie hielt plötzlich inne, als das Wesen, das gerade den Raum verlassen wollte, wie eine Statue stehenblieb. Das Grauen wuchs in ihr, als er sich im Zeitlupentempo umdrehte. Schon in diesem Augenblick bereute sie, dass sie überhaupt den Mund aufgemacht hatte. Sie zitterte vor Angst, als sich der Mann Schritt für Schritt auf sie zubewegte. Sein Gesicht, das nur noch aus abgrundtiefem Hass zu bestehen schien, befand sich nur wenige Zentimeter vor ihrem. Wie ein Tier bleckte er die Zähne, zwischen denen er die Worte herauspresste.

»Hast du gerade den Namen unseres Herrn in deinen sündigen Mund genommen? Hast du es wirklich gewagt, seinen heiligen Namen mit deinem Speichel zu beschmutzen? Dafür wird er dich strafen. Ich, der auf Erden für ihn das Böse ausrottet, werde dir deinen Rachen reinigen, bevor du in das Reich des Bösen eintauchst, aus dem du geboren wurdest. Jeden einzelnen Zahn werde ich dir ausschlagen, die Zunge wird nie wieder ein Wort formen können, das den Herrn beleidigen könnte. Ich werde dir zeigen, was es für Folgen hat, wenn der Körper der Sünde feilgeboten wird. Steh auf, du Ausgeburt der Hölle und empfange wie alle vor dir, die Strafe des Herrn. Du konntest nicht warten ... jetzt wirst du mit deinem Leben abschließen, das schon unwürdig war, als du geboren wurdest.«

Den Schlag sah Zofia nicht kommen, obwohl ihre Augen vor Entsetzen weit geöffnet waren. Eine gnädige Ohnmacht erlöste sie augenblicklich von dem Schmerz, der für sie unerträglich gewesen wäre, hätte sie alles bei vollem Bewusstsein erleben müssen. Die Augen öffnete sie erst wieder, als sie die feste Hand der Bestie in ihren Haaren spürte, wie er sie brutal über den Steinboden zog, hin zu einer Riesenhalle. Die stark blutenden, offenen Wunden an den Beinen holten sie einen Augenblick zurück in die Wirklichkeit. Sie versuchte zu schreien, zu schlucken. Beides war ihr im Augenblick nicht möglich. Sie registrierte lediglich, dass sich ihre Mundhöhle mit Blut gefüllt hatte. Die Zunge ... wo war ihre Zunge. Keine Chance mehr, das Blut von den Lippen zu lecken.

Der Wahnsinn drohte sich in ihrem Körper auszubreiten, lähmte jeden weiteren Gedanken. Mit geweiteten Augen musste sie feststellen, dass das Ziel des Wahnsinnigen eine Tür am Ende der Halle war. Es versetzte ihn in Wut, als sich die Tür wieder schloss und ein Bein seines Opfers sich in dem Spalt verkeilte. Ein wilder Fluch begleitete den Ruck, mit dem er das Bein herausriss. Der Schienbeinknochen zersplitterte. Er zerrte Zofia in die Halle, in der viele Opfer zuvor den Weg in den Höllenschlund fanden.

Das Grauen saß so tief, dass Zofia nicht einmal den Schmerz spürte, der wie ein Orkan durch ihren Körper tobte. Ihre Augen waren auf dieses so bedrohlich wirkende Becken gerichtet, das dieses Monster ansteuerte. Er zog sie so weit hoch, dass ihr Kopf knapp vor der Kante lag. Als sie in sein Gesicht sah, erkannte sie, dass er jetzt eine Maske trug. Der riesige Deckel schwang zurück. Ätzende Dämpfe stiegen ihr aus dieser wabernden Flüssigkeit entgegen. Wie durch einen Nebel hörte sie wieder diese beängstigende Stimme des Mannes, der seine Faust in ihren Nacken gedrückt hielt.

»Der Herr duldet nicht, dass du deinen Körper weiterhin anbietest. Er erweist dir in seiner unendlichen Güte die Gnade eines schnellen Todes, damit du nicht bis ans Ende deiner Tage in tiefer Sünde leben musst. Aber du wirst die Ewigkeit an dem Ort verbringen, an dem dich deine verfluchte Mutter geboren hat. Der Satan wird dich in seinem ewigen Feuer erwarten.«

Mit den letzten Worten spürte Zofia, wie sie an den Beinen angehoben wurde und kopfüber in die unendlich stinkende Brühe fiel. Ihr Herz versagte genau in diesem Augenblick. Das Auflösen ihres Körpers erlebte sie nicht mehr. Mit ausdrucksloser Miene betrachtete der Killer sein Werk, beobachtete die gurgelnde Flüssigkeit, die ihr Opfer fraß. Die Worte in einer fremden Sprache begleiteten das Schließen des Beckens. Gottes Werk war für diesen Tag getan.

Kapitel 18

Der Traum ließ mich einfach nicht los. Was wollte mir mein Unterbewusstsein mitteilen, als es mir dieses Gesicht präsentierte, das von langen blonden Locken eingerahmt neben mir im Bett auftauchte? Der Drei-Tage-Bart kratzte über meine Schulter, die blauen Augen sahen mich unentwegt an. Ich riss die Augen auf, befreite mich aus dieser Szene. Der Teufel musste seine Hand im Spiel haben, da ich glaubte, diesen Geruch von *Calvin Kleins Eternity* immer noch wahrnehmen zu können, der mir schon am Cafétisch angenehm aufgefallen war. Allmählich verwischten die Konturen dieses Gesichts, machten der Realität Platz, die aus meinem zerknüllten Kopfkissen bestand. Sofort bereute ich, dass ich diese Erscheinung so abrupt zerstört hatte, da sie mir tief in meinem Inneren doch gefallen hatte. Zurück blieb ein angenehmes Kribbeln, das allmählich verblasste.

Der Kaffee dampfte an diesem Sonntagmorgen aus der großen Tasse, die neben dem angebissenen Marmeladenbrötchen stand. Immer wieder sah ich von dem schrillbunten Magazin auf, das mir die neuesten Frisuren dieses Frühjahrs auf Riesenfotos anpries. Ralf hieß dieser eingebildete Affe, dessen Bild immer wieder diesen Moment der Entspannung störte, den ich so liebte. Diese Sonntagmorgen mit ihrer Ruhe entschädigten mich für den Stress der vergangenen Arbeitstage, zumal ich in dieser Woche immer wieder an Mama denken musste. Obwohl ich ausgezogen war, hatte sich mein Leben durch ihren plötzlichen Tod noch stärker verändert ... etwas Entscheidendes fehlte mir. Sie und Papa bedeuteten für mich, dass es immer einen Rückzugsort gegeben hatte, Menschen, bei denen ich immer hätte mein Herz ausschütten können. Wir waren nicht stets einer Meinung, aber es war schließlich ein wichtiger Teil meiner Familie mit ihr gegangen.

Am Ende des Küchentisches stapelten sich die Unterlagen über Floristik, die ich mir noch durchsehen musste. Schließlich war es mein erklärtes Ziel, an der Deutschen Meisterschaft teilzunehmen, was bedeutete, dass ich noch unendlich viel lernen musste. Obenauf signalisierte mir das Mobilteil des Telefons, dass ich unbedingt diese Nummer anrufen sollte, die auf diesem verdammten Bierdeckel gekritzelt worden war. Immer wieder schob meine Hand diesen Deckel hin und her. Der Verstand, besser gesagt, mein Stolz befahl mir, diese Telefonnummer zu ignorieren, alles als Hirngespinst abzutun. Da war aber etwas in mir, das den Kampf mit der Logik aufnahm und schließlich die Oberhand gewann. Die Pieptöne, die bei der Eingabe der Ziffern wie eine fremde, betörende Musik klangen, erzeugten eine unerklärliche Unruhe in mir. Vor der letzten Ziffer zögerte ich einen Augenblick. Dem letzten Piepen folgte das Rufzeichen.

Lass es, Andrea ... leg wieder auf. Du machst einen Fehler. Du bist doch glücklich, so, wie du derzeit lebst ...

»Kolberg. Hallo, wer ist denn da? Melden Sie sich bitte.«

Es war ein panischer Reflex, als ich die rote Stopptaste drückte. Mein Puls raste. Erleichtert legte ich das Telefon beiseite und wischte mit der Hand über die Augen. *Gut so, Andrea, es wäre ein Fehler gewesen.* Das Sirren des Gerätes ließ mich erstarren. Vorsichtig tastete ich nach dem Telefon und erkannte genau die Nummer, die ich zuvor angewählt hatte. Ich hatte vergessen, die Rufunterdrückung zu aktivieren, ein fataler, peinlicher Fehler. Ich war nun gezwungen, abzuheben. Krampfhaft suchte ich nach einer glaubhaft klingenden

Ausrede ... mir fiel keine ein. Mein Finger zitterte, als ich den Ruf annahm.

»Warum legst du auf, bevor du dich meldest? Ich glaube, ich weiß, wer sich da verwählt hat. Das hast du doch, oder? Ist meine Gesprächspartnerin blond mit langem Haar, hat grüne Augen und einen Hang zur Schönheit der Blumenwelt? Wenn Du diese Frage mit Ja beantworten kannst, lache einmal laut.« Dieser verdammte Kerl hatte mich erwischt. Das Lachen konnte ich einfach nicht zurückhalten.

»Siehst du, ich verfüge über telepathische Fähigkeiten. Jetzt lass mich raten, was du gerade tust und was du an Kleidung trägst ...«

»Hör auf, das ist nicht lustig. Ich habe noch meinen Pyjama an und sitze beim Frühstück.«

»Das weiß ich ... steht dir übrigens gut. Du siehst darin bestimmt sexy aus. Jetzt, wo du mit deinem Frühstück fertig bist, machst du dir Gedanken darüber, was du mit diesem schönen Tag anfangen sollst. Richtig? Da fiel dir spontan ein, diesen Typen anzurufen, den du im Café getroffen hast, und der sehnlichst auf diesen Anruf gewartet hat. Natürlich habe ich Zeit. Wir können uns gerne irgendwo treffen ... schlage was vor.«

Diese Dreistigkeit rief in mir eine gehörige Portion Ablehnung hervor, sodass ich ihm die passende Antwort gab. Sie verließ meinen Mund, bevor ich sie korrigieren konnte.

»Ich brauche noch etwa eine Stunde, um mich etwas zurecht zumachen. Können wir uns an der Wickenburg treffen, sagen wir so gegen zehn Uhr vor dem Blumenstand?«

»Darüber würde ich mich freuen. Um zehn ... Blumenstand ... Wickenburg. Bis gleich.«

Ungläubig betrachtete ich das Telefon, das jetzt das Freizeichen erklingen ließ. Dieser Sonntagmorgen hatte eine Wendung genommen, wie ich es noch wenige Minuten früher nie für möglich gehalten hätte. *War ich völlig verrückt geworden? Hatte mein Verstand mir einen bösen Streich gespielt?* Nachdem ich darauf keine passende Antwort fand, sprang ich auf und stürzte ins Bad.

Dass sich Ralf von hinten an mich herangeschlichen hatte, bemerkte ich erst, als eine einzelne Rose vor meinem Gesicht auftauchte. Obwohl ich mich erschrak, musste ich sofort darüber lachen und sog den betöhrenden Duft dieser Königin der Blumen ein.

»Das ist meine Favoritin unter den Blumen, damit du es weißt. Sie steht über allen anderen.«

»Das habe ich mir schon gedacht. Doch sie kann mit der Ausstrahlung der Beschenkten nur schwer mithalten.«

»Ist das dein Standardspruch, wenn du dich zum ersten Mal verabredet hast? Klingt ja ganz nett, aber es könnte aus einem schlechten Liebesfilm abgekupfert sein. Bei mir musst du dich schon mehr ins Zeug legen. Ich meine Porsche, Yacht und so.«

Erstaunt wich Ralf einen Schritt zurück.

»Ist das dein Ernst? Darauf fährst du ab? Ich kann's nicht glauben.«

Erst als ich mich vor Lachen krümmte, schien er zu bemerken, dass ich ihn nur hochnehmen wollte. Er riss mir grinsend die Blume aus der Hand und tat so, als wollte er sie fortwerfen.

»Wage dich ... dann wirst du einen schrecklichen Tod sterben.«

Drohend hielt ich ihm meine Faust unter die Nase und bemühte mich, ein böses Gesicht zu zeigen. Zögernd überreichte er mir die Blume und hakte sich bei mir unter.

»Was unternehmen wir jetzt? Ich habe bis zum Nachmittag Zeit. Dann wird meine Freundin sicher wissen wollen, mit wem ich den Tag verbracht habe.«

Schnell registrierte er, dass er mit diesem blöden Spruch einen kleinen Schritt in die falsche Richtung gegangen war. Nun war ich es, die einen Schritt zurücktrat.

»Ich finde Männer mit Humor sehr unterhaltsam, aber da gibt es immer eine Grenze, die nicht überschritten werden darf. Nimm Rücksicht auf die Gefühle anderer und mache keine Scherze auf deren Kosten. Da kann ich gar nicht drauf. Ja, auch solche Blödeleien wie gerade mag ich nicht. Das kommt vielleicht bei deinen Kommilitonen ganz gut, wenn ihr am Tresen steht, aber es verletzt. Lass das also, wenn du in meiner Nähe bist. Und jetzt die wichtige Frage. Gibt es eine Freundin in deinem Leben?«

»Natürlich nicht. Im Augenblick bin ich völlig solo. Mach dir da keine Gedanken. Ich würde doch niemals ...«

Meine Hand auf seinem Mund sollte eine dreiste Lüge verhindern, die ich uns beiden ersparen wollte.

»Wir könnten runter zum Mühlenbach gehen. Dort kenne ich eine Stelle, an der ich mich immer als Kind aufhielt, wenn ich allein sein wollte oder mit meinen Freunden über Probleme sprach. Hast du Lust ... ist nicht weit von hier?«

Statt einer Antwort nahm er wieder meinen Arm und schob mich Richtung Ehrenfriedhof. Er schien über meine Worte nachzudenken, denn über einige hundert Meter kam kein Spruch mehr über seine Lippen. Er sah mich nur fragend an, als ich stehenblieb und auf eine Stelle am Ufer des verträumt dahinfließenden Baches zeigte. Ich nickte und machte den ersten Schritt durch das hohe Gras. Unter der Trauerweide, die sich in den vergangenen Jahren überhaupt nicht verändert hatte, blieb ich stehen.

»Hallo Baum. Da bin ich wieder. Habe dich lange nicht mehr besucht.«

Wir setzten uns und lehnten mit dem Rücken gegen den leicht bemoosten Stamm.

»Schön ist es hier, und so ruhig. Das gefällt mir.«

Seine Hand tastete vorsichtig nach meiner. Als er sie fand, umklammerte er sie und hob sie an seine Lippen. Diese Zärtlichkeit, mit der er meinen Handrücken küsste, hatte ich noch nie gespürt. Ich musste zugeben, dass ich bis zu diesem Tag diese Nähe von Männern aus unerfindlichen Gründen gemieden hatte. Nicht dass sich die Gelegenheit nicht geboten hätte, aber ich hatte immer das Gefühl, meine Unschuld für den bewahren zu müssen, der auch der Mann fürs Leben sein sollte. Da gab es schon den einen oder anderen Kuss, doch wenn die Hände auf Entdeckungstour gehen wollten, überkam mich stets Panik. Oma Lisbeth hatte mich schon sehr früh vor diesen Kerlen gewarnt, die es ausschließlich auf Sex abgesehen hatten. Die Unschuld war das höchste Gut, das ein anständiges Mädchen solange zu verteidigen hatte, bis der Richtige kam. Erst viel, viel später erfuhr ich, dass sie wusste, wovon sie sprach, denn mit Mama war sie schon im fünften Monat schwanger, als sie Opa auf einer Schiffsreise kennenlernte.

Ein Kribbeln, das vom Handrücken ausging und sich über den Arm bis in die Bauchhöhle zog, war zwar nicht unangenehm, machte mich aber zunehmend nervös. Zögernd nahm ich mir meine Hand zurück und versteckte sie vorsorglich hinter den Gurten meiner Umhängetasche.

Plötzlich waren sie da. Sie standen wie kleine Helikopter vor uns und ... ja, sie schienen uns anzustarren. Ein leises Sirren wurde von ihren Flügeln erzeugt, die in tausend Farben schillerten. Es war eine tiefe Angst, die uns schon als Kinder überfiel, wenn wir am Bach spielten. Die Libellen waren an dieser Stelle in großer Zahl anzutreffen, was uns oft in Deckung getrieben hatte. Holger war dann stets der Held, der sich ihnen furchtlos entgegenstellte und sie vertrieb. Sie hatten mörderischen Respekt vor ihm, denn sie flüchteten sofort, wenn er wild nach ihnen schlug. Auch ich hob in alter Gewohnheit die Hand, um sie zu vertreiben. Ralf griff nach meinem Arm und stoppte mich in der Bewegung.

»Warum tust du das? Sie sind nur neugierig, wer in ihr Territorium eingedrungen ist. Ich staune immer wieder darüber, wie wenig die Menschen über diese scheuen und so wunderschönen Tiere wissen. Ich höre stets, dass sie giftig sein sollen und schlimme Stiche hinterlassen, an denen Kinder sogar sterben können. Sie sind für uns völlig ungefährlich, glaube mir das. Sie stechen und beißen nicht. Sie haben nur kleine Fresswerkzeuge, mit denen sie die Nahrung greifen und verzehren können. Hast du gewusst, dass sie sich dadurch paaren, indem sie ihre langen Hinterteile ineinander verhaken? Sie müssen sich mit der Fortpflanzung beeilen, da sie nur zwischen zwei bis acht Wochen alt werden.«

Fasziniert hatte ich seinem Vortrag gelauscht, der mein eh nur mageres Wissen über diese Hubschrauber komplett veränderte. Der Respekt blieb jedoch, wenn sie wie Geschosse an mir vorbei surrten.

»Sowas lernt man in der Uni?«

»Ich bin ja erst im zweiten Semester. Bisher behandelten wir die Fächer Mathe, organische Chemie, Physik, physikalische Chemie, Zellbiologie, Pflanzenphysiologie, ...«

»Halt, mir wird schwindelig. Das alles musst du lernen in Bio? Dann lernst du doch bestimmt auch viel über Pflanzen, oder?«

»Natürlich wird der Bereich der Botanik auch behandelt. Ich weiß allerdings noch nicht, worin ich mich spezialisieren möchte. Da gibt es ja u.a. die Forschung, das Lehramt oder die Arbeit in zoologischen Gärten. Auf jeden Fall will ich die Promotion erreichen. Dann wäre ich Doctor rerum naturalium.«

»Wow, irre. Es wäre für mich ein absoluter Traum, so viel über Pflanzen zu wissen.«

Fast schon mitleidig sah er mich an und versuchte wieder, nach meiner Hand zu greifen, die ich ihm gedankenverloren überließ.

»Das kannst du auch ohne das komplette Biologiestudium lernen. Du hast mir doch erzählt, dass du Floristin bist. Da bindet ihr doch Blumen zu schönen, bunten Sträußen oder fertigt Kränze für Beerdigungen. Da erwartet doch kein Kunde, dass du ihm die komplette Zellstruktur der Orchidee erklären kannst.«

Ich bin mir sicher, dass schon bei diesem ersten Treffen der erste Riss in der entstehenden Beziehung entstand. Er war verdammt attraktiv, aber schleppte eine große Portion Überheblichkeit mit sich herum.

»Mehr Wissen hat noch keinem geschadet. Du musst auch nicht unbedingt die drei binomischen Formeln kennen, wenn du irgendwann einmal auf einer bescheuerten Sandbank sitzt und die Gelege der Seeschwalben in der Felswand über dir zählst. Tu bitte nicht so, als wären Floristinnen angelernte Kräfte, die den Tag damit verbringen, ein dutzend Tulpen zu einem Strauß zusammenzubinden. Komm bitte wieder runter von deinem hohen Baum.«

»So habe ich das nicht gemeint. Entschuldige, wenn es sich für dich etwas überheblich anhörte ... das war nicht meine Absicht.«

»Ist schon gut. Ich bin in dieser Beziehung etwas überempfindlich. Aber danke für die Lehrstunde, was die Libellen betrifft. Das wusste ich tatsächlich nicht. Ich werde die süßen Hubschrauber jetzt mit anderen Augen sehen. Allerdings ... Angst machen sie mir immer noch.«

Kapitel 19

»Verdammte Scheiße. Wer hat das Maul nicht halten können?« Kriminalrat Kloß knallte die Zeitung auf den Tisch. Sein Gesicht zeigte genau die Röte, die allen Anwesenden signalisierte, von jetzt an die Worte sehr sorgfältig zu wählen. »Irgendwer muss dieser Blödzeitung doch einen Tipp gegeben haben. Nur die Anwesenden wussten über diesen grünen oder besser dunkelfarbigen BMW Bescheid. Ich könnte kotzen. Jetzt weiß der Irre doch genau, dass wir eine Spur haben. Der wird jetzt noch vorsichtiger sein, und vielleicht sogar den Wagen vorsorglich entsorgen.«

Die Mitglieder der Soko wechselten Blicke, warteten darauf, dass sich jemand meldete. Alle vermieden den direkten Blickkontakt mit Kloß. Wieder war es Schlicht, der das Wort ergriff.

»Es besteht ja immerhin die Möglichkeit, dass einer dieser Presse-Fuzzis bei den Mädchen ein paar Dollar liegenließ. Für Geld wird die eine oder andere schon was ausplaudern, da bin ich mir sicher. Für die Leute hier im Raum lege ich die Hand ins Feuer, Chef.«

Das Gesicht des Kriminalrats hatte wieder die normale Farbe angenommen. Er riss die Zeitung hoch und blätterte bis zu dem halbseitigen Bild, das eine propere Prostituierte leicht verschwommen von hinten zeigte. In der Ecke hatte die Technik ein Foto von Schlicht eingearbeitet. Die Headline, *Serienkiller hat sein Arbeitsgebiet erweitert,* prangte in Riesenlettern über die gesamte Seite. Im weiteren Text ging die Redaktion darauf ein, dass der Soko-Leiter Schlicht schon seit sechzehn Jahren im Dunkeln tappt. Allerdings verfügt der Verlag über gesicherte Informationen, dass der Täter womöglich mit einem grünen BMW auf Opferfang geht.

»Wenn wir schon dabei sind ... gibt es Neuigkeiten bei der Haltersuche? Ich denke, dass die Kollegen in Frankfurt ebenfalls suchen, obwohl ich fest auf ein Essener Kennzeichen tippe. Ich weiß ja, dass wir die Nadel im Heuhaufen suchen, aber einen Versuch ist es schließlich wert. Also, meine Herren, was haben wir?«

Kommissar Leidig hielt etliche Ausdrucke hoch und wedelte damit durch die Luft.

»Ich habe mir dunkelgrüne und vorsichtshalber auch schwarze und anthrazitfarbene BMW ausdrucken lassen. Allein in Essen sind das über achtzehnhundert, in Frankfurt über zweitausend. Wir filtern gerade die raus, die für unseren Fall ausgeschlossen werden können. Das braucht noch Zeit und viel Lauferei.«

Schlicht verdrehte die Augen, ergänzte jedoch die Aussage.

»Bedenkt, dass nicht jedes Omaauto zwangsläufig als Täterfahrzeug ausfällt. Das kann ja vom Sohn, Neffe oder sonstigem Familienmitglied gefahren werden. Ich beneide euch nicht um diese Arbeit. Wir spannen jeden Mann dafür ein, den wir aus anderen Abteilungen kriegen können. Ich werde mich nochmal nach Herten aufmachen und heute Nacht die Mädels befragen, die an dem Abend Dienst hatten. Irgendetwas haben wir übersehen. Ich habe da so ein Bauchgefühl. So, jeder hat seine Aufgabe. Los Herrschaften. Ich will das Tier unbedingt haben, bevor es das nächste Opfer holt. Urlaubsanträge nehme ich erst nach Aufklärung an.«

Sein Blick glitt über die Magnetwand, an der die vielen Bilder von vermissten Frauen hingen. Er würde niemals den Glauben daran verlieren, den Wahnsinnigen zu finden. Im Präsidium hatte man ihm den Beinamen *Terrier* gegeben, da er niemals aufgab. Ungelöste Fälle holte er immer mal wieder auf den Schreibtisch, sobald auch nur der kleinste Hinweis auf eine neue Spur hinwies.

»Sie schon wieder? Ich kann Ihnen nicht mehr sagen, als das, was Sie schon wissen. Bei uns hat sich dieser Hundesohn auf jeden Fall nicht mehr blicken lassen. Würden wir ihm auch nicht raten. Dann wäre es das Letzte, was er in seinem Scheißleben täte. Hier sind alle sehr wütend und sind gewillt, die Sache in eigene Hände zu nehmen. Aber das haben Sie nicht von mir, Herr Hauptkommissar.«

Anielas Blick ging in Richtung eines dunklen Mercedes, der am Straßenrand abgestellt war. Nur das Aufglühen einer Zigarette zeugte davon, dass sich mindestens eine Person darin befand. Schlicht war sich sicher, dass die Behörden auf keinen Fall informiert würden, sollte man den Typen irgendwo auf frischer Tat erwischen. Er würde auf Nimmerwiedersehen verschwinden. Das Milieu hatte seine eigene Rechtsprechung. Aniela winkte kurz ab, als sich ein breitschulteriger Typ näherte. Er stieg wieder ins Fahrzeug.

»Haben Sie gesehen, dass die Zeitung groß berichten? Da hat sich wohl jemand von euch ein kleines Taschengeld dazuverdient. Das kann sehr fatal für die Kolleginnen werden, denn jetzt ist der Typ gewarnt. Der wird sich nicht ein weiteres Mal an gleicher Stelle bedienen, erst recht nicht mit dem gleichen Fahrzeug. Ich befürchte, dass er sich das nächste Opfer bei den Mädels holt, die nicht organisiert sind und im Verborgenen auf eigene Kasse arbeiten.«

»Ich habe kein Wort gesagt. Von mir haben die gar nichts. Da war vorgestern zwar einer hier und wollte auf die coole

Masche was aus uns rausholen. Hat mit ein paar Kröten gewunken. Der hat sich schnell wieder verpisst, als die Jungs ihn in den Arsch getreten haben. Der kommt nie wieder in diese Straße, das kann ich Ihnen garantieren. Ich finde das auch total beschissen, dass der gewarnt wurde, aber wenigstens wir haben hier jetzt Ruhe.«

Schlicht griff in die Manteltasche. Er kramte sein Telefon heraus, das schon mehrfach vibriert hatte. Bevor er das Gespräch annahm, entfernte er sich von Aniela, die dankbar wieder ihren langen Mantel öffnete, um vorbeifahrenden Freiern ihre körperlichen Vorzüge zu präsentieren.

»Was gibts denn so Dringendes? Bin gerade in Herten bei den Damen der Straße.«

»Da war ein Anruf für Sie. So ein ganz Komischer, meine ich. Der Anrufer wollte ausschließlich mit Ihnen reden. Ich würde Sie ja nicht anrufen, wenn da nicht ...«

»Was war denn so außergewöhnlich an diesem Anruf? Machen Sie es nicht so spannend, Frau Hüskens. Ich steh hier mitten im Nieselregen und hab den Schirm natürlich im Präsidium gelassen. Also los.«

»Die Stimme, Chef ... da war diese fürchterliche Stimme. Die klang, als wäre sie ... also, als wäre sie direkt aus der Hölle gekommen. Ich habe jetzt noch Gänsehaut.«

»Jetzt beruhigen Sie sich mal wieder. Was hat diese Stimme aus dem Jenseits denn zu Ihnen gesagt? Gott noch mal, spucken Sie es endlich aus.«

»Eigentlich nicht viel. Er wollte unbedingt mit dem Soko-Leiter sprechen, der in der Zeitung abgebildet war. Er wird sich wieder melden ... mehr hat er nicht gesagt. Ach so ... noch was ... dieser Mann sagte, bevor er wieder einhing, was von einer göttlichen Strafaktion. Mehr konnte ich nicht verstehen. Was hat das zu bedeuten?«

»Hat er wenigstens gesagt, wann er wieder anruft?«

»Nein, nur dass er ...«

»Ist gut Hüskens. Ich bin morgen früh wieder im Büro. Noch was. Habt ihr versucht, den Anrufer zu ermitteln?«

»Aber sicher, Chef. Ohne Ergebnis. Der hat aus einer öffentlichen Telefonzelle in Essen-Frohnhausen angerufen. Da war aber keiner mehr, als ich einen Wagen hingeschickt habe. Tut mir leid.«

»Kein Problem. Bis morgen Früh dann. Ach Hüskens ... gute Arbeit.«

Schlicht steckte das Telefon, tief in Gedanken versunken, wieder in die Manteltasche. Was wollte der Irre von ihm? Dass es sich bei dem Anrufer um den Killer handelte, sagte ihm sein Bauch, obwohl es genug Verrückte gab, die in solchen Fällen gerne mal auf den Zug sprangen und ihre Gewalt-Fantasien auslebten. Er nahm sich vor, sofort alles Technische in die Wege zu leiten, um den Anruf schnellstmöglich zurückverfolgen zu können. Ein ockerfarbener Opel hielt direkt neben ihm. Die Scheibe glitt polternd herunter.

»Hast du Zeit für mich, mein Süßer? Ich beobachte dich schon eine ganze Weile. Du gefällst mir.«

Wortlos griff Schlicht in seine Tasche und hielt seinen Dienstausweis durch das offene Fenster.

»Oh, sorry. Konnte ja nicht ahnen ...«

Nachdem der Fahrer den abgewürgten Motor wieder gestartet hatte, schoss er mit quietschenden Reifen an den Mädchen vorbei, die den Vorfall beobachtet hatten und sich nun vor Vergnügen auf die Schultern klopften. Schlicht grinste schief und

135

stieg wieder in den Dienstwagen. Ihn ließ die Nachricht nicht mehr los. *Sollte dieser Psychopath jetzt wirklich aus seinem Versteck gekrochen kommen, seinen ersten Fehler machen?*

Kloß trommelte mit den Fingern auf die Stuhllehne, wartete ungeduldig darauf, dass sein Soko-Leiter endlich den Weg ins Büro fand. Er sprang erleichtert auf, als Schlicht erstaunt über die ungewöhnliche Ansammlung von Kollegen blickend, in der Tür stehen blieb.

»Na endlich ... die Mannschaft steht seit Stunden Gewehr bei Fuß. Der Chef verschläft den Vormittag.«

»Verdammt, es ist gerade einmal halbzehn, Sie sprechen von Stunden. Außerdem habe ich Ihnen schon vor einer Woche mitgeteilt, dass ich heute den Notartermin habe. Meine Ex lässt ja nicht locker wegen der Trennungsvereinbarung. Hätte ich gut und gerne drauf verzichten können. Was verschafft mir die Ehre Ihres Besuches? Haben die anderen Herrschaften nichts zu tun?«

Schlicht blickte streng in die Runde und beobachtete die Techniker beim Anschließen der Aufzeichnungsgeräte.

»Kein weiterer Anruf bisher? Dann ist doch alles gut.«

»Nichts ist gut, Schlicht. Was will der Kerl von Ihnen? Was soll dieser Mist mit der göttlichen Strafaktion?«

»Da werden wir uns wohl noch etwas gedulden müssen. Ich habe bisher noch nicht die Gabe der Weissagung an mir entdecken können. Ich bin ebenso gespannt wie alle hier. Wenn wir viel Glück haben, dann macht er heute den Fehler, mit dem wir ihn am Arsch haben. Uns darf auch nicht die winzigste Kleinigkeit entgehen ... wenn er denn wirklich ein zweites Mal anruft. Es kann ja auch ein Fake gewesen sein, nachdem mein

Bild in der Zeitung war. Lasst uns solange weitermachen. Haber, gibt es was von der Fahrzeugermittlung?«

»So langsam kommen wir voran. Wir konnten schon viele Fahrzeuge ausschließen, die sicher nicht dem Täterkreis zuzuordnen sind. Jetzt bleiben uns in Essen noch etwa siebenundsechzig. Jetzt wurde ja parallel die Liste der potentiellen Straftäter geführt, die für solche Taten infrage kamen. Nachdem wir die alle durchgearbeitet haben, bleiben uns in Essen noch sechzehn. Alle anderen sind tot, einfach zu alt oder sitzen in Anstalten. Jetzt müssen wir aber zusätzlich die berücksichtigen, die bereits durch religiösen Fanatismus aufgefallen sind. Ich meine wegen dieser göttlichen Strafaktion. Das macht die Sache nicht leichter, da die kranken Köpfe oft im Stillen agieren. Vielleicht sollten wir das Gespräch mit Priestern und Pfarrern suchen, die dafür ein besseres Gespür besitzen? Könnte ja sein, dass denen jemand aufgefallen ist, der aggressiv das Wort Gottes auf Erden verkündet und Verschwörungstheorien verbreitet. Die Streetworker sollten wir auch einbinden. Die kennen jeden Sonderling in ihrem Revier.«

»Interessanter Ansatz, Haber. Könnten Sie das mit einem Kollegen in die Wege leiten? Weiter so, meine Damen und Herren, ich bin wirklich begeistert.«

Kloß klopfte Haber auf die Schulter und blickte sich stolz in der Runde um, als hätte er die Idee in die Welt entlassen.

Schlicht hing seinen grauen Mantel auf und näherte sich wieder Haber, der dem herauseilenden Kloß hinterherblickte. Er flüsterte dem erstaunt dreinblickenden Kollegen ins Ohr.

»Klasse, Haber. Doch denke daran ... ich blockiere den Stuhl da noch fast zwei Jahre. Kann dich dann erst als Nachfolger vorschlagen.«

Schlicht amüsierte sich über den erstaunten Blick, den Haber in die Runde schickte. Niemand hatte diesen Scherz jedoch mitbekommen.

Frau Hüskens zuckte zusammen, als das Telefon schrillte und eine LED-Leuchte signalisierte, dass die Durchwahl von Hauptkommissar Schlicht direkt angewählt wurde. Es war verabredet worden, dass sie ans Telefon gehen sollte und den Anrufer solange wie möglich hinhalten sollte. Ihr Puls raste, als sie abhob.

»Polizeipräsidium, Büro von Hauptkommissar Schlicht, Hüskens am Apparat, mit wem spreche ich?«

Die kalten Worte drangen wie Pfeile in ihr Ohr. Ängstlich hielt sie den Hörer etwas weg und blickte angstvoll in die Runde. Mehrere Kollegen versammelten sich um ihren Stuhl. Einer drückte ihr den Hörer wieder näher ans Ohr und forderte sie auf, dass sie endlich das Gespräch beginnen sollte.

»Hör zu, du armseliges Weib. Ich will jetzt auf der Stelle den Hauptkommissar Schlicht sprechen. Ich gebe dir noch vier Sekunden Zeit, dann werde ich abbrechen. Eins, zwei ...«

»Schlicht hier, was kann ich für Sie tun?«

»Na siehst du ... es geht doch. Ich weiß, dass ihr meinen Standort anpeilen wollt, deshalb werde ich mich kurzfassen. Das Spiel wird jetzt erst richtig beginnen, nachdem ihr glaubt, einen Wagen identifiziert zu haben. Das hilft euch nicht weiter, denn es werden noch viele dieser von Gott verfluchten Drecksweiber sterben müssen. Sie sind schmutzig, sie haben die heiligen Gebote unseres Herrn verletzt. Die Strafe dafür ist der Tod. Sie werden dahin zurückgebracht, wo sie geboren wurden ... zum Teufel.

Ich werde mein Werk fortführen. Du wirst mich nicht daran hindern. Ich bin in deiner Nähe, beobachte dich ... ich sehe auch deine Frau ... denke immer daran. Sie wird die Erste sein, die leidet, wenn du mich weiter verfolgst.«

Das Freizeichen zeigte allen, dass die Verbindung tot war. Schlicht sah in die Runde und erntete nur Schulterzucken. Hüskens saß mit offenem Mund auf ihrem Stuhl und starrte wortlos ihren Chef an.

»Was ist los mit euch? Kriegt euch wieder ein. Der Blödmann droht mir lediglich an, mein anstehendes Unterhaltsproblem zu lösen.«

»Chef, das ist doch wohl ...«

»Ist ja gut Hüskens, tut mir leid. Das war nur als Scherz gemeint.«

»Damit macht man keine Scherze ... der will sie schließlich töten, ich meine Ihre Exfrau. Sie sollten ...«

»Jetzt ist aber gut, Frau Hüskens. Ich habe doch gesagt, dass es mir leidtut. Also, meine Herren, wir haben bestimmt wieder eine Telefonzelle, und zusätzlich eine Stimme auf Band. Immerhin. Hören wir uns das mal in Ruhe an.«

Dass es in Hüskens immer noch arbeitete, war ihr unschwer anzumerken, denn sie starrte wütend auf ihren Bildschirm, der eine Namensliste anzeigte. Sie zuckte zusammen, als die Stimme Schlichts überlaut durch das Büro hallte.

»Woher weiß der Verrückte überhaupt von meinen Familienverhältnissen?«

»Der wird Sie wohl seit der Veröffentlichung Ihres Fotos beschattet haben. Jetzt weiß er, wo Sie wohnen und als Sie sich heute mit Ihrer Frau trafen, nahm er an, dass Sie immer noch in Liebe verbunden sind. Der konnte ja nicht ahnen, dass ...«

»Haber, fangen Sie jetzt nicht auch noch damit an. Sie sehen doch, wie echauffiert unsere Kollegin Hüskens bereits reagiert, wenn wir nur den Namen meiner Exfrau erwähnen.«

Alle Männer des Teams versuchten, ihr Grinsen vor der Kollegin zu verbergen. Die erhob sich steif und strebte die Bürotür an.

»Ich werde die Herren für einen Augenblick für weitere intensive Beratungsgespräche alleine lassen. Ich werde mir einen Kaffee in der Kantine trinken. In der Zeit können Sie sich ja gegenseitig mit Machosprüchen überschütten. Ich hoffe, dass wir anschließend wieder wie normale Menschen miteinander umgehen können.«

Die Tür knallte ins Schloss und die Männer sahen sich verwundert an, bevor sie losprusteten.

»So, jetzt aber Schluss damit. Sie hat ja recht. Das war verdammt beschissen von mir. Was haben wir in der Hand? Wir werden gleich erfahren, dass dieser Typ aus einer Telefonzelle angerufen hat. Wir wissen nun, dass er mich beobachtet hat, also jeden meiner Schritte kannte. Weiterhin ...«

»Halt Chef ... eine Neuigkeit habe ich so zwischendurch. Der Anruf kam ... Moment noch ... er kam tatsächlich von der Alfredstraße. Das ist weiter oben, in der Nähe von der Cäsarstraße, höchstens einen Kilometer entfernt. Der Scheißer sitzt fast in unserem Wohnzimmer. Das nenne ich mal abgewichst, zeigt uns aber auch, dass er dem Chef bis zum Präsidium gefolgt ist.«

Alle Augen richteten sich auf Schlicht, den die Nachricht etwas aus dem Konzept brachte. Er malte große Kreise und Spiralen auf seine Schreibtischunterlage. Er dachte nach. Was bisher als spaßige Einlage betrachtet wurde, sahen alle

Anwesenden nun als tatsächliche, als reale Bedrohung. Der Psychopath musste mit seinen Aussagen sehr ernst genommen werden. Die tödliche Gefahr, die sich bisher nur auf die Prostituiertenszene konzentriert hatte, weitete sich jetzt auch auf die Ermittler und ihre Angehörigen aus. Der Fall erhielt eine neue Dimension.

»Haber, organisieren Sie Personenschutz für meine Ex!«

Kapitel 20

»Ich habe gestern versucht, dich zu erreichen ... du warst nicht zuhause. Wollte dich ins Kino einladen. Da läuft der zweite Teil von ...«

Ich unterbrach Holger an dieser Stelle, während ich den Hörer zwischen Kinn und Schulter klemmte und das Geschirr vom Tisch auf die Küchenablage räumte.

»Ich wäre gern mitgegangen, doch da kam etwas dazwischen, was ich vorher nicht wissen konnte. Ich habe dir doch sicher von dem Typen erzählt, der sich einfach an meinen Tisch im Café gesetzt hat, oder?«

»Hast du nicht. Was ist mit dem? Ist der frech geworden?«

»Nein, nein ... kein Grund, sofort das Kriegsbeil auszugraben. Ralf habe ich gestern durch einen Zufall wiedergetroffen und wir haben uns beim Kaffee zusammengesetzt. Eigentlich ein ganz netter Typ, nichts Ernstes. Stell dir mal vor ... der studiert Biologie und versteht sogar was von Pflanzen. Ralf will mir helfen ... ich meine bei der Meisterschaft. Da kann es ja nicht schaden, wenn man etwas mehr über Blumen weiß.«

»So, so, das ist also ein Fachmann für Blumen und nichts Ernstes. Dann bin ich ja beruhigt. Ich muss mir dann wohl keine Gedanken mehr darüber machen, was wir gemeinsam unternehmen könnten. Trefft ihr euch jetzt öfter?«

Mir war in diesem Augenblick nicht wirklich klar, warum ich Holger nicht die ganze Wahrheit erzählte. Er war mein Freund und hatte mein volles Vertrauen verdient. Ich wusste selbst nicht genau, wie ich diese Bekanntschaft einordnen sollte. Tief im Inneren hatte ich Angst davor, Holger zu beichten, dass ich mehr für Ralf empfand, als ich mir eingestehen wollte. Außerdem sagte mir eine Stimme, dass ihn das, warum auch immer, verletzen könnte. Mit keinem Wort hatte ich Holger jemals ermutigt, ihm gezeigt, dass es sowas wie Liebe zwischen uns gab. Verdammt, wir waren doch Freunde, mehr nicht.

»Ach Holger, wo du gerade am Telefon bist. Hast du den Bericht in der Zeitung gelesen über diesen Serienmörder? Ich spreche von dem, der diese Prostituierten entführt?«

»Nein, habe ich nicht gelesen, was ist damit?«

Ich spürte, dass etwas in Holger arbeitete, dass die Sache mit Ralf ihn aufgewühlt hatte. In seiner Stimme schwang eine ungewöhnliche Portion Verärgerung mit. Dass ich vom eigentlichen Thema ablenken wollte, war ihm sicher nicht entgangen.

»Da ermittelt dieser Hauptkommissar Schlicht. Du wirst dich sicher an ihn erinnern. Der hat mich doch damals verhört, als Martina verschwunden war. Von der hat man bis heute auch noch nichts gehört. Ist das nicht gruselig?«

»Die wird wohl irgendwo in einer anderen Familie leben und gar nicht mehr an ihr altes Zuhause denken. Ich vermute, die ist damals einfach abgehauen, weil sie mit dieser Scheidung ihrer Eltern nicht klar kam. Ist ja auch scheißegal ... die konnte ich sowieso nicht leiden. Triffst du dich wieder mit dem ... mit diesem Ralf?«

Der Themenwechsel überraschte mich, brachte mich völlig aus dem Konzept. Ich konnte nicht mehr verhindern, dass mir der Kaffeepott, den ich vor Jahren beim Besuch des Queen-Musicals *We will rock you* in Köln gekauft hatte, aus den nassen Fingern glitt und auf dem Fliesenboden in tausend Stücke zerbrach.

»Verdammter Mist. Das darf doch nicht wahr sein. Das jetzt auch noch. Was ist das für ein doofer Tag?«

»Ich kann dich ja in den nächsten Tagen mal anrufen. Scheint heute nicht so günstig zu sein. Bis bald.«

Holger hatte eingehangen, einfach so. Erst jetzt wurde ich mir dessen bewusst, wie tief ich ihn verletzt haben musste. Ich nahm mir vor, mit ihm ernsthaft über unsere Beziehung zu sprechen. Natürlich erinnerte ich mich an sein Versprechen an Mamas Sterbebett, aber daran fühlte ich mich nicht gebunden. Er hatte eine andere Sicht der Beziehung. Für mich war es eine Freundschaft, die mir auch sehr wichtig war ... nicht mehr und nicht weniger.

Als ich das Haus verließ, um einige Besorgungen zu machen, hatte ich noch keine Ahnung, wie bedeutsam dieser Tag noch für mein zukünftiges Leben werden würde.

Ich hob die schwere Einkaufstüte auf den Beifahrersitz meines Smart, den ich in der äußersten Ecke des Parkplatzes abgestellt hatte. Das war eine Marotte von mir, zu der ich keine logische Erklärung liefern konnte. Ich tat es einfach immer und überall, wo große Parkplätze waren. Dass dies hin und wieder ein Nachteil werden konnte, erfuhr ich in dem Augenblick, als ich die große Tüte mit Pfandflaschen im Auto entdeckte, die ich einfach vergessen hatte. Geduldig schob ich die PET-Flaschen in den Eingabeschlitz und wartete darauf, dass die grüne Lampe aufleuchtete. Im spiegelnden Fenster der Bedienungsanleitung sah ich ihn wartend hinter mir stehen. Sein Gesicht hatte sich seit damals in mein Gedächtnis gebrannt. Kein Wunder, wenn eine Zehnjährige von einem wahrhaftigen Kripobeamten verhört wurde.

»Herr Schlicht? Das sind sie doch, oder? Ihr Gesicht werde ich wohl nie vergessen.«

Mit meiner Frage hatte ich ihn aus tiefen Gedanken gerissen. Er sah mich erstaunt an.

»Ja, das bin ich. Aber wer sind Sie? Muss ich Sie kennen?«

»Nein, das müssen Sie nicht«, antwortete ich lachend, »aber Sie sind mir in guter Erinnerung geblieben. Denken Sie einmal sechzehn Jahre zurück. Realschule an der Wickenburg. Sie forschten rum wegen des Verschwindens von Martina Klaas. Ich war ...«

»Ja, richtig. Sie waren die Freundin der Vermissten. Warten Sie mal. Ihr Name hatte etwas Besonderes. Sie heißen ...«

»Lesbe ... ich heiße Andrea Lesbe. Den Namen kann doch keiner vergessen. Wohnen Sie hier in der Nähe, oder ist es wirklich ein Zufall, dass ich Sie hier treffe?«

»Da würde ich schon von Zufall sprechen, denn ich wohne in Essen-Borbeck. Hatte hier in der Gegend beruflich zu tun und dachte mir, dass ich zwischendurch was für den Abend besorge. Muss mich erst an das Single-Leben gewöhnen.«

Einen Augenblick standen wir uns wortlos gegenüber, da ich nicht wusste, wie ich auf diese Feststellung reagieren sollte. Er streckte mir spontan seine Hand zur Begrüßung entgegen.

»Finde ich toll, dass man sich nach so langer Zeit wiedertrifft. Geht es Ihnen gut? Verheiratet? Kinder?«

»Oh Gott, verschone mich damit. Ich muss erst ein bisschen vom Leben kennenlernen. Übrigens habe ich noch heute von Ihnen gesprochen. Ich hatte einen Freund am Telefon ... das war der, der mich damals auf dem Schulhof vor Ihnen beschützen wollte ... wir sprachen über die vermisste Martina Klaas. Haben Sie jemals etwas von ihr gehört, hat man sie gefunden?«

»Ich würde Ihnen gerne eine andere Antwort geben, aber sie ist wie vom Erdboden verschwunden. Die Eltern haben sogar eine hohe Belohnung für den ausgesetzt, der zur Aufklärung beitragen kann. Nichts, aber auch gar nichts haben wir herausgefunden. Wir hofften ja, dass wenigstens eine Lösegeldforderung kommen würde. Nun ja, im besten Fall ist sie einfach durchgebrannt, obwohl ich das bei einer Zehnjährigen schon ziemlich seltsam fände. Leider sind meine Mutmaßungen nicht so optimistisch.«

»Sie meinen ... Sie glauben, sie ist ... tot? Meinen Sie das damit? Das wäre ja schrecklich.«

»Ja, das glaube ich. Meiner Erfahrung nach ist sie ihrem Mörder in die Hände gefallen, der nach allem, was auch immer er mit ihr angestellt hat, sein Opfer verschwinden ließ. Das hört sich sehr kalt und unmenschlich an, ist aber leider die wahrscheinlichste Variante. Aber lassen Sie uns nicht über so schreckliche Dinge reden. Darf ich Ihnen drüben in der Bäckerei einen Kaffee ausgeben. Ich mache sowieso Feierabend.«

Hätte ich zu diesem Zeitpunkt gewusst, dass zwei kalte Augen gierig jede unserer Bewegungen verfolgten, hätte ich diese Einladung niemals angenommen. Das lange Kamera-Objektiv war hinter der getönten Scheibe des dunklen Fahrzeugs nicht zu erkennen. In schneller Folge schoss der unscheinbare Mann in seinem dunkelfarbenen Auto ganze Serien, selbst als wir nur wenige Meter entfernt an seinem Versteck vorbeigingen. Schlicht zeigte sich als angenehmer Gesprächspartner, der sogar eine humorvolle Seite besaß, die ich bei seinem Beruf nie vermutet hätte. Auch bei ihm bestätigte sich das Klischee, dass Ehen von Kripo-Beamte selten von langer Dauer sind. Mit einer gewissen Traurigkeit und Bitterkeit erzählte er mir von seiner anstehenden Trennung, die größtenteils darauf zurückzuführen war, dass er unmögliche

Dienstzeiten erlebte, die jede Beziehung auf eine harte Probe stellten. Seine Tochter war schon vor vielen Jahren in die Schweiz ausgewandert.

Schlicht drehte seinen Kaffeebecher verspielt auf dem Stehtisch und war tief in seinen Gedanken gefangen, als ich von der Toilette zurückkam. Den schlanken Mann, der zwei Tische weiter unlustig in dem Magazin *Bäckerblume* blätterte, würde ich wohl an anderer Stelle mit der Apothekenumschau antreffen. Dass ich in diesem Moment dem größten Irrtum meines jungen Lebens unterlag, konnte ich nicht wissen. Der Umstand, dass er dünne Latexhandschuhe trug, machte mich ebenfalls nicht stutzig ... warum auch? Allergien waren weit verbreitet. Die wahren Monster versteckten sich oft hinter den Fassaden der Normalität, was sie umso gefährlicher macht. Ohne uns auch nur einen Blick zu gönnen, verließ der Mann die Bäckerei. Sein Milchkaffee blieb auf dem Tisch zurück, ohne auch nur einmal angefasst worden zu sein.

»Wissen Sie eigentlich ... nein, das können Sie ja gar nicht wissen ...«, korrigierte ich mich sofort, »dass ich Sie damals immer Kommissar Haferkamp nannte?«

Schlicht lachte laut, als er diese Bemerkung hörte. Nachdem er einen Schluck aus dem Becher genommen hatte, sah er mich grinsend an.

»Das ist nicht neu, Fräulein Lesbe. Das höre ich immer wieder mal. Mittlerweile sehe ich das als Kompliment, denn ich schätzte diesen Felmy sehr als Schauspieler. Er wirkte sehr natürlich und kehrte nicht den Actionhelden raus, wie es leider heute häufig der Fall ist. Dieser Tschiller aus Hamburg mag ja heutzutage mehr Action liefern, ist aber weit entfernt vom Alltag des Ermittlers. Na ja, Til Schweiger wird einem Götz

George niemals das Wasser reichen können. Aber das ist reine Geschmacksache.«

»Wie ermitteln Sie denn? Sie sind doch der Leiter dieser Soko, die den Mörder der Huren sucht. Ist das nicht frustrierend, wenn man über Jahre keinen Schritt vorankommt?«

Nachdenklich betrachtete mich Schlicht, als wolle er abschätzen, wie weit er sich zum Fall äußern durfte.

»Bitte benutzen Sie dieses Wort Huren nicht. Ich kann es nicht erklären, aber es klingt in meinen Ohren immer ein wenig diskriminierend, obwohl es ja die offizielle Bezeichnung für diese Frauen ist. Die Mädel gehen einem Job nach, den es unbedingt geben muss. Wir dürfen nicht vergessen, dass er zu den ältesten Berufen der Menschheit gehört. Schon in der Bibel spricht man von Huren. Das Gewerbe ist zwar verrufen, aber damit meint man mehr das Geschäft um den Liebesdienst herum. Daran Schuld sind die Beschützer, im Volksmund Zuhälter genannt. Sie sorgen dafür, dass mit der Prostitution auch der Drogen- und Menschenhandel blüht. Die Frauen selbst werden oft nur versklavt, sie und ihr Körper werden zur Ware degradiert, einfach schrecklich. Aber lassen Sie uns von anderen Dingen reden.«

»Mich interessiert nur noch eines. Forschen Sie weiter im Fall Martina, oder ist der für Sie erledigt? Ich meine, man hat ja niemals eine ... sie wissen schon ... gefunden. Sie könnte ja irgendwo eingesperrt worden sein. Man liest ja immer wieder von diesen Psychos, die Kinder im Keller missbrauchen, über viele Jahre.«

»Wir legen solche Fälle niemals ab, liebes Fräulein Lesbe, es könnte sich um Mord handeln. Der verjährt niemals. Außerdem könnten uns neue Spuren zur Wahrheit, zum Täter führen.

Wissen Sie, die meisten Mörder, außer denen, die im Affekt handeln, werden immer wieder morden. Einmal machen Sie den Fehler, den wir mit unseren moderneren Methoden schneller aufdecken können. Dann haben wir meistens auch Beweise zu früheren Taten. Denken Sie nur an die heutigen Möglichkeiten der DNA-Analyse. Der perfekte Mord ist immer noch möglich, aber wir klären viel mehr Fälle auf als früher. Also seien Sie vorsichtig, wenn Sie mal jemanden mit der Pfanne erschlagen ... wir buchten Sie kurze Zeit später ein.«

Er lachte wieder laut auf, als er mein verdutztes Gesicht sah. Sein Arm legte sich um meine Schulter.

»Das ist einer meiner derben Scherze, mit denen ich mich bei meinen Freunden immer unbeliebter mache. Ist doch nur Spaß, Fräulein Lesbe.«

Kapitel 21

Der Drucker summte leise, während er das Foto gestochen scharf auswarf. Gierig wartete der schlanke Mann darauf, dass er den Ausdruck endlich an die Wand heften konnte, die schon viele Frauenbilder und Zeitungsausschnitte aufgenommen hatte. Dieser verfluchte Schlicht hatte seinen Arm um diese junge Frau gelegt, die er bis jetzt nicht zuordnen konnte. Ihre Erscheinung besaß nicht das hässliche, verwegene Äußere, an der er jede Hure sofort erkennen konnte. Sie war anders. Am Nebentisch hatte er mitbekommen, dass Schlicht sie noch mit Sie ansprach. Ihm wurde klar, dass dieser verhasste Schnüffler das Mädchen zwar kannte, aber keine familiäre Bindung zu ihr hatte. Ihr Name war Lesbe, das wusste er nun. Ihre Wohnung war nicht schwer zu finden gewesen. Der kleine Smart, dem er gefolgt war, hatte ihn nach Schönebeck geführt. Dort kannte er sich aus.

Lange betrachtete er das Foto, prägte sich jede Einzelheit ein, folgte mit der Spitze eines Klappmessers den Linien ihres Gesichtes. Schließlich wechselte er zu Schlicht, begann damit, ihm mit der Klinge die Augen auszukratzen. Schlicht ähnelte nun einem Zombie.

Die Hand des Mannes streichelte fast zärtlich über das ausgedruckte Foto, um es dann in die Innentasche des Parkas zu stecken. Das flackernde Licht der Kerzen, die er um sich herum aufgestellt hatte, vermischte sich mit dem kalten Licht des Computers. Dort füllten noch die kleinen Bilder einer Foto-Vorschau den Bildschirm. Unzählige Fotos von Andrea Lesbe und Schlicht hatte er auf seine Speicherkarte verewigt. Als er den Bildschirm ausschaltete, verdunkelte sich diese kleine Kammer bis auf das diffuse Flackern der Kerzen. Etwas ungemein Gespenstisches machte sich augenblicklich breit. Dennoch waren die vielen Vernarbungen auf Rücken und Brust des Mannes zu erkennen, deren Wulste vom Schein der Kerzen Schatten auf die Haut warfen. Seine Augen hielt er geschlossen, als er die Arme erhob und Worte murmelte, die aus einer völlig fremden Sprache stammten. Sein Körper bildete eine dicke Schweißschicht. Sein Singsang schwoll immer wieder an, wenn er die Hand auf das Bild der beiden Menschen legte, denen er heute gefolgt war. Eine Hand tastete nach einem Lederstiel, umfasste ihn mit hervortretenden Knöcheln. Die neunschwänzige Katze, wie sie genannt wurde, traf immer wieder seinen nackten Rücken, hinterließ dort tiefe Risse. Er schien die fürchterlichen Schmerzen nicht zu spüren. Das Blut lief in kleinen Rinnsalen zum Boden. Plötzlich wechselte er die Sprache, sodass deutlich zu vernehmen war, dass er den Herrn pries.

»Dein Sohn hat für uns Verdammte gelitten, hat sein Blut, sein Leben gegeben für unsere Sünden. Oh Herr, nimm jetzt auch mein Blut als gerechte Strafe für die mannigfaltigen Sünden der Frauen, die du hier siehst. Sie haben deine Güte nicht verdient und leiden jetzt beim Satan für ihre unsäglichen Vergehen. Ich werde nicht eher ruhen, bis diese Welt von dem Unrat befreit ist, der sich jenseits von Sitte und Anstand in der Gosse bewegt. Die Frau hat den verführenden Apfel immer wieder dem Manne hingehalten, um ihn vom Pfade der Tugend abzubringen. Ich werde sie alle finden, die ihren Körper für die Sünde, die pure Lust verkaufen. Gib mir die Kraft und deinen Segen.«

Immer wieder trafen ihn die Lederriemen, die er nun noch kräftiger auf Brust und Rücken schlug. Seine Stimme verfiel jetzt wieder in diese fremde Sprache, wechselte in einen leisen Gesang. Der metallische Geruch von Blut durchdrang die kleine Kammer und hätte bei jedem Außenstehenden Übelkeit verursacht. Dieser Mann jedoch suchte das Leiden, die schmerzhafte Kasteiung. Noch während er weitersang, legte er die Peitsche zur Seite und griff nach einer Plastikflasche. Beängstigend langsam öffnete er den Verschluss und goss den Farbverdünner in seine offene Handfläche. Kein Muskel rührte sich in seinem Gesicht, als er sich das Lösungsmittel in die frischen Wunden trieb.

Durch seine zusammengepressten Lippen drangen immer noch die Worte in dieser fremden Sprache. Wohl, um zu verhindern, dass sich das Luft-Gas-Gemisch an den Kerzen entzündete, öffnete er die Tür. Der Luftzug fegte über die Kerzen, verbog ihre Flammen. Das eindringende Licht zeigte nun deutlicher die vielen Fotos der Opfer, die dieser Bestie nichtsahnend in die grausamen Hände gefallen waren.

Der Boden der Dusche färbte sich dunkelrot, als der selbsternannte Rächer das frische Blut vom Körper spülte. Das Blutwasser verschwand im Abfluss, ebenso die Schuld, die ihm das gemeine Volk für seine Taten gab. Für sie war er ein Monster. Er fühlte sich befreit von einer Last. Er hatte sich Gottes Segen eingeholt, was ihm das Recht gab, weiterhin Gutes zu tun. Diese Aufgabe war ihm heilig und nichts würde ihn von dem eingeschlagenen Weg abbringen, der ihm vom Herrn befohlen war.

Fast wäre er im Hausflur mit Frau Reiber zusammengestoßen, als er rückwärtsgehend sorgfältig die Wohnungstür abschloss. Die fast achtzigjährige Frau bemühte sich, ihren Wochenendeinkauf in die dritte Etage zu heben.

»Oh, verzeihen Sie, ich habe Sie nicht bemerkt.« Er drehte sich um und betrachtete die drei Einkaufsbeutel. »Warten Sie, das geht doch gar nicht, dass Sie die schweren Taschen nach oben tragen. Ich muss einmal mit Ihnen schimpfen. Schon so oft habe ich Ihnen gesagt, dass Sie an der Haustür bei mir klingeln sollen. Ich trage Ihnen gerne die Sachen in die Wohnung. Stellen Sie sich einmal vor, Sie ...«

»Ach, ich weiß das ja, junger Mann. Aber ich möchte Sie nicht immer stören. Sie haben auch bestimmt selbst viel Arbeit zu erledigen.« Sie hielt sich einen Augenblick an seinem Ärmel fest und atmete mehrfach tief durch. »Es geht schon wieder ... das schaffe ich schon. Wenn es doch nur mehr Menschen wie Sie auf dieser Welt geben würde. Die jungen Leute von heute laufen doch nur an dir vorbei ... von denen käme keiner auf die Idee, den Alten zu helfen. Jeder denkt nur noch an sich.«

Der höfliche Mann griff nach den Beuteln und hetzte die Treppe hoch. Nachdem er alles abgestellt hatte, beeilte er sich, um Frau Reiber den Arm zu reichen.

»Na Sie sind mir ja einer«, lachte sie schelmisch und hakte sich ein, »der geborene Gentleman. Sie haben doch wohl keine unlauteren Absichten, oder? So leicht bin ich nicht zu verführen.«

»Frau Reiber, Sie sollten nicht so schlecht über die Mitmenschen denken. Es sind nicht alle so. Diejenigen, die Böses tun, werden irgendwann einmal die gerechte Strafe erhalten. Gott hat seine Augen überall. Er kennt jedes seiner Schäfchen, trennt auch nach Gut und Böse. In seiner unendlichen Gnade wird er diejenigen betrachten, die seinem Wort folgen. Er wird auch denen Gnade erweisen, die ihre kleinen, unbedeutenden Sünden bereuen.«

Er beugte sich etwas herunter, da er wusste, dass Frau Reibers Gehör nicht mehr das Beste war.

»Wir sind doch alle Sünder vor dem Herrn ... oder?«

»Da haben Sie sicher recht, junger Mann. Ich denke da an meine Zeit, als ich so um die achtzehn war ... oh, oh, da war ich auch nicht ohne. Da habe ich zum Beispiel einmal ...«

»So, wir sind da«, unterbrach sie der Helfer in der Not, »ich muss jetzt aber los. Da wartet eine wichtige Arbeit auf mich.«

»Ich ... ich danke Ihnen sehr für Ihre Hilfe, Herr ...«, rief Frau Reiber ihm auf der Treppe nach, »kommen Sie doch mal zu einem Tee bei mir vorbei ...«

Die Seniorin kratzte sich am Kopf und trug achselzuckend ihren Einkauf in die Wohnung. Sie murmelte vor sich hin.

»Herr ..., Herr ..., wie heißt der eigentlich, dieser nette Mann?«

Während sie, dankbar für die Hilfe des Nachbarn, ihre Lebensmittel einräumte, saß der Helfer schon in seinem Fahrzeug. Er hatte eine Aufgabe zu erfüllen. Anschließend wollte er sich mit dem Problem Schlicht befassen.

Kapitel 22

Ralfs Hand fuhr zärtlich durch mein Haar, als er seine Lippen von meinen löste. Ich wagte nicht, meine Augen zu öffnen, da ich befürchtete, dass das unglaubliche Gefühl wie eine Seifenblase zerplatzte. Es durfte nicht einfach alles zu einem Traum werden, aus dem ich dann gerissen würde. Dieses Kribbeln hatte ich noch nie zuvor gespürt, obwohl es hier und da zu Kussversuchen mit irgendwelchen Jungen gekommen war. Ralfs Zunge konnte Gefühle in mir wecken, von deren Existenz ich zwar schon gehört, selbst aber noch nie dermaßen intensiv erlebt hatte. Das Rauschen unseres Baches war neben dem Zirpen der Vögel das einzige Geräusch, das ich wahrnahm. Dazwischen immer wieder das Surren der Libellen, die uns willkommen hießen. Meine Angst ihnen gegenüber hatte ich größtenteils gelegt, seitdem ich wusste, dass sie lediglich ihre Neugierde befriedigten.

Mittlerweile kannte ich ihr Liebesspiel und genoss den Anblick, wenn sie ihre langen, schillernden Körper vereinten. Sie hatten ja eben nur diese kurze Zeit, um sich fortzupflanzen. Ralf wusste so viel über diese scheuen, so wunderschönen Insekten, die an unserem Lieblingstreffpunkt unten am Bachlauf so zahlreich ein Zuhause fanden. Mir flößte es immer noch etwas Respekt ein, wenn diese Riesenviecher, die ja immerhin bis zu neunzehn Zentimeter groß werden konnten, an uns vorbeischossen. Mein angstbedingtes Zucken belächelte dieser so gelehrte, tapfere Held großmütig. Manchmal hasste ich ihn dafür, dass er in mir das kleine, schützenswerte Weibchen sah, das in der freien Natur nicht überlebensfähig wäre. Für Ralf war eine Frau nur dann dem Manne gleichwertig, wenn sie sich zum Beispiel bei minus vierzig Grad auf die Suche nach siebenhundert Kilo schweren Eisbären, also dem Ursus maritimus, durch die Schneeverwehungen Alaskas bewegen konnte. Maria Sibylla Merian nahm als damalige Insektenforscherin für ihn eine besondere Stellung ein. Der schäbige Rest von uns Frauen hatte einzig die Zielsetzung, sich ein paarungswilliges Männchen zu suchen, das ihr das zwanghafte Einkaufserlebnis im Shoppingcenter finanzieren konnte. Trotzdem war ich damals völlig verrückt nach diesem verdammten Mistkerl. An diesem Tag war Ralf für mich noch das Abbild des Adonis.

Hätte ich mich mehr mit der griechischen Mythologie beschäftigt, wäre ich viel früher aus dieser Liebesfalle entkommen. Adonis wird schließlich als wunderschöner Jüngling und Geliebter der Aphrodite beschrieben. Zeus verfügte damals allerdings, dass er jeweils ein Drittel seiner Zeit mit Aphrodite, aber auch mit Persephone verbringen sollte. Über das restliche Drittel konnte er selbst verfügen. Wie ich viel später erfuhr, war es genau dieses letzte Drittel, das mir die größten Probleme bereiten sollte.

»Woran denkst du, Schatz?«

Die Frage riss mich aus dem Traum, in den ich mich hatte fallen lassen. Ich wischte seine Locken aus meinem Gesicht, die an meiner Nasenspitze kitzelten. Dicht über mir befanden sich diese so strahlendblauen Augen, die wie Gletschereis funkeln konnten. Meinen Versuch, ihn in die Nase zu beißen, verhinderte er lachend durch ein schnelles Ausweichen. Seine Hand, an dessen Fessel viele Freundschaftsbänder befestigt waren, strich über meine Wange. Die lockere Art, mit der das Leben nahm, war beneidenswert.

»Ich war an einem Ort, den ich zuvor niemals gesehen habe. Unglaublich viele Bäume, Wiesen und Blumen, wohin das

Auge reichte. Da war meine Familie ... ja, alle waren da, sogar Mama.«

»Warum sagst du das so sonderbar? Warum hebst du deine Mutter hervor?«

Ich rutschte am Stamm der Weide hoch und sah über den Bachlauf in die Ferne. Ein weiteres Mal versuchte ich, mir das Bild wieder vor Augen zu holen, was nur teilweise gelang. »Meine Mama ist tot. Sie ist vor wenigen Tagen an Krebs gestorben. Sie wollte mir in dem Traum etwas sagen, mich vor etwas warnen, was ich aber nicht verstanden habe. Sie sah aus, als hätte sie Sorgen. Das lässt mir keine Ruhe.«

Ralf hatte seinen Kopf in meinen Schoß gelegt und blickte in den Himmel.

»Sie wollte dir bestimmt sagen, dass du dich nicht in den Typen verlieben sollst, der gerade seinen Kopf auf deinen Beinen gebettet hat und dessen Herz wild pocht. Du sollst dich nicht von diesem Mann zu Dingen verführen lassen, die zwei Menschen eben tun, wenn sie einander verfallen sind. Sage ihm einfach, dass du nichts für ihn empfindest und dass er sich zum Teufel scheren soll.«

Meine Hände wühlten in seinen Haaren. Ich zog seinen Kopf hoch, um ihn wild zu küssen. Die Libellen waren es diesmal, die unser Liebesspiel bestaunten. Es war wild und hemmungslos, begleitet vom sanften Rauschen des Baches.

»Es war schön, Ralf. Doch jetzt beschäftigt mich eine Frage. Ich weiß nichts über dich. Bist du dir darüber im Klaren? Wir lieben uns unter freiem Himmel, und ich kenne nur deinen Namen. Ich weiß nicht woher du kommst, wohin du gehst. Sage es mir ... wer bist du?«

Immer noch nackt lag er unter mir und jonglierte einen Grashalm zwischen seinen Zähnen. Ich konnte in diesem Augenblick nicht einschätzen, ob er mich anlächelte oder auslachte. Vorsichtig nahm er den Halm aus dem Mundwinkel und steckte ihn mir ins Haar.

»Eigentlich komme ich aus München. Mein Vater verdient dort gutes Geld mit einer Sicherheitsfirma. Es geht ihm sehr gut. Er hat sogar manchmal Aufträge von Regierungsseite. Das hat er dem guten Ruf seiner Firma zu verdanken. Einige Promis verpflichten ihn und seine Männer immer dann, wenn sie Auftritte in der Region haben. Ich habe mich schon vor vier Jahren aus diesen Kreisen verabschiedet. Das ist nicht meine Welt. Diese Schicki-Micki-Völker kotzen mich an. Ich wollte mir mein eigenes Leben aufbauen. Deshalb habe ich das Studium angefangen. Irgendwann möchte ich durch die Welt reisen und etwas für die Umwelt tun.«

Bis hierhin hatte ich ihm wortlos gelauscht.

»Hast du denn einen Job, um dein Studium zu finanzieren? Oder zahlt deine Familie?«

»Natürlich zahlt mein Vater mein Studium. Dazu ist er schließlich gesetzlich verpflichtet. Er zahlt ja auch genug für meine Mutter, da kommt es auf die paar Kröten für mich nicht an.«

»Das verstehe ich nicht so ganz. Er zahlt für deine Mutter? Leben die nicht zusammen?«

»Nicht mehr. Ich kann sie auch verstehen, warum sie das nicht mehr tut. Schließlich hat mein Vater auf mehreren Hochzeiten gleichzeitig getanzt, wenn du verstehst, was ich meine. Meine Mutter ist irgendwann dahinter gekommen und hat ihn vor die Tür seines eigenen Hauses gesetzt. Die haben sich jetzt geeinigt, dass er für ihren Unterhalt aufkommen muss und sie das Haus behält. Geschieden sind sie allerdings nicht.«

Ich versuchte, mir diese Situation vorzustellen, in der man mit einem solchen Agreement als Familie lebte. Papa wäre niemals auf die Idee gekommen, Mama sowas anzutun. Was hatte das noch mit Liebe und Ehe zu tun? In Kreisen, aus denen Ralf stammte, schien so etwas Normalität zu sein. Zumindest vermittelte er mir das durch seine Schilderung der Lage.

»Hast du denn nie darüber nachgedacht, dich auf deine eigenen Beine zu stellen? Ich hätte es meinem Vater nie verziehen, wenn er Mama das angetan hätte.«

Ich glaubte, in Ralfs Blick etwas Unverständnis entdeckt zu haben, bevor er mir seine Antwort präsentierte.

»Es tut mir leid, Schatz, dass ich das so formulieren muss, aber ... ich halte deine Einstellung für weltfremd. Sieh doch die Sache mal so. Ich habe meinem Vater klar gesagt, dass es eine Riesenscheiße war, was er meiner Mutter angetan hat. Das tut ihm ja auch alles sehr leid. Aber ich könnte selbst als Sohn niemals in die Beziehung der Eltern hineinsehen. Man spielt nach außen immer die funktionierende Familie, wobei es aber in Wirklichkeit an allen Enden knistert. Man lebt sich irgendwann auseinander, so formuliert es zumindest mein Vater. Wenn der Prozess der Entfremdung begonnen hat, ist er kaum mehr aufzuhalten. Er hat versucht, den Schein zu wahren, doch eine Liebschaft lässt sich nicht ewig geheimhalten, erst recht nicht, wenn man in der Öffentlichkeit steht. Nach kurzer Zeit erfuhr es Mutter. Sie musste sich entscheiden, ob sie es hinnimmt oder die Konsequenzen zieht. Meine Eltern haben für sich eine Lösung gefunden und ich lebe damit. Warum soll ich kein Geld annehmen. Nehme ich es nicht, erhält es die Geliebte.«

»Zumindest musst du dir finanziell keine Sorgen machen. Aber das kann doch nicht erstrebenswert sein. Ich meine ... so ohne richtige Familie in den Tag leben. Ich kann immer mit meinem Vater reden ... oder mit meinem Bruder ins Kino gehen. Die habe ich immer in meiner Nähe und kann mich auf sie verlassen.«

Es entging mir nicht, dass Ralf die Augen verdrehte. Ihm schien Familie nicht allzu viel zu bedeuten.

»Dafür kann ich meinen Vater jederzeit anrufen und ihn um Unterstützung bei Projekten fragen.«

»Projekte? Was verstehst du unter Projekte?«

»Gott, ich meine zum Beispiel ... also, wenn ich mal nach Kanada will, um Bären zu beobachten. Oder so wie letztes Jahr, als ich nach Malaysia zu dieser Orang-Utan-Aufzuchtstation geflogen bin. Ruck zuck, war das Geld da. Herz, was willst du mehr?«

Es ist mir bis heute ein Rätsel, warum ich nicht zu diesem Zeitpunkt schon das Weite gesucht habe. Diese Lebenseinstellung vertrug sich ganz und gar nicht mit meiner Sicht des Lebens. Vom Grundsatz her widerte sie mich sogar an. Vielleicht hätte ich auch schon damals den Schlussstrich gezogen, wenn da nicht ...

»Hast du den Typen da drüben auf dem Hauptweg schon bemerkt? Ich habe den Verdacht, als würde der uns schon eine Weile beobachten. Siehst du ihn jetzt? Genau zwischen den beiden Birken, über dem breiten Busch. Jetzt haut er ab. Hat wohl bemerkt, dass ich ihn entdeckt habe.«

»Ich sehe Niemanden. Und du meinst, dass er uns schon die ganze Zeit ... sogar, als wir ...? Verdammt, das ist mir aber peinlich.«

»Jetzt ist er weg. Was soll's, dann hat er eben ein wenig Spaß gehabt. Wir sollten uns auch so langsam auf den Weg machen. Ich habe heute noch ein Treffen mit Freunden in Bochum. Können wir?«

Immer wieder sah ich hinüber zu den beiden Birken. Nichts wies darauf hin, dass noch vor wenigen Augenblicken von dort jede unserer Bewegungen beobachtet worden war.

Kapitel 23

Kommissar Haber legte auf, wischte sich den Schweiß von der Stirn und strich einen weiteren Namen aus seiner Liste. Wieder einmal wunderte er sich darüber, wie viele Männer allein im Ruhrgebiet wohnten, die man wegen ihrer schon extremen, krankhaft-religiösen Gesinnung auf die Verdächtigenliste gesetzt hatte. Sie waren in ihrer Gemeinde dadurch bekannt geworden, dass sie sehr radikale Ansichten gegenüber den Menschen vertraten, die nicht streng nach Gottes Geboten lebten. Hier und da waren sogar Namen von Mitbürgern genannt worden, die sich auffällig eng mit dem Satan solidarisierten. Ein Teil des Teams führte Gespräche mit den örtlichen Priestern und Pfarrern. Dort versuchten sie, mehr über auffällige Aktivitäten und deren verbale Aggressivität herauszufinden. In den meisten Fällen entpuppte sich das Ganze als üble Nachrede unter Gemeindemitgliedern. Gern unterstellte man diesen Sonderlingen, dass sie als Hassprediger den Teufel als den einzigen Seligmachenden darstellten. Die Liste war mittlerweile überschaubarer geworden, sodass die Beamten eine Gebietsaufteilung für Hausbesuche erstellen konnten.

In Reichweite bewahrte Haber immer die Liste der Fahrzeughalter auf, die einen dunkelfarbenen BMW fuhren. Immer mal wieder verglich er aus einer inneren Eingebung heraus die Namen miteinander. Neben den Haltern waren dort auch die möglichen Fahrer aus der näheren Verwandtschaft aufgeführt. Haber legte nachdenklich seinen Stift beiseite und starrte gedankenverloren auf das gegenüberliegende Gebäude des Landgerichts. An irgendeiner Stelle war ihm der Name Maltsack schon untergekommen ... aber wo? Er griff wieder einmal in den Stapel der Listen und suchte nach Übereinstimmungen.

»Ich gebe dir die verdammten Tuppersachen ja, reg dich doch nicht so auf. Warum sitzen wir stundenlang über unseren Inventar-Listen, wenn dir jeden Tag was Neues einfällt, was du unbedingt mitnehmen willst. Ich bestehe aber im Gegenzug darauf, dass du mir die Fotoalben mit den Bildern aus Südafrika überlässt. Zug um Zug. Moment mal, ich werde gerufen.«

Schlicht hielt die Hand über die Sprechmuschel, als Haber wild mit den Armen herumfuchtelte. Er stand in der offenen Tür und versuchte, die Aufmerksamkeit seines Chefs auf sich zu lenken.

»Was gibt es so Dringendes? Ich habe meine Frau am ...?«

»Sie müssen sofort ins Büro ... zu mir!«

»Ich muss Schluss machen, ein dringender Notfall. Wir machen das, wie ich gesagt habe. Erst die Fotos, dann die beschissenen Tuppersachen. Ich ruf dich wieder an.«

Ohne die Antwort abzuwarten, unterbrach er das Telefonat und eilte ins Nachbarbüro.

»Hier Chef, ich glaube, wir haben was. Das kann doch kein Zufall sein.«

Seine Finger zeigten auf zwei Stellen in verschiedenen Listen.

»Ja gut, aber was hat dieser Maltsack mit der alten Frau zu tun? Die heißt Hochschuh ... halt, warte ... der Neffe ... ja, das ist es. Mensch Haber, ich könnte Sie küssen. Das ist es.«

Haber fuhr seinen Drehstuhl vorsichtshalber einen Meter zurück, als Schlicht tatsächlich Anstalten machte, nach ihm zu greifen. Schlicht beschränkte seine Freude dann auf ein kräftiges Schulterklopfen. Völlig aus dem Häuschen lief er durchs Büro und dachte nach.

»Sie kommen mit mir. Ein Einsatzkommando sofort in die ... wo wohnt dieser Maltsack? ... in die Heißener Straße. Die sollen die Umgebung weiträumig absichern. Keiner unternimmt etwas, bevor ich das Zeichen dazu gebe. Alle sollen sich unauffällig im Hintergrund aufhalten.«

In dem Augenblick, als Haber nach dem Hörer griff, geschah es. Schlicht fasste Haber mit beiden Händen an den Ohren und drückte ihm einen Kuss auf die kahle Stelle des Kopfes, wo die Natur damit begonnen hatte, das Haupthaar zu lichten. Frau Hüskens, die in diesem Augenblick den Raum betrat, blieb wie angewurzelt stehen.

»Entschuldigen Sie, meine Herren, ich konnte ja nicht wissen, dass es so zwischen Ihnen steht. Chef, kann ich heute früher ...?«

»Nein, Hüskens. Heute nicht. Ich brauche jetzt die ganze Mannschaft. Wir haben diese verdammte Bestie am Wickel. Holen Sie alle zusammen. Ich fahre jetzt mit Haber nach Frohnhausen. Ich melde mich von unterwegs und werde weitere Anweisungen geben. Los geht´s.«

»Es ist das dritte Haus ganz am Ende von dem Weg. Da führt neben der Garagen-Einfahrt eine Treppe zur Haustür. Die Leute sind ums Haus verteilt. Ich denke, dass wir mit zwei Leuten des SEK von vorne reingehen, oder? Die Wohnung befindet sich in der ersten Etage rechts.«

Schlicht nickte, während seine Augen das gesamte Terrain untersuchten. Ihm gefiel gar nicht, dass in wenigen Minuten die Dunkelheit das Gelände unübersichtlich machen würde. Aber der Einsatz durfte auf keinen Fall aufgeschoben werden. Die Gefahr war einfach zu groß, dass Maltsack ein weiteres

Opfer beseitigte. Die Männer verständigten sich jetzt nur noch durch Handzeichen. Die Dämmerung ließ sie wie Schatten durch die Bäume gleiten, die den Eingang zum naheliegenden Friedhof markierten. Wenige Meter vor dem Haus, in dem nur ein Licht im Obergeschoss auf die Anwesenheit von Personen hinwies, blieben sie sichernd stehen. Jeder wartete darauf, dass Schlicht das verabredete Zeichen gab. Das Klingeln in Maltsacks Wohnung war bis auf die Straße zu hören. Nichts. Keine Bewegung im Haus. Schlicht entschloss sich dazu, in der Parterre-Wohnung zu schellen. Durch die Milchglasscheibe der Haustür war zu erkennen, dass die Dielenbeleuchtung eingeschaltet wurde. Das Kreischen der Gegensprechanlage ließ ihn zusammenzucken.

»Ja, hallo ... wer ist da?«

»Hier ist die Polizei, Hauptkommissar Schlicht. Machen Sie bitte die Tür auf. Wir müssen ins Haus.«

Es dauerte mindestens zehn lange Sekunden, bevor ein Summen des Türöffners zu hören war. Der Einsatzleiter drückte die Haustür weit auf und ließ den Kripoleuten den Vortritt, während er mit seiner Maschinenpistole den Hausflur nach oben sicherte. Schlicht drückte den Finger auf die Lippen, um dem älteren Herrn, der seinen kahlen Schädel ängstlich durch den Türspalt schob deutlich zu machen, dass er schweigen sollte.

»Wer ist denn da noch so spät an der Tür, Karl-Ludwig? Du sollst doch keinem Fremden aufdrücken.«

Die kreischende Stimme, die wohl seiner geliebten Frau gehörte, ließ Karl-Ludwig zusammenzucken.

»Das ist die Polizei, Maria, nur die Polizei. Alles in Ordnung.«

Schlicht wurde das Gefühl nicht los, dass diese Bemerkung zumindest die Bewohner der umstehenden Häuser von den Fernsehgeräten gerissen hatte. Er drückte genervt den Kopf des geplagten Seniors zurück in die Wohnung und zog die Tür ins Schloss. Die drei Männer huschten an ihm vorbei und postierten sich seitlich der Eingangstür von Maltsacks Wohnung. Schlicht klingelte nochmal, das Ergebnis blieb das Gleiche. Haber führte rein zufällig diverse Werkzeuge mit, die in nur Sekunden die Wohnung öffneten. Die Tür schwang auf. Mit entsicherten Waffen glitten die beiden SEK-Beamten in die Diele. Schlicht und Haber folgten mit vorgehaltenen Pistolen. Jeder Raum wurde inspiziert, mit dem Ergebnis, dass alle entspannt ihre Waffen sicherten und das Inventar näher in Augenschein nahmen.

Nichts. Enttäuscht über den Misserfolg trafen sich alle vier im Wohnzimmer. Sie nahmen sich jedes Detail der Einrichtung vor und sahen in jede Schublade. Dann wechselten sie in das Schlafzimmer. Kein Wäschestück blieb unberührt.

»Die Bude ist schon verdächtig unauffällig. Ich kann es nicht erklären, aber irgendwas ist an diesem Zimmer anders. Eigentlich hat dieser Maltsack eine recht große, komfortable Wohnung. Für einen Alleinlebenden doch ungewöhnlich groß. Warum presst der seine Schlafmöbel in den kleinsten Raum ... von dem Bad und der Diele mal abgesehen? Ich möchte hier nicht schlafen. Da bekäme ich Platzangst. Wartet mal ...«

Schlicht schritt die Wand neben der Eingangstür ab und tat das Gleiche in der Diele. Sein Kopf erschien wieder in der Türfüllung.

»Ich glaube, ich hab's. Kommt doch mal her. Im Schlafzimmer sind das von der Tür zur Wand ungefähr drei Meter.

Wenn ich von Tür zu Tür in der Diele messe, komme ich auf sieben Meter. Das Wohnzimmer hat jedoch von Tür zur Wand weniger als zwei Meter.«

»Da fehlen ja zwei Meter«, bemerkte Einsatzleiter Junkers.

»Genau, da fehlen glatt zwei Meter. Die müssen doch irgendwo geblieben sein. Also ...«

Haber war längst wieder im Schlafzimmer verschwunden und rief die restlichen Männer herein.

»Hier liegt der Hund begraben. Hört mal genau hin.«

Seine Faust schlug mehrfach an die Wand, direkt neben dem Schlafzimmerschrank. Das hohle Klopfen ließ die Beamten aufhorchen. Schließlich zog Haber eine kleine Kommode von der Wand. Schlicht zeigte auf den feinen Spalt, den die Tapete nun freigab. Er drückte vorsichtig gegen die Wandfläche, ohne dass sich etwas veränderte. Junkers tippte dem Hauptkommissar auf die Schulter.

»Darf ich mal?«

Als Schlicht beiseitetrat, drückte der SEK-Beamte mehrmals gegen die etwa türgroße Fläche. Sofort sprang sie einen Spalt weit auf. Alle Augen richteten sich bewundernd auf Junkers.

»Die Technik habe ich zuhause auch ... gibt es in jedem Baumarkt für ein paar Dollar und hat den Vorteil, dass ich keinen Türgriff brauche. Der Junge hat sich dabei sicher was gedacht. Darf ich vorgehen?«

Wieder zogen die Männer ihre Waffen und betraten vorsichtig den stockfinsteren, fensterlosen Raum. Dass mittlerweile hinter ihnen eine Person die Wohnung betreten hatte, war ihnen entgangen ... auch, dass er sofort schattengleich wieder verschwand. Haber fand einen Schalter, der direkt neben der Tür an der Wand angebracht war. Der etwa sechs Quadratmeter große Raum gab in seinem schummrigen, roten Licht eine Szene frei, die den Männern einen Schauer über den Körper trieb. Die lange Wand war übersät mit Fotos von jungen Frauen, die es jeweils in doppelter Ausführung gab. Neben den Aufnahmen von sorglos, oft lachend dreinblickenden Frauen, prangten Abbildungen von angstverzerrten Gesichtern, denen das Grauen, das sie erlitten haben mussten, anzusehen war. Einige Frauen hatten sich das Gesicht zerkratzt, Exkremente verteilten sich bis in die Haare, die Augen traten aus ihren Höhlen. An verschiedenen Händen hatten sich die Nägel von den Fingerkuppen gelöst. Die Panik dieser gepeinigten Kreaturen konnten die Männer körperlich spüren. Sie standen sprachlos vor dem Abbild des Grauens.

»Das gibt es doch nicht. Sowas kann doch ein Mensch nicht getan haben.«

Junkers hatte sich abgewandt und stützte sich mit beiden Händen an der gegenüberliegenden Wand ab. Auch Haber, der schon viele Tote in seinem Leben gesehen hatte, schluckte und bemühte sich, den Mageninhalt nicht zu verlieren. Schlicht wanderte schon langsam an der Wand entlang und inspizierte die Aufnahmen. Eine Hand strich dabei über das riesige Holzkreuz, das inmitten der Fotowand den gekreuzigten, blutverschmierten Heiland zeigte. Eine kleine Schale verbreitete noch den Geruch von Weihwasser, das zuvor darin aufbewahrt wurde. Junkers hatte seinen ersten Schock überwunden und zog mit seinen latexgeschützten Händen mehrere Peitschen aus einer Konsole.

»Dieses Arschloch hat sich wohl selbst damit gegeißelt. Da können Sie auf dem Boden noch Blutspuren sehen. Ich gehe jede Wette ein, dass das von dem Wahnsinnigen stammt.«

Schlicht schaltete sich ein.

»Mit dieser Selbstkasteiung wollen sich diese Verrückten schlimme Schmerzen zufügen, um das Leiden Christi nachzuempfinden. Manche wollen damit aber auch ihre Triebhaftigkeit überwinden. Vor einiger Zeit haben wir darüber mal mit Frau Doktor Henschel diskutiert, die ein Gutachten über einen Vergewaltiger anfertigen musste. Der hatte sich sogar den Schwanz abgeschnitten, um davon abzukommen. Man hat ihn früh genug gefunden, bevor er verblutete. Jetzt sitzt der in der Klapse.«

Die drei Männer sahen sich wortlos an und wunderten sich darüber, dass Schlicht kurz nach dieser ekelhaften Entdeckung derart sachlich über einen anderen Fall berichten konnte.

»Wir brauchen hier die Spurensicherung ... sofort. Und Haber, sie geben sofort eine Fahndung nach diesem Maltsack raus. Sobald hier die Sicherungsmaßnahmen abgeschlossen sind, lassen Sie die Horror-Bude versiegeln und das gesamte Material sofort ins Präsidium. Ich möchte untersuchen, ob auf irgendeinem Foto ein Hinweis darauf zu finden ist, wo der seine Opfer hingebracht hat. Hier waren die bestimmt nicht. Das ist nur seine Trophäensammlung.«

Schlicht machte eine kurze Pause und blickte stumm auf die Wand.

»Ist euch sonst noch nichts aufgefallen?«

Die Männer, die schon den Raum verlassen wollten, hielten inne und sahen sich fragend an.

»Zwei Dinge, meine Herren. Ich habe mal grob gezählt. Hier hängen die Bilder von mindestens fünfundzwanzig Frauen. Ich bin aber nicht auf ein Bild eines Kindes gestoßen. Was sagt uns das, Haber?«

»Nun ja, Chef. Ich denke, dass Sie auf dieses verschwundene Mädchen von damals anspielen, diese Martina Klaas. Dann haben wir ja noch etwas Hoffnung, dass sie eventuell noch lebt.«

»Genau, Haber. So, jetzt aber an die Arbeit. Hoffen wir, dass wir dieses Tier schnell finden. Ich meine, dass ich im Wohnzimmerschrank ein Album gesehen habe. Da müsste er doch drin zu sehen sein. Ich fahre jetzt noch zu seiner Tante, diese Maria Hochschuh. Die wohnt nicht weit von hier in Altendorf. Und vergesst mir den Computer nicht.«

Schlicht verließ den Ort des Grauens und bahnte sich den Weg durch die Einsatzfahrzeuge und weiß vermummten Kollegen, die diesen beschaulichen Ortsteil in Minutenschnelle in ein blaublinkendes Chaos verwandelt hatten. Die ersten Gerüchte zogen wie ein Sturm durch die Häuser. Ein Absperrband und mehrere Polizisten hinderten neugierige Nachbarn daran, in das Haus einzudringen. Smartphones hielten Beweise für die Berichterstattung in den sozialen Medien fest.

Erst als Schlicht seinen Ausweis zeigte, traten die beiden Männer widerwillig beiseite, die zuvor den Eingang zu dem Haus versperrten, in dem Maria Hochschuh wohnte. Die alte Dame bewohnte im Parterre eine kleine Zwei-Zimmer-Wohnung. Erst beim dritten Klingeln rührte sich etwas hinter der Tür.

»Wer ist denn da? Lasst mich verdammt noch mal endlich in Ruhe, ich habe kein Geld für euch.«

Die Stimme klang selbstbewusst und verärgert. Die Tür öffnete sich nur einen Spalt, die Sicherungskette spannte sich in Augenhöhe. Weiter unten entdeckte Schlicht den Kopf einer älteren Frau, deren zornige Augen den ungebetenen Besucher anblitzten.

»Was willst du frecher Kerl denn? Ich verpass jetzt durch deine Schuld den Anfang vom Tatort. Ich habe doch schon bezahlt, also lasst mich in Ruhe.«

»Ich bin von der Kriminalpolizei, Frau Hochschuh, ich hätte ein paar Fragen an Sie. Darf ich hereinkommen? Hier ist mein Dienstausweis.«

»Polizei? Wieso? Was habe ich mit der Polizei zu tun? Verhaften Sie lieber die Penner da draußen. Warten Sie einen Augenblick, ich muss meine Brille suchen.«

Sie drehte sich um und ließ Schlicht einfach vor der halboffenen Tür stehen. Aus den Tiefen des Raumes vernahm er immer wieder Wortfetzen. *Wo ist das Ding bloß? Wo habe ich die wieder hingelegt?* Schließlich erschien Frau Hochschuh mit einem Brillengestell auf der Nase, bei dem ein Glas fehlte.

»Wo ist denn jetzt dieser verdammte Ausweis? Zeigen Sie schon her!«

Nachdem sie ausgiebig den Ausweis auf Echtheit geprüft hatte, fummelte sie die Sicherheitskette umständlich aus ihrer Führung und trat beiseite. Erst jetzt konnte Schlicht die komplette Gestalt erkennen, die sich unter dem buntgeblümten Kittel verbarg. Eine weibliche Person, deren Alter irgendwo zwischen siebzig und hundert Jahren liegen dürfte. Das Gewicht schätzte er auf höchstens vierzig Kilogramm. Irgendwo zwischen den hunderten Falten entdeckte er unter der löchrigen Dauerwelle zwei listige Augen. Als er ihr ins Wohnzimmer folgte, weiteten sich ungläubig seine Augen, als sie ungeniert die Zahn-Vollprothese aus dem Wasserbad kramte. Nach zwei vergeblichen Versuchen schaffte sie es doch, die kunstvoll hergestellten Kauleisten zwischen zwei passenden Hautfalten verschwinden zu lassen. Eine völlig neue Stimme, die nicht vom fließenden Speichelfluss verzerrt wurde, forderte ihn zum Sitzen auf.

»Möchten Sie auch einen Kaffee ... der müsste noch warm sein? Den habe ich erst heute Morgen ... Wo habe ich denn die Plätzchen hingestellt? Moment noch.«

Schlicht hob entschlossen die Hände und hielt Frau Hochschuh an der Schulter zurück.

»Vielen, vielen Dank, gnädige Frau. Das ist sehr lieb gemeint, nur keinen unnötigen Aufwand. Meine Frau wird gleich bestimmt schimpfen, wenn ich ihr gestehe, schon satt zu sein und ihr Abendessen nicht anrühre. Lassen Sie uns einfach nur etwas unterhalten.«

»Nun gut, junger Mann. Was wollen Sie denn von mir? Den letzten Kerl habe ich vor dreißig Jahren gekillt.«

»Danke, das war ein guter Hinweis, dem wir dann später nachgehen werden. Jetzt geht es aber um ihren Neffen Richard. Wann haben Sie ihn zuletzt gesehen?«

Maria Hochschuh schien etwas enttäuscht, dass Schlicht auf ihre doch so lustige Bemerkung nicht weiter einging. Ihr Blick entspannte sich jedoch wieder.

»Was ist mit dem Kleinen passiert? Ach, der wollte mir eigentlich heute die alten Kleider zur Diakonie bringen. Normalerweise ist der ziemlich zuverlässig, aber heute ... das kenne ich so nicht von ihm. Dem werde ich aber mal die Meinung sagen. Das macht man nicht mit einer alten Frau. Schließlich muss er das ja nicht umsonst ...«

»Da haben Sie bestimmt recht. Was ich noch gerne wissen wollte. Fährt er noch immer ihren Wagen? Auf Ihren Namen ist doch immer noch ein BMW zugelassen, oder irre ich mich in dem Punkt?«

Schlicht war sich nicht sicher, ob ihn die ältere Dame wirklich verstanden hatte. Nach einer gewissen Verzögerung schüttelte sie den Kopf und öffnete eine Schublade, die sich direkt neben ihrem Sessel befand. Sie kramte darin herum.

»Richard hat gestern irgendwelche Papiere von mir gewollt. Er sagte, dass er die alte Schleuder, so drückte er sich aus, an einen Liebhaber verkaufen wollte. Woher er das Geld für einen neuen Wagen nimmt, hat er mir nicht gesagt. Hatte er vielleicht einen Unfall?«

Entsetzen machte sich auf dem Gesicht der leicht verwirrten Frau breit. Sie zog den Kittel eng unter dem Kinn zusammen und starrte den Hauptkommissar an.

»Nein, nein, machen Sie sich keine Sorgen. Was glauben Sie, wo könnte ich ihn jetzt wohl finden?«

Frau Hochschuh blickte zur Uhr. Schließlich stand sie auf und ging näher heran.

»Ach es ist ja schon acht Uhr durch. Dann müsste er in der Kirche sein. Das ist jetzt seine Zeit. Er möchte abends immer Gott sehr nahe sein. Ein guter Junge, das sagte ich ja schon.«

Sie setzte sich wieder und fuhr fort.

»Aber ist das nicht total bescheuert?«

Schlicht war irritiert und wusste diese Bemerkung nicht einzuordnen.

»Was meinen Sie damit? Was ist so bescheuert in Ihren Augen?«

»Na, der lässt sich von irgendeinem Typen für viel Geld ein großes Kreuz auf die Brust tätowieren. Gott hin – Gott her, das halte ich für etwas übertrieben. Ich bin der Meinung, dass es völlig ausreicht, wenn Gott in uns ist, der muss nicht auch noch als Bild auf unserer Haut erscheinen. Das sieht irgendwie doof aus. Rita hätte das niemals durchgehen lassen.«

»Rita? Wer ist Rita?«

»Ich denke, Sie sind von der Polizei? Sie kennen nicht einmal seine Frau Rita? Mensch, die ist doch damals abgehauen, als das mit seiner Tochter passierte. Die hatte zuhause die Hosen an, das können Sie mir glauben.«

Jetzt wurde es Schlicht zuviel, was er so nebenher über den Psychopathen erfuhr. Er kramte seinen Notizblock aus der Jackentasche und sah die Lady fragend an.

»Dann erzählen Sie mal, was damals passiert ist. Das hört sich doch sehr interessant an.«

»Möchten Sie immer noch keinen Kaffee? Ach nein, der ist ja jetzt kalt. Alles hat man mir auch nicht erzählt, das Meiste habe ich von den Nachbarn erfahren müssen. Ich weiß nur, dass Rita ihn verlassen hat, weil ihre Tochter ...«, ihre Stimme senkte sie, als würde jemand mithören ...», weil sie auf den Strich gegangen ist. Die war erst sechzehn, das muss man sich mal vorstellen. Irgendeine von den älteren Huren soll sie dazu überredet haben. Und das arme Kind ... ich darf mir das nicht vor Augen führen ... ist dann krank geworden. Irgendeine schlimme Geschlechtskrankheit, die viel zu spät entdeckt wurde. Die soll einen schrecklichen Tod gehabt haben.«

Wie hieß dieses Mädchen denn, wenn ich fragen darf?«

»Maltsack natürlich ... Sabine Maltsack. Sie wäre nächste Woche zweiunddreißig geworden. Dann fiel Richard noch beim Arbeiten vom Dach. Als er wieder aus dem Krankenhaus zurückkam, war Rita weg ... das Miststück. Der Teufel soll sie holen. Seitdem helfe ich dem Jungen etwas. Der hat so viel durchgemacht. Alles blieb an ihm hängen, die hat sich um nichts mehr gekümmert.«

Schlicht schrieb eifrig mit und bemerkte erst zu spät, dass die alte Dame aufgestanden war. Sie wühlte einen Augenblick in der Küche herum und erschien, begleitet von einem milden Lächeln, wieder vor seinem Stuhl.

»Hier, junger Mann, ich habe Ihnen ein paar Plätzchen eingepackt. Die können Sie ja nach dem Abendbrot gemeinsam naschen, bevor Sie mit Ihrer Frau ... na Sie wissen schon.«

Verschwörerisch kniff sie Schlicht ein Auge zu und ließ sich wieder in ihren Sessel fallen.

»Das ist sehr nett von Ihnen. Eine Frage habe ich noch. Gibt es irgendeinen Lieblingsplatz, an den sich Ihr Neffe gerne zurückzieht, wenn es ihm mal nicht so gut geht? Ich meine jetzt außer dieser Wohnung.«

Frau Hochschuh drückte, während sie überlegte, das Oberteil des Gebisses wieder in die korrekte Position. Sie schüttelte schließlich den Kopf.

»Nun, wenn es da nichts gab, will ich Sie auch nicht länger belästigen. Sollte Ihnen noch etwas zum Verbleib Ihres Neffen einfallen, hier ist meine Karte. Sie können mich immer erreichen ... Tag und Nacht.«

Beide gingen zur Tür, die jetzt wieder ordnungsgemäß entriegelt wurde.

»Hören Sie, Herr Schlicht, warum suchen Sie eigentlich nach dem Jungen? Wenn er vorbeikommt, wird er das bestimmt wissen wollen.«

»Da liegt uns eine Anzeige von einem Anwohner vor, der behauptet, dass Ihr Neffe ihn mit dem Auto angefahren hat. Das wäre nach dem Gesetz Fahrerflucht ... und das ist strafbar.

Er soll sich einfach melden, damit wir die Sache überprüfen können. Ihnen noch einen schönen Abend. Und schließen Sie wieder gut ab hinter mir ... man kann ja nie wissen.«

Für Schlicht baute sich allmählich eine Schreckensvision zusammen. Ein religiös gesteuerter Irrer befand sich scheinbar auf einem satanischen Rachefeldzug. Er nahm sich vor, sobald er zuhause war, seine Frau anzurufen. Ein Bauchgefühl trieb ihn dazu.

Kapitel 24

Das Leben wurde plötzlich sehr kompliziert. Nicht nur der Umstand, dass mir Mama als Kummerkasten fehlte, auch Papa ließ sich immer mehr in Depressionen hineingleiten. Jetzt kamen mindestens zwei Probleme hinzu, die ich mir zuvor nicht hätte vorstellen können. Ich hatte mich paradoxerweise Hals über Kopf in einen Kerl verliebt, den ich eigentlich gar nicht richtig liebte. Total bescheuert und unlogisch. Das hatte zur Folge, dass ein anderer Typ verrückt spielte, weil er mich liebte ... ich ihn aber nicht. Noch viel hirnrissiger, aber real.

Der Tag war wieder einmal anstrengend im Verkaufsraum des Blumenhandels, sodass ich froh war, endlich die Füße hochlegen zu können. Ein riesiges Stück Erdbeerkuchen verbreitete einen betörenden Duft und wartete darauf, in der Abendsonne auf dem kleinen Balkon von mir verspeist zu werden. Die Kaffeemaschine gluckste, während sie das heiße Wasser durch die Kapsel drückte. Ich hatte deshalb immer ein schlechtes Gewissen, wenn ich an den unglaublichen Plastikberg dachte, den wir damit unnötigerweise produzierten. Scheiß drauf ... diese eine Kapsel wird die Welt doch nicht zerstören. Basta.

Ich mochte den Klang dieser Türklingel von Anfang an nicht, an diesem Abend hasste ich ihn sogar. Durch den Türspion erkannte ich das Gesicht von Holger, das durch die Verzerrung der Linse völlig entstellt wurde. Ich zog das Shirt, das ich schon halb ausgezogen hatte, wieder über den Kopf, suchte mein freundlichstes Lächeln und öffnete. Holger murmelte, so glaubte ich wenigstens, ein *Hallo* und schob sich mit in den Hosentaschen vergrabenen Händen an mir vorbei. Mit lang von sich gestreckten Beinen saß er nun auf einem meiner Küchenstühle und schmollte. Ich lehnte mich an die Küchenfront und wartete ab.

»Erwartest du noch Besuch? Komme ich ungelegen?«

Wäre über mir eine Comic-Sprechblase erschienen, hätte sie ausschließlich Fragezeichen abgebildet. Ich musste in meinen eigenen vier Wänden eine Rechtfertigung dafür finden, dass ich über eine Erdbeerschnitte herfallen wollte. Das war mir dann doch ein wenig zuviel Dreistigkeit.

»Hast du irgendwas geraucht? Du kommst in meine Wohnung mit einem Gesicht, das allein für sich schon eine Beleidigung ist, grüßt nicht einmal richtig ... und jetzt willst du wissen, mit wem ich womöglich ein einzelnes Stück Kuchen teile? Siehst du hier irgendwo, dass für zwei oder mehr gedeckt wurde? Dass wir zwei befreundet sind, gibt dir nicht das Recht, mich zu kontrollieren. Das würde ich dir nicht mal gestatten, wenn wir verheiratet wären. So, das mal als Klarstellung.«

Meine Wut baute sich mit jedem Wort weiter ab, da ich in Holgers verdutztes Gesicht sehen durfte. Völlige Verzweiflung, da er wohl mit diesem Ausbruch nicht gerechnet hatte. Nun hatte ich Probleme damit, mein Lachen zurückzuhalten, was mir nur teilweise gelang. Ich drehte mich ab und suchte in der Küchenschublade nach einem Messer. Auf zwei Tellern sah das geteilte Erdbeerstück schon viel ungefährlicher aus.

»Möchtest du auch einen Kaffee dazu, du mürrischer Stinkfisch? Hättest mir fast den Feierabend versaut. Setz dich auf den Balkon, ich komme sofort.«

Ich wusste, dass Holger als Kind immer allergische Reaktionen zeigte, vor allem dann, wenn andere Erdbeeren aßen und er zugucken musste. Das wollte ich heute nicht riskieren. Mit den Kaffeetassen folgte ich ihm. Dabei übersah ich großmütig, dass er bereits aus seinem Kuchenstück eine Beere herausgepult hatte, die er jetzt unauffällig in der Backentasche versteckte. Mit dem Finger drückte ich auf die auffällig dicke Stelle in seinem Gesicht. Er schluckte das Beweismittel schnell herunter. Still aßen wir.

»Was treibt dich zu mir? Nicht dass ich deshalb böse bin, aber du hast bisher immer vorher angerufen. Also, was ist los?«

Holger schob die letzten Krümel auf seinen Kaffeelöffel und betrachtete sie traurig, bevor auch sie dem Kuchen folgten. Er nahm sogar noch einen Schluck, um dann endlich die Worte herauszupressen.

»Ich habe euch gesehen!«

»Du hast wen gesehen?«

»Ich habe gesehen, wie ihr es getan habt ... du und dieser Kerl.«

Tief in meinem Inneren klingelte es gewaltig. Sofort hatte ich die Szene vor Augen, als Ralf mich in die Geheimnisse der körperlichen Liebe einwies. Ich denke, dass mich mein angelaufenes Gesicht verriet.

»Siehst du, es ist wahr. Ihr habt es getan am helllichten Tag, und ausgerechnet ... an unserem Platz. Das ist unser Treffpunkt gewesen, hast du es schon vergessen? Dieser Dreckskerl hat dich verführt. Da durfte er nicht sein, dieses Schwein. Ich werde ihm das heimzahlen, das wird er noch bereuen.«

Ich suchte nach Worten, wusste nicht, wie ich diesem treuen Freund die Lage erklären konnte. Das musste die Hölle für ihn gewesen sein, als seine große Liebe sich der Sünde hingab. Erklärbar war es nicht, aber ich schämte mich deshalb.

»Es ... es tut mir so leid. Dass wir uns an diesem Platz trafen, war meine Schuld. Ich wollte ihm diesen schönen Ort einmal zeigen. Dass wir ... ich meine, dass es dann da geschah ... es war ja nicht geplant, es ergab sich einfach. Es tut mir ...«

»Ja, es mag von dir nicht geplant gewesen sein ... aber dieses Schwein hat die Situation ausgenutzt. Das war so ekelig, ich hätte ihn umbringen können. Ist das wirklich ernst zwischen euch ... ich meine ... liebst du ihn richtig?«

Holgers flehender Blick schnitt mir ins Herz. Er litt unter der Situation, wusste nicht damit umzugehen. Jedem anderen Menschen hätte ich ins Gesicht geschlagen, weil er sich wie ein notgeiler Voyeur hinter Büschen versteckt hielt, um Liebespärchen zu begaffen.

»Warum hast du ... verdammt, warum bist du mir überhaupt gefolgt? Das ist krank. Das tut man nicht. Kannst du dir vorstellen, wie peinlich mir das jetzt ist?«

»Ich bin dir nicht gefolgt.« Entsetzen breitete sich auf seinem Gesicht aus. »Ich wollte nur an unsere alte Stelle, um zu sehen, ob die Libellen schon ihre Jungen ...«

Ich sprang auf und lief ins Bad. Dort konnte ich endlich meine Gefühle herauslassen. Ich setzte mich auf den Wannenrand und weinte in meine Armbeuge.

Was war mit mir los? Warum schrie ich ihn nicht an, weil er uns belauscht hatte? Nein, ich weinte sogar aus einem Grund, den ich mir nicht erklären konnte. Immer wieder strömten neue Tränen nach, die ich nicht stoppen konnte.

»Geht es dir nicht gut, Andrea? Sprich mit mir. Soll ich gehen?«

Die jetzt zaghafte Stimme drang durch die Tür, direkt durch meine jetzt dünne Haut. Sie verursachte einen weiteren Tränenschub. Mit dem Shirt wischte ich die gröbste Nässe aus dem Gesicht und riss die Tür auf. Der lange Kerl hob schützend die

Arme vor das Gesicht, da er einem hysterischen Anfall meinerseits vorbeugen wollte. Ich schloss meine Arme um seinen Oberkörper und drückte meinen Kopf fest an seine Brust. Zögernd senkte er die Hände und strich mir sanft über den Rücken. Dieser Mann strahlte eine innere Wärme aus, die nicht zu beschreiben war. Minutenlang hielten wir uns engumschlungen, bis er seine großen Hände mit den schmutzigen Nägeln unter mein Kinn drückte.

»Habe ich dir wehgetan? Weinst du meinetwegen? Ich wollte euch nicht zusehen, das musst du mir glauben. Aber ich konnte einfach nicht weg, da hat mich etwas festgehalten. Er hätte dir ja auch etwas antun können ... da dachte ich ...«

Wieder zog ich dieses Riesenbaby fest heran und lachte.

»Nein, Holger, du hast mir nicht wehgetan. Ich glaube, das könntest du auch gar nicht. Ich bin so unendlich glücklich, dass ich dich als Freund habe. Glaubst du mir das?«

Ich blickte zu ihm hoch und spürte seine Hand auf meiner Wange. Wortlos fuhr er mir durchs Haar. Seinen Blick hatte er abgewandt, wohl, damit ich die einzelne Träne nicht sah, die er nicht verhindern konnte.

Kapitel 25

Die Hektik in den Räumen der Soko war unübersehbar. Die gesamte Maschinerie der Polizei lief auf Hochtouren ... bisher ohne jeden Erfolg. Richard Maltsack blieb wie vom Erdboden verschlungen. Das Foto des mutmaßlichen Mörders war auf jeder Titelseite, in jeder lokalen Nachrichtensendung zu sehen. Die Wohnung wurde Tag und Nacht beobachtet ... es war zum Verzweifeln. Die Beamten gingen hunderten Hinweisen von Menschen nach, die glaubten, ihn irgendwo gesehen zu haben. Sogar Trittbrettfahrer, die sich interessant machen wollten, riefen im Dezernat an, um sich zu stellen. Sie gaben sich als der Killer aus. Mittlerweile entwickelten die Ermittler ein Gespür dafür, wo ein Fake vorlag. Dieser eine Anruf aber schreckte sie auf.

»Chef ...!«

Haber winkte seinen Vorgesetzten heran, der wieder einmal mit der Lupe jedes einzelne Bild betrachtete, das sie aus Maltsacks Horrorkammer gesichert hatten. Mittlerweile bestand die Sammlung aus zweiunddreißig mutmaßlichen Opfern. Habers Gesichtsausdruck war anders ... er hielt den Hörer hoch und gab den Kollegen ein Zeichen, dass sie aufzeichnen sollten. Schlicht nahm ihm den Hörer aus der Hand und lauschte.

»Schlicht ... sind Sie das Maltsack? Ich hatte Ihren Anruf schon viel früher erwartet. Möchten Sie sich stellen oder wollen Sie sich mit mir treffen? Wir können über alles verhandeln.«

»Reden Sie keinen Scheiß, Schlicht, und versuchen Sie nicht, mich in ein längeres Gespräch zu verwickeln. Meine Position erfahrt Ihr nicht. Nur kurz zu ihrer Info. Weil Ihr in mein Reich eingebrochen seid, werde ich jemanden bestrafen müssen. Nein, nicht Sie. Das wäre doch zu einfach und viel zu früh. Es wird jemand sein, der Ihnen sehr nahe steht. Die Hölle wartet auf die Person, denn ich will Sie damit treffen, Schlicht. Sie tragen die alleinige Schuld an dieser eigentlich unnötigen Tat, die ich nicht gerne erledige. Aber es muss sein. Ein Engel wird in das Reich des Satans eintauchen.«

»Warum muss ...?«

Hauptkommissar Schlicht und alle Personen, die dem Gespräch gefolgt waren, hielten die Luft an, als nur noch der Freiton zu hören war. Sein Blick ging zum Techniker, der traurig den Kopf schüttelte.

»Das war zu kurz, Chef. Aber der Anruf kam aus dem Ortsnetz Essen.«

Betroffenheit machte sich im Raum breit. Jeder beschäftigte sich mit irgendetwas, nur um die Hilflosigkeit nicht zeigen zu müssen. Haber war wieder der Erste, der das Wort ergriff.

»Ihre Frau wird rund um die Uhr bewacht. Wen könnte er gemeint haben, den wir noch nicht auf der Liste haben? Gibt es noch Verwandte hier in der Gegend? Ihre Tochter lebt in der Schweiz. Tut mir leid Chef, dass ich Sie das fragen muss ... gibt es eine ... Geliebte?«

»Nee, keine Geliebte. Aber Sie bringen mich da auf eine Idee. Ich meine, wenn die Scheidung durch ist, Haber. Verdammt, wen könnte der Sauhund nur meinen, ich habe keine Ahnung?«

Innerlich zerwühlt setzte er sich wieder an den Schreibtisch und nahm die Lupe in die Hand. Sein Blick glitt über die Fotos, ohne die Einzelheiten wahrzunehmen. Seine Gedanken schwirrten wie Hornissen durch seinen Schädel. Es konnte, es durfte kein weiteres Opfer geben. Sie wussten doch schließlich, wer sich hinter der Fassade verbarg. Wo versteckte sich dieses Untier? Hatte er eine Möglichkeit gefunden, sich unerkannt unters Volk zu mischen? Hatte er sein Äußeres dermaßen verändern können, dass niemand ihn erkannte. Sie hatten herausgefunden, dass er sich schon mehrere Tage nicht mehr auf seiner Arbeitsstelle gemeldet hatte, wo er als Dachdecker arbeitete und bei allen als friedliebender Mensch bekannt war. Wie konnte ein Mensch, der als absolut liebenswert galt, dermaßen ausrasten und schlimme Taten ausführen. Selbst wenn sie ihn zu fassen bekamen, würde es schwierig, ihm einen Mord nachzuweisen. Das würde ein Indizienprozess, denn es gab schließlich bisher keine Leichen.

Es musste sein, obwohl ich gegen Gefühle ankämpfte, die sich tief in meinem Inneren austobten. Ralf war der Mann, der mir Augenblicke schenkte, die ich nie zuvor erlebte, die mich auf eine ganz besondere Art berührten. Und doch meldete sich immer wieder ein Signal, das mir sagte, dass ich mich in etwas hineintreiben ließ, das ich irgendwann bereuen würde. Seine erotische Ausstrahlung war das Eine, doch war er nicht der Mann, dem ich bis ans Ende der Welt folgen würde. Da fehlte das gewisse Etwas. Genau diese Erkenntnis gab den Ausschlag. Heute musste ich es loswerden. Noch eine Stunde bis wir uns im Café in Rüttenscheid trafen. Mein Smart schnurrte über die Kreuzung Wickenburg, Richtung Haarzopf. Das Mühlbachtal zog mich seit meiner Kinderzeit immer wieder magisch an. Ich wollte einfach den Kopf bei meinem Libellenpärchen freibekommen.

Die Gedanken zauberten auf dem Weg zum Wald bunte Bilder, sodass ich den hinkenden Mann erst sehr spät erkannte, der sich in der Mitte der Straße bewegte. Er winkte mit schmerzverzerrtem Gesicht in meine Richtung. Er hielt sich mit der anderen Hand eine stark blutende Wunde auf seinem kahlen Schädel. Er konnte aber nicht verhindern, dass das Blut in dünnen Rinnsalen durch seine Finger lief. Nur Zentimeter vor ihm brachte ich meinen motorisierten Rollschuh zum Stehen und blickte entsetzt auf die Gestalt, die unter schlimmen Schmerzen leiden musste. Schon als Kind erzeugten blutende Wunden bei mir ein Schwindelgefühl, den Drang, wegzulaufen. Ich versuchte, die Panik zu unterdrücken, die mich wie ein Gespenst anfiel.

»Kann ich Ihnen helfen? Oh Gott, was ist mit Ihnen passiert? Sind Sie angefahren worden? Ich helfe Ihnen, warten Sie einen Augenblick.«

Nur durch einen beherzten Zugriff konnte ich den Sturz des Mannes verhindern. Ich ließ ihn langsam auf den Boden gleiten. Mit letzter Kraft hielt er sich an meinem Arm fest und verzog schmerzhaft das Gesicht.

»Ich bringe Sie ins Klinikum. Sie müssen nur aufstehen und sich ins Auto setzen. Ich kann aber auch den Notarzt anrufen. Ja, das wird wohl auch das Beste sein.«

Die schwache Stimme ließ mich einen Moment innehalten, das Smartphone hielt ich bereits in der Hand.

»Bitte ... haben Sie ... haben Sie ein Tuch? Ich muss ...« Er machte eine kurze Pause, holte erneut Luft. »In der Tasche ... meine Medizin ... geben Sie mir meine Medizin, bitte.«

Ich suchte in seinem Anorak und erwischte eine kleine Flasche, in der sich eine klare Flüssigkeit befand. Da war noch der Wunsch nach einem Tuch. In der gleichen Tasche befand sich auch ein angeschmutztes Taschentuch, das ich ihm anreiche.

Er lockerte den Verschluss und presste einige undeutliche Worte hervor. Ich bückte mich, um ihn besser verstehen zu können. Das war das Letzte, was ich bewusst mitbekam. Der Lappen legte sich über Mund und Nase. Nur Sekunden später befand ich mich in einer anderen Welt.

Als ich die Augen mühsam öffnete, umgab mich absolute Dunkelheit. Der bestialische Geruch, den ich einatmete, verursachte ein heftiges Würgen. Meine Hände stützten sich auf etwas ab, was ich als dünne Matratze identifizierte, die mit übel riechenden Decken belegt war. Sie fühlten sich klamm an und waren übersät, wie ich später feststellen musste, mit großen, ausgehärteten Blutflecken. Ich war demnach nicht das erste Opfer dieses Mannes.

Mit einer unglaublichen Brutalität schlug bei mir die Erkenntnis ein, dass ich wahrscheinlich genau dem Psychopaten in die Hände gefallen sein musste, über den die halbe Welt berichtete, den man wie die Nadel im Heuhaufen suchte. Die Angst überfiel mich schlagartig. Meine Glieder gehorchten mir nicht mehr, sie begannen zu beben, ohne dass ich es verhindern konnte. Ich schlug die Hände vor das Gesicht ... zumindest versuchte ich es. Ein gewaltiger Schmerz, der von den tief ins Fleisch schneidenden Kabelbindern herrührte, zuckte durch den Körper. Der Wahnsinnige hatte mich mit einer an der Wand befestigten Kette an diese Unterlage gefesselt. Die aufsteigende Panik begann sich in mir auszubreiten.

Das leise Scharren und Fiepen verstärkte sich allmählich, es zeigte mir deutlich, dass ich mich in Gesellschaft von Ratten befinden musste. Sie besaßen mir gegenüber den Vorteil, dass sie in ihrer Umgebung sehen konnten. Instinktiv rollte ich mich zusammen und zog die Decken bis ans Kinn. Nach kurzer Zeit stand ich vor der Entscheidung, ob ich mich den Angriffen der Ratten aussetzen wollte oder an dem bestialischen Gestank der Decken ersticken wollte. Ich entschied mich aus einem reinen Selbsterhaltungstrieb dazu, den Kampf mit den kleinen Vierbeinern aufzunehmen. Ich lauschte in die Dunkelheit, versuchte dabei, meinen Puls zu beruhigen. Das laute Pochen des Blutes übertönte bisher jegliches Nebengeräusch. Nichts. Mir schien allerdings, als würde der Boden leicht vibrieren. Ein gleichmäßiges Rauschen, nein ein Pumpgeräusch durchdrang die ängstigende Stille des Raumes. Um mich herum musste es also irgendeine Aktivität geben, die auf eine Industrieanlage schließen ließ. Wo Industrie war, mussten auch Menschen sein, das war meine Hoffnung.

»Hilfe ... hört mich jemand? Holt mich hier raus ... bitte.«

Die letzten Worte konnte ich nur noch flüstern, da ich mir der Sinnlosigkeit meiner Bemühungen schlagartig bewusst wurde. Der Mann würde seine Opfer mit Sicherheit nicht dort verstecken, wo sie jederzeit gefunden werden konnten. Hier war kein Mensch! Eine Erkenntnis, die bei mir einen Weinkrampf hervorrief. Die Hoffnungslosigkeit zog wie eine schleichende Krankheit durch meinen Geist und entzog dem Körper jegliche Kraft ... eine Kraft, die ich dringend benötigte, um nicht völlig irrsinnig zu werden.

»Was habe ich dir getan, du Bestie? Warum tust du mir das nur an? Ich will doch nur weiterleben!«

Ein letztes Mal schrie ich alles in die unendliche Stille ... das leise Echo verhöhnte mich.

Kapitel 26

»Haber ... kommen Sie doch mal her. Ich glaube, ich habe da was. Können Sie erkennen, was das da im Hintergrund sein könnte? Ihre Augen sind besser als meine.«

Kommissar Haber legte die Stadtkarte beiseite und stellte sich hinter den Soko-Leiter. Er starrte auf die Stelle, die ihm Schlicht zeigte. Er nahm die Lupe und das Bild vom Tisch, hielt beides dicht vor das Auge.

»Darf ich da mal eine Vermutung äußern? Ich würde sagen, dass es sich hierbei um eine Männertoilette handelt. Es sind nur Schmierereien von Frauenkörpern zu erkennen. Also ... eine Industrieanlage, in der ausschließlich Männer tätig sind. Wenn ich mir den umliegenden Putz ansehe, der schon großflächig abgebröckelt ist, gehe ich davon aus, dass der Betrieb schon lange eingestellt wurde.«

»Gut Haber, das deckt sich mit meinen Überlegungen. Gehen wir davon aus, dass dieses Arschloch seine Opfer nicht kilometerweit entfernt versteckte, er sich also im Essener Stadtgebiet bewegte, sollten wir herausfinden, wo sich im hier verlassene Industriebrachen befinden, die ausschließlich von Männern geführt wurden. Ich denke da an Stahlproduktion, Zechen, Verzinkereien usw. Die Männer sollen herausfinden, wo sich solche unbewirtschafteten Betriebe befinden. Genau da sollten wir suchen. Besorgen Sie mir bitte eine zweite Stadtkarte für den Besprechungsraum und ...«

Das aufgeregte Winken Hüskens unterbrach ihn und ließ ihn auf der Stelle erstarren. Auch alle anderen Mitarbeiters des Teams, die sich im Raum befanden, spürten, dass sich etwas Schlimmes anbahnte. Jeder von ihnen hatte in diesem Punkt einen untrüglichen Instinkt entwickelt- Hüskens deutete an, dass Schlicht ans Telefon gehen sollte. Der erhobene Zeige-finger sagte ihm, dass der Anrufer auf Leitung eins war. Schlicht konnte nicht verhindern, dass seine Hand zitterte.

»Schlicht, verdammt, warum melden Sie sich nicht. Ich habe eine Überraschung für Sie. Aber sind Sie ehrlich, darauf haben Sie doch schon gewartet, oder? Ich halte immer, was ich ver-spreche.«

»Was wollen Sie? Ich habe nicht endlos Zeit. Ich bin damit beschäftigt, einen Irren dingfest zu machen.«

»Warum so ungeduldig? Ich soll Sie von meinem süßen Engel Andrea grüßen. Sie fühlt sich mittlerweile sehr wohl bei mir. Hat sich gut eingelebt.«

»Wer ist Andrea? Ich verstehe Sie nicht. Warum sollte ich Ihren Engel, wie Sie ihn nennen, kennen?«

Schlicht blickte fragend in die Runde. Nur Schulterzucken.

»Sie wollen mir jetzt verkaufen, dass Sie das hübsche Mäd-chen, das Sie im Café trafen, nicht kennen? Sie verleugnen dieses zauberhafte Wesen? Das ist kein guter Charakterzug von Ihnen. Pfui Teufel.«

Jetzt endlich erreichte die Erkenntnis den Hauptkommissar mit Urgewalt. Seine Gesichtsfarbe entwich augenblicklich, wurde durch tödliche Blässe ersetzt.

»Ja, ich erinnere mich, Maltsack. Doch das war nur eine zufällige Begegnung. Ich kannte dieses Kind von früher. Was bezwecken Sie damit? Diese Frau gehört doch gar nicht zu Ihrem Beuteschema. Sie ist keine Hure. Das ist ein gottesfürch-tiges, unschuldiges Wesen.«

»Genau das ist es. Eine Hure wird sie auch niemals werden, das verspreche ich Ihnen. Das Schicksal werde ich ihr ersparen. Leben Sie wohl, Schlicht. Ich habe zu tun.«

Wieder hörten alle im Raum nur das Freizeichen. Ein Techniker starrte wie gebannt auf seinen Bildschirm und hob den Hörer ab.

»Schicken Sie sofort einen Wagen zur Telefonzelle Ecke Kaupen- und Hölderlingstraße. Dort hält sich vermutlich der gesuchte Richard Maltsack auf. Das Gebiet weiträumig absperren.«

Haber und Schlicht griffen gleichzeitig nach ihren Jacken und hetzten die Treppe zum Parkplatz herunter. Das eingeschaltete Blaulicht erleichterte Ihnen, durch den Verkehr zu kommen. Gerade einmal siebzehn Minuten nach dem Anruf kam ihr Wagen mit kreischenden Reifen vor der Telefonzelle zum Stehen. Etliche Beamte der Schutzpolizei hatten bereits Position bezogen und befragten Passanten. Einer der Beamten winkte die beiden Kripoleute heran.

»Das ist Frau Stifter. Sie meint, dass sie vor etwa zehn bis fünfzehn Minuten einen Mann in der Telefonzelle gesehen hätte.«

Schlicht ging auf die Frau mittleren Alters zu, die sich den Kragen des Mantels hochgeschlagen hatte, um sich gegen den kalten Wind zu schützen. Sie warf keinen Blick auf den Dienstausweis, den ihr Haber unter die Nase hielt. Sie plapperte sofort los.

»War das etwa dieser Massenmörder? Der sah ja gruselig aus. Mein Gott, wenn ich nur daran denke. Sehen Sie hier ...«

Sie schob einen Ärmel des Mantels hoch, sodass die drei Männer einen Blick auf ihre Gänsehaut werfen konnten.

»Können Sie uns kurz beschreiben, was Sie genau gesehen haben? Wie sah er genau aus? Wie war er gekleidet? Hatte er ein Fahrzeug, mit dem wegfuhr?«

Haber blieb ruhig, obwohl er die Frau hätte schütteln können.

»Also, der hatte eine ... ja, er hatte eine Glatze. Dieser unheimliche Blick, gruselig. Und dann der schwarze Bart.« Wieder rieb sie sich fröstelnd über die Arme.

»Von wo aus haben Sie ihn denn gesehen, gnädige Frau?«

»Ich stand genau da drüben ... direkt neben dem weißen Golf. Ich kam von meiner Schwester. Die musste dringend zum Arzt. Wissen Sie, dann passe ich immer auf die Hunde ...«

»Bitte, Frau Stifter ... so heißen Sie doch, oder ... bleiben wir bei diesem Mann. Sie sagen, sie standen dort drüben beim Golf. Das sind immerhin fünfundzwanzig Meter. Wie konnten Sie denn da erkennen, dass er so gruselige Augen hatte? Wie war er denn gekleidet? Können Sie uns dazu etwas sagen?«

»Hören Sie, mein Herr, wenn Sie meine Aussage anzweifeln, dann können wir auch sofort aufhören. Ich habe sehr gute Augen.«

Schlicht legte seine Hand auf den Arm der Frau, um sie zu beruhigen.

»Das zweifelt mein Kollege auch nicht an. Aber sehen Sie, der Golf dahinten ist grau. Da ist eine solche Frage doch verständlich. Was trug der Mann denn nun wirklich? Hatte er ein Auto? Bitte, das ist sehr wichtig.«

Frau Stifter überzeugte sich mit einem zweiten Blick auf den Golf, dass der Hauptkommissar wirklich recht hatte. Mit gesenktem Blick fuhr sie fort.

»Der trug so einen grünen Parka, den die jungen Leute heute im Wald tragen, wissen Sie? Ich glaube ... warten Sie ... eine blaue oder graue Jeans ... mit solchen Turnschuhen. Alle tragen heute diese komischen Turnschuhe. Das finde ich ...«

»Bitte, Frau Stifter. Was ist mit dem Auto?«

»Der hatte kein Auto. Was reden Sie immer von dem Auto? Dieser Kerl ist mit so einem Fahrrad weggefahren ... so ein Sportrad.«

»Sie meinen ein Mountainbike? Welche Farbe?«

Haber musste sich zurückhalten, seine Geduld wurde auf eine harte Probe gestellt.

»Welche Farbe? Das weiß ich nicht. Ich stand ja schließlich da hinten neben dem wei ..., dem grauen Golf. Sie verlangen aber auch Sachen von mir. Gibt es da eine Belohnung, wenn der Kerl ...?«

»Sie hören noch von uns. Jetzt wird dieser freundliche Beamte ihre Aussage noch einmal notieren. Sie haben uns sehr geholfen. Ihnen noch einen schönen Tag.«

Schlicht zog Haber am Ärmel Richtung Telefonzelle. Dass der dabei die Augen verdrehte, entging dem Assistenten nicht.

»Sofort die Fahndung dahingehend verändern, dass dieser Maltsack mit großer Wahrscheinlichkeit sein Äußeres geändert hat. Also lassen wir das Fahndungsfoto mit Glatze und Vollbart anfertigen. Aber beide Varianten rausschicken. Ich fahre zurück ins Präsidium. Will mich aber vorher mal bei meiner Pseudo-Geliebten melden. Hüskens wird mir sicher die aktuelle Adresse heraussuchen können.«

Schlicht stoppte seinen Dienstwagen direkt unterhalb des Hauseingangs. Aufmerksam die Umgebung beobachtend, suchte er die Klingelschilder ab, bis er auf den Namen Lesbe stieß. Sein Klingeln blieb unbeantwortet. Er versuchte es mit einer anderen Schelle. Kurz darauf hörte er den Türöffner und betrat das Treppenhaus. Niemand schien sich dafür zu interessieren, wer das Haus betreten wollte. Schlicht nahm die ersten Stufen und blickte überrascht auf einen jungen Mann, der es sich in der Eingangstür zu Frau Lesbe auf dem Boden gemütlich gemacht hatte. Als sich Schlicht näherte, sprang er auf und sah den Kripomann erwartungsvoll an.

»Wollen Sie ... wollen Sie zu Andrea? Sind Sie nicht dieser Kommissar, der damals auf dem Schulhof ...?

»Dann sind Sie sicher der junge Mann, der sie beschützen wollte. Habe ich recht?«

»Holger Mastrich. Ich bin der Freund von Andrea ... immer noch. Ich weiß nicht, was mit ihr ist. Sie fehlt schon den zweiten Tag auf der Arbeitsstelle. Wir hatten uns für heute verabredet. Sie ist bestimmt mit diesem Spinner unterwegs. Wenn ich den Scheißkerl in die Hände kriege, dann ...«

»Halt, einen Moment. Von welchem Kerl sprechen wir gerade? Hat Andrea jemanden kennengelernt, den Sie auch kennen? Und mit dem ist sie Ihrer Meinung nach vermutlich jetzt zusammen? Können Sie mir diesen Mann näher beschreiben? Kennen Sie seinen Namen und den Wohnort?«

Holger wurde diese Situation sichtlich unangenehm. Mit kleinen Stottereinlagen schilderte er Schlicht den Tag, als er versehentlich das Tête-â-Tête miterleben musste. In den letzten Tagen hätte sie ihm versprochen, das Verhältnis aufzulösen, da sie darin etwas Falsches sehe.

»... und heute wollte sie mir davon erzählen. Sie war so entschlossen. Hoffentlich hat der sie nicht angefasst, dann ...«

»Sie wissen also nicht, wo er wohnt?«

Schlicht hob aus einem antrainierten Affekt heraus die Arme schützend vor das Gesicht, als Holger Mastrich mit einem wilden Schrei aufsprang und die halbe Treppe zur offenstehenden Haustür hinunterstürzte. Sofort spurtete er hinterher, um noch mitzubekommen, wie sich Mastrich auf einen jungen, blonden Mann stürzte, der den kurzen Weg zum Haus nichtsahnend heraufkam. Schon nach dem ersten Schlag, der ihn auf die Schläfe traf, blieb der Blonde benommen liegen. Mastrich warf sich mit einem Urschrei auf den Liegenden und traktierte ihn mit weiteren Schlägen.

»Du verdammte Sau, was hast du mit Andrea gemacht? Ich schlage dich tot. Wo ist sie?«

Schlicht ergriff den erhobenen Arm, mit dem Mastrich erneut zuschlagen wollte und drehte ihn auf den Rücken.

»Mastrich, hören Sie auf damit. Der Mann hat nichts mit dem Verschwinden von Frau Lesbe zu tun. Ich weiß das genau.«

Beide Männer starrten Schlicht entgeistert an, stellten aber ihre Kampfhandlungen ein. Der Kommissar half beiden hoch, die sich jetzt mit feurigen Blicken musterten und jederzeit bereit waren, die Auseinandersetzung fortzusetzen. Holger Mastrich drehte sich jetzt endgültig dem Kripomann zu.

»Sie wussten, dass Andrea verschwunden ist, und haben mich reden lassen? Sind Sie bescheuert? Warum sind Sie überhaupt hier. Das ist doch kein Zufall. Jetzt spucken Sie endlich die Wahrheit aus, verdammt.«

Schlicht sah ein, dass er jetzt tatsächlich die Katze aus dem Sack lassen musste. Die jungen Männer konnten es nicht fassen, als Schlicht von dem letzten Telefonat berichtete. Einige Nachbarn wunderten sich über die drei Männer, die auf der untersten Stufe des Hauseingangs rege diskutierten.

»Halt ... warum bin ich da nicht früher drauf gekommen. Wir rufen Andrea an, Sie kann uns dann sagen, wo sie ist.«

Schlicht sah das aufflammende Feuer in Mastrichs Augen, die Hoffnung, die in ihm aufkeimte.

»Ich sage es Ihnen nicht gerne, Herr Mastrich, aber ich glaube nicht, dass der Mann, in dessen Hände sie sich mutmaßlich befindet ... ich meine, dass er ihr wohl kaum ein Telefonat gestattet. Ich kenne seine Raffinesse. Wir können darauf hoffen, dass er einen winzigen Fehler macht und das Smartphone noch nicht ausgeschaltet wurde. Dann können wir es orten und ... Geben Sie mir bitte Andreas Nummer. Ich werde sofort die Ortung beantragen.«

Holger Mastrich musterte Ralf Kolberg mit wütenden Blicken, als der die Mobilnummer auswendig dahersagte. Hier saßen zwei Männer, die jederzeit übereinander herfallen konnten. Nur die Angst um Andrea hielt sie davon ab. Schlicht gab die Nummer zur Zentrale weiter. Das Ergebnis war, wie es Schlicht befürchtet hatte. Das Smartphone war stillgelegt, wahrscheinlich zerstört worden.

»Meine Herren, ich muss jetzt zurück ins Büro. Darf ich Sie darum bitten, mir ihre Rufnummern zu geben, nur für den Fall, dass ich eine Auskunft von Ihnen brauche. Und bitte ... bleiben Sie vernünftig. Gewalt löst nicht unser gemeinsames Problem. Wir werden alles tun, um Frau Lesbe zu finden ... das verspreche ich Ihnen.«

Schlicht wusste zu diesem Zeitpunkt noch nicht, dass er dafür in die Hölle hinabsteigen musste.

Kapitel 27

Die Zunge klebte wieder einmal am Gaumen fest, der Durst brachte mich fast um den Verstand. Noch immer kein Zeichen dafür, dass dieser kranke Typ wieder auftauchte. *Wollte er mich nun endgültig verdursten und verhungern lassen? Das ergab keinen Sinn. Er hatte sich viel Mühe gegeben, mich zu entführen, mich am Leben zu halten. Warum sollte er mich solange eingesperrt halten, nur um die Genugtuung zu haben, dass ich Tage gelitten habe?*

Die Erschöpfung hatte mir sogar eine Zeit des Schlafes beschert. Wie lange es war, konnte ich in diesem dunklen Kerker nicht einschätzen. Jegliches Zeitgefühl ging in dieser Abgeschiedenheit verloren. Hin und wieder trat ich nach den allzu neugierigen Viechern, die immer wieder über meine Glieder huschten. Das darauf folgende Quieken gab mir ein Gefühl von Genugtuung.

Da ... ein Geräusch. In weiter Ferne glaubte ich, dass eine Tür geöffnet worden war. Schritte. Waren das nicht Schritte, die immer näher kamen? Angst und Erleichterung wechselten sich ab, während ich angestrengt auf weitere Geräusche wartete. Metall stieß aneinander, das relativ hohl klang, so als würden Becher aneinandergestoßen.

Es kehrte wieder Ruhe ein. Die eintretende Stille schmerzte, weil die Sinne außergewöhnlich geschärft waren. Mit dem Durst wuchs eine Angst, die ich am Liebsten laut herausgeschrien hätte. Doch das Warten auf einen erlösenden Schluck Wasser verdrängte den Wunsch.

Der Schlüssel drehte sich im Schloss, mein Herzschlag setzte für einen Augenblick aus. Entweder brachte mir der Wahnsinnige wieder Essen und Trinken oder den Tod. In diesem Augenblick wusste ich nicht, was ich mir eher herbeisehnte. Einen weiteren Tag würde ich auf keinen Fall durchstehen. Ich las einmal, dass der Mensch tatsächlich bis zu vier Tage ohne Wasser auskommt, was natürlich von der Umgebungstemperatur abhängt. Dann dehydriert der Körper, und die Exsikkose, besser das Austrocknen des Körpers, führt zum Tod. Ich hatte keine Ahnung, wie lange ich schon ohne Wasser hier zubrachte.

Obwohl die an einem Kabel freihängende Lampe kaum Licht verbreitete, riss ich die Hände vor das Gesicht, was die Ketten auf halbem Wege verhinderten. Der Schmerzensschrei, den die einschneidenden Kabelbinder verursachten, verkümmerte zu einem Krächzen. Meine völlig vertrockneten Lippen rissen weiter auf. Das geronnene Blut und der ausgetrocknete Speichel hatten sie verklebt. Ich versuchte, durch die zusammengekniffenen Augenlider, meinen Peiniger zu erkennen, was ich im gleichen Augenblick bereute. Das Licht hatte die Rattenschwärme verängstigt, die sich nun in einer Ecke zusammenrotteten. Sie versuchten alle gleichzeitig die Flucht durch die einzige Öffnung in der Wand.

Der Kahlköpfige schob sich langsam in die Mitte des Raumes, seine Glatze hatte er noch mit der Kapuze seines Shirts bedeckt. Statt einer Hose trug er heute einen Rock. Das Gesamtbild, das sich mir offenbarte, erinnerte an einen Mönch. In seiner Armbeuge erkannte ich einen Korb, den er elend langsam vor mir auf dem Boden absetzte.

Ich konnte es nicht glauben, nahm an, dass mir der Durst ein Scheinbild vor Augen führte. Da lagen Obst und Brote, sogar ein Flasche Schorle. Bisher bekam ich als Essen einen Einheitsbrei, den ich anfangs immer wieder erbrach. Irgendwann lernte ich, den Fraß im Magen zu halten. Heute sah ich nach langen Tagen endlich wieder normales Essen, das mir immer noch wie eine Fata Morgana vorkam. Wortlos zog er ein Stilett aus dem Korb und begann damit, die Brotscheiben in kleine Würfel zu schneiden. Bevor er eine Wasserflasche öffnete, zerkleinerte er noch in aller Seelenruhe einen Apfel. Das Zischen der Wasserflasche war das schönste Geräusch, das ich jemals in meinem kurzen Leben zu hören bekam. Etwas Wasser füllte er in einen Becher, den er mir vorsichtig an die schmerzenden Lippen setzte. Immer wieder setzte er ab, damit ich nicht zuviel auf einmal trank.

Dankbar nahm ich die Brotstücke an, die er mir wie einem Baby an die Lippen führte. Kein Wort. Absolutes Schweigen begleitete dieses seltsame Mal, das etwas Feierliches an sich hatte. Es wirkte schon fast wie ein Ritual. Völlig ausdruckslos folgten seine Augen dem Geschehen. Sie zeigten in diesem Augenblick, obwohl es sich in dieser Situation total bescheuert anhörte, etwas wie Güte und Zufriedenheit. Ich war ihm auf jeden Fall unendlich dankbar für das, was er gerade tat. Noch vor Minuten hätte ich ihn kaltblütig töten wollen.

Mein Magen rebellierte irgendwann und warnte mich davor, weitere Nahrung zu mir zu nehmen. Ich schüttelte den Kopf, als er mir wieder ein Apfelstück anreichte. Ängstlich sah ich auf seine Hände, die nach etwas in dem Korb suchten. Schließlich erkannte ich die Vaseline-Tube. Es war ein himmlisches Gefühl, als die Fettcreme meine Lippen berührte. Mama hätte mir die Creme nicht sanfter auftragen können, wie es diese Bestie tat. Mit ruhiger Hand verschloss er die Tube und tupfte mir mit einem feuchten Tuch das Gesicht ab. Ein Lächeln umspielte seinen Mund, der von einem Bart umrahmt wurde.

Was ging in diesem kranken Hirn vor sich? Konnten in dem Körper zwei verschiedene Persönlichkeiten leben?

Ich wagte, nach Tagen endlich zu sprechen. Zumindest versuchte ich, einen kompletten Satz zu formulieren ... meine Gedanken konnten das gerade Geschehene noch nicht zuordnen. Sie waren zu festgefahren in unverzeihlichem Hass auf die scheinbar andere Kreatur.

»Warum ... warum halten Sie mich ...«, ich holte neu Luft, »hier gefangen? Ich kenne Sie doch gar nicht. Was habe ich Ihnen getan?«

Erschrocken fuhr er zurück. Er schien wahrscheinlich völlig überrascht darüber, dass ich den Mut hatte, ihn anzusprechen. Mit fahrigen Bewegungen räumte er sämtliche Utensilien zurück in den Korb und schickte sich an, den Raum wieder zu verlassen. Es hatte den Anschein einer Flucht ... einer Flucht wovor? Die Kette ließ mir soviel Freiraum, dass ich seine Hand erwischen konnte, mit der er ein heruntergefallenes Apfelstück aufheben wollte. Pures Entsetzen stand in seinen Augen. Er riss heftig seine Hand zurück. Der Mund zuckte und versuchte, etwas auszusprechen, was ich jedoch nicht verstehen konnte.

»Reden Sie mit mir. Ich danke Ihnen ... ich danke Ihnen sehr für das Essen. Das war einfach großartig von Ihnen. Danke, danke.«

Ich wurde das Gefühl einfach nicht los, dass dieses Wesen im Augenblick Angst oder zumindest Unsicherheit empfand. Sein Blick unter der Kapuze hinweg war auf den Boden gerichtet. Nur hin und wieder sah er mich an wie ein Hund, der wusste, dass er etwas Böses angerichtet hatte und die Strafe erwartete. Man hätte es Unterwürfigkeit nennen können. Wieder versuchte er aufzustehen, was ich unbedingt verhindern wollte. Ich gewann den Eindruck, dass nur im Gespräch mit diesem zweiten Ich meine Chance lag, lebend aus diesem Kerker herauszukommen.

»Bitte bleiben Sie. Ich möchte doch nur mit Ihnen reden. Sagen Sie mir Ihren Namen ... bitte. Wie darf ich Sie anreden?«

In ihm fand ein Kampf statt, zumindest zeigte mir das seine Reaktion auf meine Bitte. Er zerdrückte brutal die Essenreste im Korb und redete heftig auf etwas ein, das ich nicht sehen konnte. Die stumme Diskussion hatte etwas Beängstigendes, erzeugte einen Schauer, der mir über den Körper lief. Mir wurde plötzlich klar, dass diese Minuten vielleicht über meine Zukunft, mein Leben entschieden. *Wer von beiden gewann die Oberhand, würde siegreich sein?* Ängstlich beobachtete ich den Mann in der Kutte weiter, versuchte, ihn mit meinen Händen zu erreichen. In einem Augenblick hatte ich das Gefühl, dass er mich mit Blicken töten wollte ... im nächsten sahen mich zwei Augen an, die flehentlich um Hilfe baten. Die Angst vor dem Ergebnis des Kampfes ließ mich die Hände zusammenführen und beten.

»Vater unser im Himmel. Geheiligt werde dein Name. Dein Reich komme. Dein Wille geschehe, wie im Himmel ...«

Das erstaunte Gesicht des Mannes ließ mich einen Moment innehalten. Unglaube stand in seinem Gesicht. Er ließ sich zu mir herab und saß nun im Schneidersitz. Sein Mund formte die gleichen Worte, die auch ich sprach.

»... so auf Erden. Unser tägliches Brot gib uns heute. Und vergib uns ...«

Lange schwang das AMEN in dem stickigen Raum nach. Selbst das Fiepen der Ratten blieb aus. Alles schien in Ehrfurcht erstarrt. Geduldig wartete ich auf seine Reaktion. Sein

Blick war starr auf mich gerichtet. Dennoch erschrak ich, als er leise begann zu sprechen.

»Richard ... ich heiße Richard. Du bist Andrea, das weiß ich. Du bist der Engel, der mich von meiner Last befreien wird und die Erlösung bringt. Bald wird es soweit sein.«

Das waren genau die Worte, die ich nicht hören wollte. Obwohl in ihnen keine konkrete Drohung war, bereiteten sie mir unendliche Angst. Vor meinen Augen entstand das Bild eines grausamen Opfer-Rituals, wie ich es einmal in Mel Gibsons Filmwerk *Apocalypto* mitansehen muste. Die Vorstellung, so zu enden, nahm mir die Luft. Der Hals war wie zugeschnürt.

»Du hast Angst ... das spüre ich. Du hast keinen Grund dazu. Du bist zu Höherem geboren, das hat mir der Herr eröffnet. Sein Sohn hat sich geopfert für uns Sünder. Nun werden wir ihm beweisen, dass wir bereit sind, es seinem Sohn gleichzutun. Gemeinsam werden wir in das Reich Satans einfallen und sein Werk für immer zerstören. Du bist die Partnerin, nach der ich viele Jahre suchte. Mit dir an meiner Seite kann ich es schaffen.«

Nur mit großer Mühe konnte ich den Drang unterdrücken, laut um Hilfe zu rufen. Mein Verstand, der zeitweise versuchte, abzuschalten, sagte mir, dass es zwecklos wäre und den wichtigen Dialog mit dem Wahnsinnigen sofort beenden würde. Das Gespräch war aber das einzig Greifbare, das eventuell ein Umdenken hervorbringen konnte. Da war ich mir sicher. *Mit wem der beiden Persönlichkeiten sprach ich gerade? Von wem konnte ich wirklich Gnade erwarten?*

»Ich kann Ihnen bei dieser wichtigen Aufgabe nicht helfen, denn ich habe selbst gesündigt. Ich bin nicht ohne Schuld und fürchte mich davor, dem Satan gegenüberzutreten. Bitte sagen

Sie mir, warum Sie sich für diese Aufgabe berufen fühlen. Was ist passiert?«

Ich wurde das Gefühl nicht los, als hätte ich ins Leere gesprochen. Sein Gesicht hatte immer noch dieses Abwesende, nichts schien ihn zu erreichen. Doch in erschreckender Weise veränderte sich der Ausdruck in Bruchteilen von Sekunden. Der hilfesuchende Blick zeigte mir, dass ich jetzt einen anderen Richard vor mir hatte. Schnell erkannte ich die Chance, eine Wende herbeiführen zu können.

»Was ist passiert, Richard? Erzählen Sie es mir. Bleiben Sie bei mir, damit ich Ihnen helfen kann.«

Mit dem Ausdruck eines Gehetzten begann er leise zu sprechen.

»Ich wollte sie vor den Gefahren dieser Welt bewahren. Das durfte nie passieren.«

»Wen wollten Sie beschützen?«

»Meine kleine Tochter hatte doch keine Ahnung, als sie diesen Teufelsweibern in die Hände fiel. Alles hätte ich ihr gegeben, damit sie glücklich ist. Alles. Doch die Verlockung des Geldes hat sie geblendet. Diese verdammten Huren haben sie tief in die Sünde gezogen. Sie haben ihr versprochen, dass sie schnell reich würde ... sie muss nur für kurze Zeit ihren Körper verkaufen. Als sie damit begann, hatte ich sie für immer verloren. Sie hat mich ausgelacht. Ja, sie hat ihren Vater tatsächlich ausgelacht, als ich sie aus dieser Hölle befreien wollte. Verprügelt hat man mich. Oh Gott, wie ich diese Tiere hasse.«

Maltsack stützte den Kopf in beide Hände, seine Schultern zuckten. Als er mich wieder ansah, hatte sich sein Gesicht in Hass verzehrt. Der Wechsel der Persönlichkeit fand in beängstigend kurzen Abständen statt. Sogar die andere Stimme enthielt ein gefährliches Zischeln, als er weitersprach.

»Sie haben ihre Strafe erhalten, diese Bestien. Sie können sich nun dem Satan und seinen Anhängern hingeben, denn diese Welt dürfen sie nicht weiter mit fleischlicher Lust verführen. Das ist nicht die Liebe, die Gott uns Menschen gab. Er hat uns dazu geschaffen, den Partner zu ehren und zu lieben, ihn zu respektieren. Der Kern des christlichen Glaubens besteht aus der Liebe in seiner gesamten Reinheit. Auf dieser Erde ist kein Platz für das Unreine. Oft hat der Herr Plagen auf diese Welt geschickt. Sie haben es nicht geschafft, das Böse endgültig auszumerzen, da der Mensch verdorben ist. Immer wieder hat es der Satan verstanden, das Böse zu bewahren. Jetzt hat Gott mich gesandt, dass ich das Unreine im Weib zerstöre.«

Richard Maltsack hatte sich in Rage geredet. Er lief jetzt wild gestikulierend durch den Raum, den Blick zum Boden gerichtet. Ich wagte es nicht, ihn zu unterbrechen, da ich mich diesem Teil seines Wesens nicht gewachsen fühlte. Voller Hoffnung wartete ich darauf, dass der weniger aggressive Teil wieder die Macht übernahm. Erschreckend nah tauchte immer wieder dieses verzerrte Gesicht vor meinem auf, schleuderte mir seinen abgrundtiefen Hass entgegen. Der Wandel kam wieder dermaßen unerwartete, dass ich bei der zärtlichen Berührung seiner Hand auf meiner Wange zurückzuckte.

»Was war passiert? Warum konnten Sie Ihrer Tochter nicht helfen? Befreien Sie sich von der Last und stellen Sie sich erneut die Frage, ob Sie allein die Schuld tragen. Kann es vielleicht sogar Gottes Wille gewesen sein, dass sie diesen Weg ging? Er lenkt doch unser Tun.«

Fast mitleidig sah er mich an. In dem Agenblick, als ich die Worte ausgesprochen hatte, fürchtete ich mich davor, dass er sich wieder in die Bestie verwandelte.

»Andrea, mein Kind, Sie haben nicht gesehen, was sie mit meiner kleinen Tochter angerichtet haben. Ihr Tod war grausam, verursacht durch das sündige Leben, zu dem sie durch dieses Hurenvolk verführt wurde. Als ich ihren geschundenen Körper sah und meiner lieben Frau die Wahrheit über ihre kleine Tochter überbrachte, verließ sie mich. Sie gab mir die Schuld daran, dass dies alles geschehen konnte. Jeden Tag verfluche ich diese Frauen, ich verfluche ihr Leben und ... ich verfluche mich selbst.«

Mit einer unerwartet wilden Bewegung riss er sein Shirt vom Leib, der Rock folgte. Völlig nackt stand nun ein Mann vor mir, der von Wunden übersät das Leiden Christi deutlich machte. Auf seiner Brust prangte der gekreuzigte Sohn Gottes, umgeben von tiefen Wunden, die nur teilweise verheilt waren. Seine Augen hatten wieder diese Wildheit angenommen, vor der ich mich fürchtete. Nachdem er die Arme zum Himmel gereckt hatte, sank er auf die Knie und drückte die Hände auf die Brust. Ich hielt mir vor lauter Entsetzen die Ohren zu, als er in einer mir völlig fremdklingenden Sprache Verse sang.

Er schien mich nicht mehr wahrzunehmen, als er damit begann, die Fingernägel in sein Fleisch zu pressen, um die alten Wunden aufzureißen. Eine Ohnmacht drohte mir die Sinne zu rauben und mich vor diesem Wahnsinn zu bewahren. Gerade als ich wegdämmern wollte, holten mich seine kräftigen Hände wieder zurück in die grausame Realität. Mit bloßen Händen riss er die beiden Ketten aus der Wand. Mit einer Hand zog er mich sanft auf die Füße und führte mich zur

Tür. Es war gerade diese Sanftheit, die mir das Blut in den Adern gefrieren ließ.

Würde er seinen Worten jetzt die Taten folgen lassen? War es das unvermeidliche, angekündigte Finale?

Kapitel 28

Die Fahndung nach Andrea Lesbe lief auf Hochtouren. Für alle stand nun unumstößlich fest, dass Maltsack sie in den Händen hatte. Mit jeder Stunde sank die Hoffnung, sie noch lebend zu finden. Das Fatale an der Sache war, dass es keine Erfahrungswerte gab, wie lange die Opfer des Killers noch nach ihrer Entführung lebten. Niemand konnte zu diesem Zeitpunkt wissen, was überhaupt mit ihnen geschah. Das tatsächliche Grauen, das sie erleben mussten, war für die Ermittler nicht vorstellbar.

Eine Dreiergruppe der Soko beschäftigte sich mit dem Hinweis, den eines der Fotos lieferte. Es war nicht einfach, Industriebrachen zu listen, die weitestgehend unbewirtschaftet im Stadtgebiet lagen. Nur die konnten dem Mörder eine ungestörte Spielwiese bieten. Da boten sich in erster Linie alte Zechengelände, Aluhütten oder Verzinkereien an, die irgendwann wegen Unwirtschaftlichkeit aufgegeben wurden. Sie strichen die Werke heraus, die durchgehend von festem Personal besetzt und gewartet wurden. Es verblieb eine überschaubare Größe von sechs möglichen Ruinen. Schlicht teilte die Männer in Teams ein und setzte sie darauf an, in diesem jeweiligen Gelände nach verdächtigen Spuren zu suchen.

»Herr Schlicht? Da ist ein junger Mann, der zu Ihnen will. Der lässt sich nicht abwimmeln.«

»Sagen Sie dem bitte, dass ich nicht im Hause bin. Ich habe jetzt keine ...«

»Das ist nicht schlimm, Herr Hauptkommissar, ich störe auch nicht lange.«

Schlicht blieb wie angewurzelt stehen, als er Ralf Kolberg in der Bürotür stehen sah. Er nahm sich in diesem Augenblick vor, die Möglichkeiten rigoros einzudämmen, dass Fremde, ohne sich zuvor anzumelden, in die Büroräume kommen konnten.

»Hören Sie, Herr Kolberg, das ist jetzt ein schlechter Zeitpunkt, es sei denn, Sie haben klare Hinweise auf den derzeitigen Aufenthaltsort von Frau Lesbe. Ich bin gerade auf dem Weg zu einem möglichen Tatort.«

»Ich weiß, dass Sie stark beschäftigt sind. Doch haben Sie mal die Möglichkeit ins Auge gefasst, dass es auch dieser Typ von heute Mittag sein könnte, dieser Holger Mastrich? Hat der ein Alibi für die letzten beiden Tage?«

»Hören Sie, Herr Kolberg, ich bin der Meinung, dass Sie Ihre albernen Eifersüchteleien gegen den Mann ein wenig auf die Spitze treiben. Über Ihre Hinweise können wir uns gerne zu einem anderen Zeitpunkt erneut unterhalten, doch jetzt muss ich weg. Der Kollege wartete bereits im Fahrzeug. Also ...«

»Kann ich eventuell mitfahren? Dann können wir uns sicher noch über weitere Anhaltspunkte unterhalten.«

Schlicht war geneigt, diesen Wunsch abzuschlagen, doch war er sich sicher, dass er diesen penetranten Besucher dann morgen wieder auf der Matte stehen hatte.«

»Gut, kommen Sie. Dann können Sie mir auf der Fahrt direkt mitteilen, wo Sie sich in den letzten zwei Tagen so rumgetrieben haben. Das sollten wir dann ebenfalls überprüfen. Wenn Sie mir schon bei der Verdächtigenliste helfen möchten, dürfen wir keinen aussparen. Also los, bewegen Sie sich auf den Hof, wir haben noch viel zu tun.«

»Haber, bitte halten Sie vor dem Tor. Wenn er sich hier tatsächlich aufhält, sollten wir uns nicht sofort laut anmelden. Kolberg, Sie bleiben auf jeden Fall im Auto. Das ist eine polizeiliche Ermittlung, bei der Sie nicht dabei sein dürfen. Also, schön die Füße stillhalten und abwarten, bis wir wieder zurück sind. Wenn Sie etwas Verdächtiges bemerken, einfach anrufen, oder Sie können auch bellen.«

Haber hielt sich die Hand vor den Mund, um das Grinsen zu verbergen. Kolberg nickte und verschränkte, in seinem Stolz verletzt, beide Arme vor der Brust. Zufrieden wandte sich Schlicht seinem Kollegen zu. Beide schoben das kleine Eisentor auf, das nur noch schief in den Angeln hing. Haber lockerte seine Waffe und suchte nach Möglichkeiten, in das verlassene Gebäude hineinzukommen. Die meisten Stahltüren waren verschlossen. Erst im zwölften Versuch fanden Sie eine Tür, die sich leicht öffnen ließ. Mit der gezogenen Waffe, sich gegenseitig sichernd, huschten sie in die riesige Werkhalle. Haber schlug einige Spinnweben aus seinem Gesichtsfeld und deutete in den hinteren Bereich der Halle. Ständig die Umgebung im Auge habend, schlichen sie auf einen großen Stapel Europaletten zu, der eine weitere Tür zur Hälfte verdeckte. Haber griff vorsichtig nach dem angerosteten Türgriff, als das Smartphone in der Tasche von Schlicht einen ohrenbetäubenden Lärm verursachte. Das Wort Scheiße war schon heraus, bevor es Schlicht verhindern konnte.

»Pröller hier, Chef, wir haben ihn.«

»Wie, ihr habt ihn? Ist der festgenommen worden?«

»Nein, soweit sind wir nun auch noch nicht. Aber wir haben den Smart von dieser Andrea Lesbe. Der Wagen steht hier in einer Werkhalle.«

Seid ihr denn völlig von allen Geistern verlassen? Ich dachte schon ... na ja, dann sind wir aber schon eine gehörige Portion weiter. Wo seid ihr jetzt?«

»Wir sind im Planquadrat 4 c, stehen hier Gewehr bei Fuß.«

»Pröller, wir machen uns auf den Weg. Sie holen sich zwei Gruppen beim SEK und lassen das gesamte Gebiet umstellen. Der darf uns kein zweites Mal durch die Lappen gehen.«

Schlicht steckte Smartphone und Waffe weg und drehte sich Haber zu. Der stand mit der Waffe im Anschlag da und starrte Richtung Halleneingang. Wild mit den Armen schlagend stürmte ihnen Ralf Kolberg entgegen.

»Die haben ihn, Herr Hauptkommissar, die haben das Schwein endlich.«

Nur mühsam konnte Schlicht seine Wut unterdrücken, als er auf Kolberg zuging und ihn am Arm nach draußen zerrte.

»Gott verdammt, sind Sie ein Arschloch. Hatte ich nicht angeordnet, dass Sie im Fahrzeug warten sollen? Da läuft der Kerl durch die Gegend und schreit, als hätte man ihn aufgespießt. Woher wissen Sie überhaupt ...?«

»Das Funksprechgerät. Die haben das über Funk ...«

»Ja, ja, jetzt kommen Sie wieder runter. Noch haben wir nur das Auto. Steigen Sie in den verdammten Wagen und halten Sie endlich die Klappe. Los Haber, ab geht die Post.«

Als Haber und Schlicht nach wilder Fahrt durch den Berufsverkehr am Ziel eintrafen, sahen sie zufrieden auf die Männer, die sich rund um das ehemalige Zechengebäude in Position gebracht hatten. Der SEK-Einsatzleiter kam zum Wagen und begrüßte die Kommissare.

»Wie gehen wir vor. Ich habe meine Leute rund um das Gelände postiert, da kommt keine Ratte ungesehen durch. Zehn Männer stehen zur Verfügung, um das Gebäude zu durchsuchen. Wo fangen wir an? Ich werde Sie persönlich mit meinen Männern begleiten.«

»Sehr gut, Schönfeld. Sie und fünf Männer kommen mit mir, der Rest geht mit Kommissar Haber von Osten rein. Es unternimmt keiner etwas ohne meinen ausdrücklichen Befehl. Oberste Priorität hat das Leben von Frau Lesbe. Das darf in keiner Phase gefährdet werden. Ist das klar? Geschossen wird nur im äußersten Notfall.«

Ein stummes Nicken bestätigte ihm, dass alle bereit waren, diesen Kampf auf jeden Fall zu gewinnen und die Frau zu befreien. Niemand von Ihnen hatte den Mann bemerkt, der dem Wagen des Kommissars schon seit längerer Zeit gefolgt war. Mit geschmeidigen Bewegungen verschwand er ungesehen in dem im absoluten Dunkel liegenden Fabrikgebäude.

Kapitel 29

»Ziehen Sie das an.«

Maltsack, der immer noch nackt vor mir stand, hielt plötzlich ein dünnes, weißes Hemd in der Hand, das er aus den Tiefen des Korbes gezogen hatte und einer altrömischen Toga ähnelte. Da wir bereits, bedingt durch seine Nacktheit seit einiger Zeit sehr intim waren, machte es mir nichts weiter aus, mich zu entkleiden und in das Hemd zu schlüpfen. Teilnahmslos beobachtete er mein Tun und zog das Hemd am Rücken zurecht, bis er zufrieden zur Tür ging. Ich war nicht in der Lage, auch nur einen Schritt zu tun. Schlagartig wurde mir klar, dass dieser Mensch mit seiner multiplen Persönlichkeitsstörung unberechenbar war. Es bestand für mich die Gefahr, dass er das Versprechen wahr machte, mich mit in die Hölle zu nehmen, um dort dem Satan zu trotzen. Nur in dem unwahrscheinlichen Fall, dass der Gute in ihm siegte, konnte mir die Freiheit winken. Mein Nervenkostüm hatte sich scheinbar für Möglichkeit eins entschieden. Das ließ es mich deutlich spüren. Zu keiner weiteren Bewegung fähig, sah ich Maltsack näherkommen. Er reichte mir die Hand, als wolle er mich zum Tanz auffordern. Seine Augen hatten sich wie hypnotisierend in meine vertieft. Er lächelte gütig. Meine Füße bewegten sich um keinen Zentimeter, waren gelähmt.

»Bewege deinen verfluchten Arsch, du dreckige Schlampe. Ich werde dir zeigen, wo dein Paradies liegt. Brennen werdet ihr im Fegefeuer.«

Wieder verfiel er in eine Sprache, die ich nicht verstand, die mir aber eine unglaubliche Angst einflößte. Mit einem Ruck riss er mich vorwärts und warf mich wie einen Sack über seine blutende Schulter. Ich war nicht in der Lage, regelmäßig zu atmen. Die Angst lähmte für den Augenblick jeden Reflex. Den Puls spürte ich wie eine Bassbox im Gehörgang, er übertönte jegliche Geräusche. Als ich die Augen wieder aufriss, schwebte der schmutzige Betonboden unter mir vorbei. Ich versuchte, zu schreien, was in einem heiseren Krächzen endete. Eine weitere Tür stieß Maltsack mittels meiner vorgestreckten Füße auf. Der Schmerz fuhr mir durch die Glieder und rang mir doch einen dezenten Schrei ab. Als er mich wie einen Kartoffelsack vor ein großes, abgedecktes Bassin auf den Boden gleiten ließ, konnte ich mir noch nicht vorstellen, welch grausame Todesart er uns beiden zugedacht hatte. Es überraschte mich, als er die Hand ausstreckte und mich damit aufforderte, wieder aufzustehen.

Während ich mich aufrichtete, begann Maltsack wieder mit seinem Singsang in dieser seltsamen Sprache. Auf- und abschwellend schallten die Töne von den im Dunkeln liegenden Wänden zurück. Mit dem Rücken lehnte ich an diesem Riesenbassin, aus dem trotz der Abdeckung ein widerlicher Geruch austrat. Er reizte ungemein die Schleimhäute. Der mystische Gesang wurde immer lauter. Maltsack kam währenddessen stets näher. Mit Schrecken spürte ich sein jetzt versteiftes Glied, das sich in meine Bauchdecke drückte. Mit dieser Reaktion seines Körpers hatte ich niemals gerechnet. Langsam senkten sich seine Arme, um mich zu umfassen. Eine beängstigende Gier erfüllte seinen Blick. Sein Gesicht hatte jede Güte verloren, auf die ich bis zum letzten Augenblick gehofft hatte. Das Böse in ihm hatte endgültig die Macht erlangt, die meinen Tod besiegeln sollte.

Die Arme lösten sich von meinem Rücken und schoben den Deckel des Behälters nach oben. Mit Gewalt drangen nun die

Dämpfe in meine Nase und zwangen mich, die Luft schlagartig anzuhalten. Mit letzter Kraft versuchte ich, Maltsacks Körper wegzustoßen. Das war unmöglich, da er sich an der Beckenkante festklammerte. Nun griff er mit der rechten Hand in meinen Schritt, um mich hochzuschieben. Mit der letzten Kraft, die mir zur Verfügung stand, schlug ich ihm meine Fingernägel in die Gesichtshaut. Sein Lachen hallte an den Fabrikwänden wider. Den Schmerz schien er zu genießen. Erst als ich kraftlos die Arme sinken ließ und jegliche Gegenwehr aufgab, registrierte ich den Schatten, der von rechts kommend gegen Maltsack prallte.

Urige Schreie begleiteten den Kampf der beiden Männer, die sich wild aufeinanderschlagend auf dem Betonboden wälzten. Ich bemühte mich, aus der Reichweite dieser ätzenden Dämpfe zu gelangen, stolperte vorwärts, sah aber auch fasziniert auf die kämpfenden Leiber. Das mäßige Licht sorgte dafür, dass die Beiden ab und zu in der Dunkelheit verschwanden. Nur das nervenzerfetzende Stöhnen zeigte mir, dass sie immer noch in meiner Nähe um das eigene Leben kämpften. Minutenlang wälzten sich die Männer über den harten Boden, schlugen mit Eisenstangen aufeinander ein. Immer wieder mühten sie sich hoch, um erneut den irrsinnigen Kampf aufzunehmen.

Entsetzt wich ich bis an die Wand zurück, als ein im Gesicht stark blutender Mann im trüben Licht einer Deckenlampe auftauchte, auf dessen Rücken sich der nackte Maltsack festgekrallt hatte. Der Killer schlug immer wieder mit voller Kraft auf die Schläfe seines Gegners ein. Ein markerschütternder Schrei begleitete den Flug Maltsacks, als er mit einem gekonnten Schulterwurf bis vor den Beckenrand geschleudert wurde. Ein vorstehender Griff hatte sich weit in seinen Rücken gebohrt. Benommen versuchte er, daraus freizukommen. Als er es endlich geschafft hatte, schoss das austretende Blut gegen die Beckenwand. Maltsack versuchte, sich an dem Griff aufzurichten. Im nächsten Augenblick umklammerten ihn zwei Arme und schoben ihn unaufhaltsam, mit den Beinen voran, über den Beckenrand. Wild um sich schlagend, spritzte die Säure auch auf meinen Retter, der seinen Gegner trotz höllischer Schmerzen weiter ins Beckens drückte. Noch Wochen später verfolgten mich die unmenschlichen Schreie Maltsacks, als die Säure ihr blutiges Werk beendete. Nur ein letztes, leises Gurgeln begleitete die Reise des Psychopathen in die Tiefen der Hölle, in der er jetzt seinen Opfern gegenübertreten musste.

Holger wankte geschwächt vom harten Kampf auf mich zu. Seine Augen flehten mich schon aus großer Entfernung an, ihm zu helfen, als mich der Schrei lähmte.

»Da ist er. Er tötet sie ... verdammt, er tötet sie.«

Das Hämmern der Salven aus den Maschinenpistolen folgte der Warnung. Bei jedem Treffer zuckte Holgers Leib. Seine Augen waren auf mich gerichtet, sie drückten diese maßlose Trauer und Unglauben aus.

»Aufhören ... bitte hört auf. Das ist doch mein bester Freund. Ihr bringt ihn ja um. Hört um Gottes willen damit auf.«

Holger brach wortlos zusammen. Aus dutzenden Einschusslöchern trat sein Blut aus, verteilte sich beängstigend schnell auf dem Boden, bildete jetzt große Pfützen. Seine Haut dampfte noch an den Stellen, wo ihn die Säure traf. Die Atmung wurde zusehends flacher. Ich warf mich neben ihn auf den kalten Boden und küsste ihn auf den blutenden Mund. Es war mir egal, dass ich mit dieser Säure teilweise in Kontakt kam. Ich unterdrückte den Schmerz, obwohl es brannte wie

Feuer. Seine Lippen versuchten, mir etwas mitzuteilen. Ganz dicht legte ich mein Ohr an seinen Mund.

»Ich liebe ...«

»Das weiß ich doch, du Dummkopf, das weiß ich.«

»Martina ... ich habe Martina damals umge... sie hat dir immer so wehgetan ... das Miststück musste sterben ... die liegt bei den Libe ...«

Mit einem letzten Stoßseufzer nahm er die fehlenden Worte mit in die Ewigkeit. Seine gebrochenen Augen blickten ins Leere. Keine Macht der Welt konnte meinen Weinkrampf zurückhalten, der mich überfiel. Immer wieder klammerte ich mich an Holger fest, als man versuchte, mich von meinem einzigen Freund zu lösen. Im Hintergrund meinte ich noch, die aufgebrachte Stimme von Hauptkommissar Schlicht gehört zu haben.

»Hatte ich dir nicht befohlen, im Wagen zu bleiben? Was hast du da mit deinem Geschrei nur angerichtet und wer von euch Idioten hat dieses kranke Arschloch hier reingelassen? Schafft ihn mir aus den Augen, sonst vergesse ich mich. Wo bleibt, verdammt nochmal der Arzt? Wir brauchen einen Arzt!«

Kapitel 30

Der starre Schaum des mittlerweile kalten Cappuccino bewegte sich um keinen Millimeter, obwohl meine Hand vor innerer Erregung zitterte, als ich die Tasse zum Mund führte. Der Airbus hob in nur wenigen hundert Metern Entfernung steil vom Rollfeld ab, schraubte sich in den Himmel. Das Geräusch der auf Volllast arbeitenden Düsen erreichte mich in dem Augenblick, als sich der Stahlkoloss vor den Ball der untergehenden Sonne schob, ihn für einen Moment fast verdeckte. Meine Gedanken flogen noch eine Weile mit, zumindest solange, bis der lärmende Punkt zwischen den Wolken verschwand und durch ein neues Bild ersetzt wurde.

In den letzten Tagen tauchten immer häufiger die Libellenpärchen vor meinen Augen auf, die sich damals zwischen den Zweigen der Weide paarten. Ihnen war es völlig egal, von Holger und mir dabei beobachtet zu werden. Sie liebten sich ungeniert sogar im Flug. Sie nahmen sich nicht die Zeit, über diskretes Verhalten beim Liebesspiel nachzudenken ... die blieb nicht, da ihnen die Schöpfung nur eine sehr kurze Lebenserwartung von wenigen Tagen zugedacht hatte. Ihr Denken war nur auf die Erhaltung der Art und auf Nahrungssuche ausgerichtet.

Genau an dieser Stelle setzte meine Traurigkeit ein, denn selbst diese kurze Zeitspanne war mir mit meinem besten Freund nicht zugestanden worden. Ich hatte die große Chance nicht erhalten, den liebenswertesten Menschen der Welt als Partner an meiner Seite zu wissen. Ein wahnsinniger Killer nahm mir das Größte, was ein Mensch im Leben besitzen darf, die tiefe Liebe eines wahren Freundes. Dennoch war ich unendlich dankbar für die Tage, die wir als Kinder miteinander verbringen durften. Er fehlte mir so sehr.

Nun saß Ralf in diesem silbernen Kranich und jettete Richtung München. Sollte der egoistische Schweinehund zum Teufel fliegen und später in der Hölle Forschungen anstellen, ob wenigstens dort die Dinos überleben konnten.

ISBN 978-1511436229

Als Taschenbuch und Ebook

Inhalt

Die beschauliche Idylle des Sauerlandes möchte der aus Kanada stammende Schriftsteller Patrick Schreiber eigentlich nutzen, um Depressionen und Alkoholprobleme in den Griff zu bekommen. Der Herbstwald offenbart ihm allerdings ein schreckliches Geheimnis und einen Serienmörder, der ihm weit überlegen scheint. Mit Gewalt wird er in einen Sog aus Mord, Lynchjustiz und Intrigen gezogen. Um diese ungewöhnlich brutalen Frauenmorde aufzuklären, schaltet sich der bärbeißige LKA-Mann Franz Kalkove ein.

Fehlende Spuren lassen die Ermittlungen lange ins Leere laufen. Weitere Morde können dadurch geschehen. Die Dorfgemeinschaft entpuppt sich als trügerische Fassade. Erst als sich diese beiden eigenwilligen Typen solidarisieren, scheint eine Lösung dieses Falles möglich. Dazu müssen Schreiber und eine alte Liebe aber erst durch eine wahre Hölle gehen.

Mit Wortwitz wird der Leser durch das Geschehen geführt, ohne dennoch auf den erwarteten Grusel verzichten zu müssen. Nach der Lektüre wird man die kleinen Orte und Wälder rund um das sauerländische Winterberg mit ganz anderen Augen sehen. Nichts wird mehr so sein wie vorher.

ISBN 978-3741275203

Als Taschenbuch und Ebook in Online-Shops und im Buchhandel

Inhalt

Täglich gibt es in Deutschland etwa vierzig Fälle von Kindesmissbrauch. Die Dunkelziffer ist jedoch höher, denn viele Opfer und ihre Angehörigen schweigen, aus Scham, aus Angst. Heilt die Zeit diese Wunden? Kann der Mensch erlittenes Leid vergessen? Tina muss sehr bitter erfahren, was es bedeutet, wenn Gespenster der Vergangenheit lebendig werden. Wohlbehütet aufgewachsen, begegnen ihr plötzlich Grausamkeiten, die sie sich nie hätte vorstellen können. Die Gräueltaten eines Sexualtäters verknüpfen sich unaufhaltsam mit dem Schicksal ihrer Familie.

Ein Thriller, der nicht loslässt. Er nimmt den Leser mit in eine Welt, die direkt neben uns existiert. Eine Welt, mit der viele Menschen selbst Erfahrungen sammeln mussten und es aus unterschiedlichsten Gründen totschweigen.

Der Autor möchte mit seiner Geschichte nachdenklich machen und zu Diskussionen anregen. Gibt es hier nur Schwarz und Weiß, nur Gut und Böse?

Eine Geschichte, frei erfunden, doch grausam nah an der Realität.

ISBN 978-3741226458

Als Taschenbuch und Ebook in Online-Shops und im Buchhandel

Inhalt:

Als Nicole Manfred Kirchner begegnet, glaubt sie, den Richtigen für ein bleibendes Glück gefunden zu haben. Als das Monster die Maske fallen lässt, ist es schon zu spät. Nicole muss einen sehr hohen Preis bezahlen: Sexueller Missbrauch, grausame Misshandlung und kriminelle Machenschaften treiben Nicole fast in den Freitod.

Ihr Weg kreuzt den eines älteren Mannes. Nun erfährt sie, dass es auch Menschen gibt, die Hilfsbereitschaft und Freundschaft über ihre eigene Sehnsucht nach Liebe stellen. Doch Manfred Kirchner ist nicht der Mann, der sein Opfer so schnell aus den Klauen lässt. Das Schicksal treibt ein makabres Spiel und zwingt zwei Menschen an die Grenze des Zumutbaren.

Wird Nicole sich befreien können? Erkennt sie das wahre Glück und greift danach? Kennt das Glück wirklich kein Erbarmen?

Der Autor lässt den Leser wie schon in seinen beiden vorangegangenen Romanen tief in die dunklen Seiten des menschlichen Zusammenlebens eintauchen und bietet viel Stoff für Diskussionen. Ein ergreifender Frauenroman, der für Männer nicht geeignet ist. Sie würden das Buch und den Autor hassen.

ISBN 978-3741261534

Als Taschenbuch und Ebook in Online-Shops und im Buchhandel

Inhalt

Vera und Peter Sobier genießen mit ihrem zwölfjährigen Sohn Patrick ein sorgenfreies Familienglück. Das endet abrupt, als der erfolgreiche Rechtsanwalt einen folgenschweren Verkehrsunfall verursacht. Patrick erleidet ein Schädel-/Hirn-Trauma und fällt in ein Koma. Peter Sobier kommt mit leichten Verletzungen davon und sucht verzweifelt einen Weg, mit seiner schweren Schuld leben zu können. Die Liebe zu Vera wird auf eine harte Probe gestellt.

Die härteste Zerreißprobe ihres Lebens fordert den Eltern alles ab, denn das Schicksal kann grausam sein. Verzweiflung, Glaubenskonflikte und Hoffnungslosigkeit zerfressen den Geist des Vaters.

Außergewöhnliche Signale, die der Sohn aus seiner finsteren Welt aussendet, verändern die Sicht aller Beteiligten.

Wird die Liebe der Eltern den vielen Prüfungen standhalten?

Hat Patrick eine Chance, jemals wieder zurück ins Leben zu finden?

ISBN 978-3741225383

Als Taschenbuch und Ebook in allen Online-Shops und im Buchhandel erhältlich.

Inhalt

Als der vierzehnjährige Claudio ungewollt durch einen Freund in die Drogengeschäfte der ›Organisation‹ hineingezogen wird, beginnt sein Leidensweg. Verrat und Misstrauen bringen ihn in allergrößte Gefahr. Zu seiner eigenen Sicherheit muss er Kalabrien, Familie und Freunde verlassen. Auf sich selbst gestellt, begibt er sich auf den steinigen Weg nach Deutschland. Hier hofft er, sich aus dem Netz der Mafia, der Ndrangheta, befreien zu können.

Doch das Leben zeigt ihm mit aller Härte, was es bedeutet, der Vergangenheit entfliehen zu wollen.

Kann Claudio untertauchen in einer für ihn völlig fremden Welt?

Wird er eine Zukunft mit eigener Familie aufbauen können?

Findet er ›LA DOLCE VITA‹ auch in Deutschland?

Inspiriert von einer wahren Geschichte, schildert der Roman in ungeschönten Bildern, wie das Verbrechen versucht, ein Leben zu zerstören.

Ein Sumpf von Gewalt, Drogen und Korruption, aber auch tiefe Freundschaften begleiten den Jungen auf der Suche nach einer neuen Heimat.

ISBN 978-3741299056

Als Taschenbuch und Ebook in allen Buchhandlungen und Online-Shops.

Inhalt:

Alfred Reimann, dreiunddreißig, Single, gut aussehend, Jungfrau.

Bis heute lief das Leben des liebenswerten Finanzbeamten und seiner Teddydame Bienchen in geordneten Bahnen. Noch weiß er nicht, dass sich dieser Zustand mit dem Einzug der süßen Nachbarin Verena ändern wird. Ein glücklicher Umstand führt sie zusammen.

Seine Mutter ist davon alles andere als begeistert, denn in ihren Augen wollen junge Frauen wie Verena nur das Eine. Und dieses Chaos wird sie zu verhindern wissen!

Mithilfe von Verena und dem kauzigen Pfarrer Hollerberg stolpert Alfred in das eine oder andere Abenteuer. Ob er auf den Reisen sein Glück findet, bleibt abzuwarten ... Ein rasanter Liebesroman mit dem gewissen Schmunzelfaktor.

ISBN 978-3744873024

Als Taschenbuch und Ebook in allen Buchhandlungen und Online-Shops.

Inhalt:

„Gib diese Frau auf, denn die Zeit auf dieser Erde ist endlich ... besonders für sie."

Die Warnung ist eindeutig, die der erfolgreiche Schriftsteller Jan Hellman in dem Umschlag vorfindet.

Niemals wieder hat er eine Verbindung eingehen wollen. Die Trennung von Claudia saß noch wie ein Stachel in seinem Herzen. Sein Single-Dasein war beschlossen. Doch das Schicksal hatte eigene Pläne gehabt. Sandra veränderte alles.

Jetzt aber hält er diesen Drohbrief in den Händen.

Bei Jan Hellmann und den eingeschalteten Ermittlern keimt der Verdacht, dass ihn der Gegner gut kennen muss. Lebt der Verursacher dieser Grausamkeiten in einem vertrauten Umfeld?

Ekelige Tierkadaver und weitere Drohbriefe verstärken die Angst.

Perfekt getarnt treibt der Täter sein perfides Spiel. Die Einschläge, die Opfer und Polizei weiter rätseln lassen, kommen immer näher, werden immer brutaler.

Eine Liebe, an deren Erfüllung sich mit jeder gelesenen Seite die Zweifel mehren.

Eine Beziehung, die direkt auf den Vorhof der Hölle zusteuert.